투명인간

허버트 조지 웰스

리플레이

차례

1

때는 2월 어느 겨울, 이른 시각 살을 에는 바람과 펑펑 날리는 한 해의 마지막 눈을 뚫고, 두툼한 장갑을 낀 손에 검정색 작은 여행 가방을 든 낯선 사내가 브램블허스트 기차역에서 출발해 언덕을 넘고 있었다. 그는 머리부터 발끝까지 칭칭 감싸고 있었고, 반짝이는 코끝을 빼고는 부드러운 펠트 모자의 챙이 얼굴을 완전히 가리고 있었다. 그의 어깨와 가슴에 눈이 내려앉았고, 그가 들고 있는 짐에도 하얀 눈 더미가 쌓였다. 그는 살아있다기보다 거의 죽어있는 상태에 가까운 <코치 앤 홀시스>로 성큼성큼 걸어 들어가서는 여행 가방을 바닥에 아무렇게나 내려놓았다.

"난로 좀." 그가 외쳤다.

"인간적으로 이렇게 부탁하오! 방이랑 난로가 필요합니다!"

그는 술청에서 발을 구르고 몸을 흔들어 눈을 털어내고 값을 흥정하기 위해 홀 부인을 따라 객실로 들어갔다. 기나긴 흥정 끝에, 그는 1파운드 두 닢을 내던지듯 탁자에 올려놓고 여관에 방을 잡았다.

홀 부인은 난로에 불을 지핀 다음 손수 음식을 준비하기 위해 그를 두고 방을 나갔다. 이런 겨울에 아이핑에서 머무는 손님은 좀처럼 없는 행운이었다. 더군다나 '흥정꾼'도 아닌 귀한 손님을 홀로 남겨둔 채, 그녀는 자신이 이런 행운을 누릴 자격이 있다는 것을 보여주기로 결심했다. 베이컨이 먹음직스럽게 익자마자, 안색이 창백한 홀 부인의 시녀 밀리는 부인의 교묘한 멸시를 들어가며 조금 바삐 움직여야했다. 그녀는 옷가지, 접시, 유리그릇들을 응접실로 가져가 허세를 부리듯 그것들을 내려놓았다. 그녀는 불꽃이 기세 좋게 타오르고 있는데도 그가 여전히 모자와 코트를 걸친 채 등지고 서서 앞뜰에 눈이 날리는 풍경을 창문으로 내다보고 있자 깜짝 놀랐다. 그는 장갑을 낀 두 손을 등 뒤에서 깍지 끼고서 생각에 깊이 잠긴 듯 보였다. 홀 부인은 아직 그의 어깨에 흩뿌려져 있는 눈이 녹아 그녀의 카펫에 뚝뚝 떨어지고 있다는 것을 알아차렸다.

"모자랑 코트 좀 받아드릴까요, 손님?" 그녀가 말했다.

"주방에서 바싹 말려드릴까요?"

"괜찮소."

그는 돌아보지도 않고 이렇게 말했다. 그녀는 자기가 대답을 들었는지 확신할 수 없어서 질문을 되풀이하려고 했다. 그는 고개를 돌려 어깨 너머를 그녀를 바라보았다.

"내가 가지고 있는 편이 좋겠소." 그가 힘을 주어 말했다.

홀 부인은 그가 곁 유리가 달린 커다란 파란색 안경을 쓰고 있으며, 양 뺨과 얼굴을 완전히 가리는, 코트 깃을 덮을 정도로 텁수룩한 수염이 나 있다는 사실을 발견했다.

"잘 알겠습니다. 손님." 그녀가 말했다.

"편하신 대로 하세요. 곧 있으면 방이 더 따뜻해질 거예요."

그는 대답 대신 다시 고개를 돌렸고, 홀 부인은 대화를 계속 이어가기에는 때가 좋지 않다고 느끼며 나머지 물건들을 탁탁 빠르게 내려놓고는 서둘러 방을 나갔다. 그녀가 다시 돌아왔을 때에도 그는 여전히 등을 구부정하게 구부린 채 석상처럼 서 있었다. 그의 옷깃은 세워져 있었고 흠뻑 젖은 모자의 가장자리는 축 늘어져 얼굴과 귀를 완전히 가리고 있었다. 그녀는 그가 모른 척 할 수 없도록 계란과 베이컨을 부산하게 내려놓고 말한다기보다 부르는 것에 가까운 목소리로 말했다.

"점심 다 됐습니다. 손님."

"고맙소."

그는 부인의 말이 끝나기가 무섭게 이렇게 말했고 그녀가 문을 닫을 때까지 조금도 움직이지 않았다. 문이 닫히자 그는 몸을 돌려 재빨리 식탁으로 다가갔다. 술청 뒤쪽에 있는 주방에 간 부인은 일정한 간격을 두고 반복되는 소리를 들었다.

찰각. 찰각. 찰각.

숟가락이 그릇을 빠르게 휘저어대는 소리였다.

"요 가시나!" 그녀가 말했다.

"그래! 완전히 잊고 있었네. 고게 너무 느려 터져갖고!"

그녀는 직접 머스터드 섞는 일을 마무리하면서 밀리의 느려터진 행동에 대고 몇 마디 잔소리를 쏘아댔다. 홀 부인이 햄과 계란을 요리해 식탁을 차리고 모든 일을 끝내는 동안 – 시녀가 되가지고 – 밀리가 한 일이라고는 고작 머스터드를 가지고 꼼지락대는 것이었다. 거기다 그는 이 여관에 머물길 원하는 새 손님이 아닌가! 부인은 머스터드 통을 채워 금색과 검은색이 어우러진 찻잔 쟁반에 아주 우아한 자세로 챙겨서 객실로 향했다.

그녀가 문을 두드리고 재빨리 방에 들어옴과 동시에 그녀의 방문객도 재빨리 움직였기 때문에 부인은 탁자 뒤로 사라지는 하얀 형상만 간신히 볼 수 있었다. 그가 마룻바닥에서 뭔가를 집어 들려 했던 것 같았다. 탕 소리를 내며 탁자 위에 머스터드 통을 내려놓은 그녀는 남자가 벗어둔 외투와 모자가 난롯가에 놓인 의자에 걸쳐져 있는 것을 보았다. 젖은 장화 한 켤레가 그녀의 철제 울타리를 녹슬게 할 양으로 위협하고 있었다. 부인은 단호한 자세로 그 물건들에 다가갔다.

"얼른 말리는 게 좋겠어요."

그녀는 거절은 거절하겠다는 목소리로 이렇게 말했다.

"모자는 그대로 두시오."

그녀의 방문객은 거의 기어가는 목소리로 말했다. 그를 향해 돌아선 부인은 그가 고개를 들고 자리에 앉은 채 그녀를 바라보고 있었다는 것을 알게 되었다. 그녀는 너무 놀라서 입을 떡하니 벌린 채 아무 말 없이 그를 쳐다보며 잠시 동안 서 있었다.

그는 얼굴 맨 아래쪽에 하얀 천 – 그가 가져온 냅킨 – 을 동여매고 있었기 때문에 입과 턱이 완전히 가려져 있었다. 그래서 목소리가 잘 들리지 않았던 것이었다. 하지만 홀 부인을 놀라게 한 것은 그게 아니었다. 그녀를 놀라게 한 것은 파란 안경이 걸쳐있는 앞이마 전체가 하얀 붕대에 싸여 있으며, 솟아 있는 분홍색 코를 제외하고는 귀까지 모두 칭칭 감겨 얼굴을 한 조각도 내보이고 있지 않다는 점이었다. 그의 코는 원래 그랬던 것처럼 밝은 분홍색에 윤까지 났다. 그는 린넨 천으로 안감을 댄 검은 깃을 거의 목까지 높이 세워 올린 다갈색 벨벳 재킷을 입고 있었다.

붕대 아래와 틈 사이로 삐져나온 무성한 검은 머리칼은 기이한 꼬리와 뿔처럼 불쑥 튀어나와 있어서 상상할 수 있는 가장 괴이한 생김새를 자아내었다. 냅킨과 붕대로 칭칭 감싼 머리는 생각했던 것과 완전 딴판이었기 때문에, 그녀는 잠시 동안 뻣뻣하게 굳어 있었다. 그녀가 지금 보고 있는 것처럼, 그는 냅킨을 풀지 않고 갈색 장갑을 낀 손으로 그것을 붙든 채 꿰뚫어볼 수 없는 파란 안경으로 그녀를 바라보고 있었다.

"모자는 그냥 두시오."

그는 하얀 천 밖으로 매우 명료하게 말을 내뱉었다. 부인의 정신은 아까 받았던 충격에서 점차 회복되기 시작했다. 그녀는 모자를 다시 난롯가의 의자 위에 두었다.

"몰랐습니다. 손님 저는……" 그녀가 입을 열었다.

"그냥……" 그리고 당혹감에 다시 입을 다물었다.

"고맙소."

그는 부인에게서 눈을 돌려 방문을 쳐다보다가 다시 그녀를 바라보며 무미건조한 목소리로 말했다.

"금방 바싹 말려서 오겠습니다. 손님."

부인은 이렇게 말하고 방에서 옷들을 가지고 나왔다. 그녀는 문을 나가면서 하얗게 감싼 그의 머리와 파란 안경을 다시 한 번 쳐다보았다. 하지만 냅킨은 여전히 그의 얼굴을 가리고 있었다. 그녀는 등 뒤로 문을 닫으며 몸을 떨었다. 부인의 얼굴에는 놀라움과 당혹감이 명백히 서려 있었다.

"아이고." 그녀가 속삭였다.

"세상에!"

그녀는 아주 조용하게 주방으로 향했고, 이 일에 너무 정신이 팔린 나머지 주방에 가서 밀리에게 지금은 뭘 엉망진창으로 만들어 놓고 있는 거냐며 호통 치는 것도 잊어버렸다. 방문객은 자리에 앉아 그녀가 사라지는 발소리에 귀를 기울였다. 그는 냅킨을 벗기 전 의심스러운 눈빛으로 창문을 쳐다보다가 식사를 시작했다. 한 입 먹고, 다시 경계하며 창문을 쳐다보고, 또 한 입 먹고, 이번엔 손으로 냅킨을 잡고 자리에서 일어나더니, 방을 가로질러 제일 아래쪽에 있는 판유리를 가리는 하얀 모슬린 위에까지 블라인드를 내렸다. 블라인드를 치자 황혼 빛이 방 안을 감돌았다. 그는 이 일을 마친 뒤 한결 편안한 모습으로 탁자에 돌아와 식사를 계속 했다.

"사고를 당했든가, 수술을 했든가 암튼 그런 연고가 있을 거야." 홀 부인이 말했다.

"붕대를 보니 딱 감이 오네!"

그녀는 석탄을 더 집어넣고 빨래 건조대를 편 후 여행객의 외투를 그 위에 펼쳐놓았다.

"그리고 그 안경! 그 남자 왠지 인간이라기보다 잠수모처럼 보였단 말이지!"

그녀는 그의 목도리를 건조대 끝에 널었다.

"그렇게 시종일관 입을 감싸고 있는 손수건. 고 안에! 아마 입이 심하게 다쳐서 그런 걸 거야."

그녀는 갑자기 뭔가 생각난 듯이 몸을 돌렸다.

"나 좀 살려라!" 부인은 별안간 화제를 돌리며 말했다.

"밀리야, 감자 아직 멀었니?"

홀 부인이 낯선 사내의 점심 준비를 모두 마쳤을 때, 그의 입이 고통스러운 사고로 베였던지 크게 다쳤을 것이라는 그녀의 생각이 입증되었다. 그도 그럴 것이, 그는 파이프를 피고 있었는데 그녀가 방에 머무는 동안 파이프 흡입구를 물기 위해 얼굴 아랫부분을 감싼 실크 목도리를 끝끝내 풀지 않았기 때문이다. 건망증 때문은 아니었다. 그가 타오르는 파이프를 힐끗거리는 모습을 봤기 때문이다. 먹고 마시며 편안하게 몸을 녹인 덕분에, 그는 블라인드를 등지고 구석에 앉아 아까보다는 덜 공격적인 말투로 짤막하게 내뱉었다. 불빛이 반사되면서 그의 커다란 안경에 여태껏 볼 수 없었던 열렬한 생기를 드리웠다.

"짐이 좀 있소." 그가 말했다.

"브램블허스트 역에 말이오."

그런 다음 그는 그 짐을 어떻게 가져올 수 있는지 부인에게 물었다. 그는 붕대를 맨 머리를 매우 정중하게 숙이며 그녀의 설명에 감사를 표했다.

"내일이라고요?" 그가 말했다.

"더 빨리 가져올 방법은 없겠습니까?"

"없습니다."

그녀가 대답하자 그는 엄청 낙담한 것처럼 보였다. 그녀의 말이 확실할까? 언덕을 넘어 짐을 가져올 사람은 없을까? 홀 부인은 기꺼이 그의 질문에 대답하며 대화를 이어갔다.

"언덕께 길이 워낙에 가팔라서요. 손님."

그녀는 짐에 대한 그의 질문에 이렇게 대답하면서 말머리를 잡았다.

"1년도 더 전에 마차 하나가 뒤집어진 적이 있었습니다. 마부 옆에 있던 신사분이 그날로 명을 달리하셨지 뭡니까. 사고라는 게 워낙 순식간에 일어나는지라."

하지만 이 방문객은 쉽사리 넘어가지 않았다.

"그건 그렇소만."

그는 좀체 속을 알 수 없는 안경을 통해 조용히 그녀를 쳐다보면서 목도리 사이로 말했다.

"아무튼 다 나으려면 시간이 꽤 걸리지 않습니까? 톰이라고 제 여동생 아들이 하나 있는데, 그 녀석이 글쎄 풀밭에 있던 낫 위로 넘어지는 바람에 팔을 다치고 말았죠. 근데, 아이고! 손님, 석 달이나 옴짝달싹 못하더랍니다. 안 믿기겠지만. 암튼 그 일 때문에 낫만 보면 소름이 돋는다니까요, 손님."

"충분히 이해합니다." 방문객이 말했다.

"손님, 그 애는 수술을 할까봐 아주 무서워했어요. 상태가 상태인지라."

그러나 방문객은 돌연 다 씹어 먹은 줄만 알았던 웃음을 크게 터뜨렸다.

"그랬습니까?" 그가 말했다.

"그랬습니다. 손님. 그리고 저처럼 그 애를 돌봐야 할 가족들에겐 웃어넘길 문제가 아니었어요. 제 동생은 어린 아가들 보기에도 바빴거든요. 붕대도 계속 감고 풀고. 그리고 손님께 제가 감히 말씀 올리자면……"

"성냥 좀 가져다주겠소?"

방문객이 매우 퉁명스럽게 말을 내뱉었다.

"파이프가 꺼졌군."

홀 부인의 말이 갑자기 중단되었다. 그녀가 지금껏 했던 모든 것을 그에게 말한 뒤에 이런 식으로 그녀를 대하는 것은 정말 무례한 행동이었다. 그녀는 잠시 동안 그를 쏘아보다가 1파운드 두 닢을 생각하며 성냥을 가지러 갔다.

"고맙소."

부인이 성냥을 건네주자 그는 짧게 말을 건네고는 어깨를 돌려 다시 창밖을 응시했다. 정말이지 맥이 빠지는 모습이었다. 분명 그는 수술과 붕대라는 화제에 민감하게 반응했다. 하지만 어쨌든 그녀는 '너무 무례한 말'을 안 하지 않았는가. 그러나 그의 모욕적인 언행은 부인을 화나게 했고, 때문에 밀리는 그날 오후 내내 그녀에게 시달려야 했다. 방문객은 방에 침입할 틈을 조금도 주지 않으면서 네 시가 될 때까지 객실에 머물렀다. 방에 있는 대부분 시간동안 그는 아주 조용했다. 점점 짙어져가는 어둠 속에 앉아 불을 쬐면서 담배를 피우고 있는 것 같았다. 어쩌면 졸고 있거나.

호기심 많은 귀가 달렸다면 한두 번 정도 그가 석탄을 뒤적이는 소리를, 그리고 5분 간격으로 방을 돌아다니는 소리를 들었을지도 모른다. 그는 혼잣말을 하는 것 같았다. 그러다 그가 다시 자리에 앉으면 안락의자가 삐걱거렸다.

7

꽤 어둑해진 네 시경. 홀 부인은 방에 들어가 그녀의 방문객에게 차를 마실 건지 물어보기 위해 용기를 짜내고 있는데, 시계 장사꾼 테디 헨프리가 술청으로 다가왔다.

"이야! 홀 아주머니." 그가 말했다.

"이런 끔찍한 날씨에 얇은 장화는 영 못 쓰겠습니다!"

밖에는 눈이 더욱 거세게 내리고 있었다. 홀 부인은 이 말에 동의하면서 그가 가방을 들고 있다는 것을 알아차렸다.

"이제 오셨어요. 테디 씨." 그녀가 말했다.

"객실에 있는 낡은 시계 좀 봐주세요. 잘 가다가 종도 곧잘 울려대는데, 계속 여섯 시만 가리키고 있지 뭐예요."

그녀는 앞장서서 객실에 이르렀고 문을 두들긴 후 방에 들어갔다. 문을 열어보니 그녀의 방문객은 난롯가에 놓인 안락의자에 앉아 있었는데, 붕대를 동여 맨 머리를 한쪽으로 늘어뜨리고는 꾸벅꾸벅 졸고 있는 것 같았다. 방 안에 빛이라고는 난로에서 뿜어져 나오는 붉은 빛이 전부였고, 이 빛은 마치 철도의 적신호처럼 그의 눈동자를 비추면서도 푹 숙인 얼굴에는 어둠을 드리우고 있었다. 날의 희미한 흔적이 열린 문을 통해 스며들었다.

부인에게는 모든 것이 불그스레하고 어둑어둑하며 희미해보였는데, 술청에 있는 등불을 켠 뒤라 눈이 더 침침했다. 그러나 잠시 후 그녀는 자신이 보고 있던 이 남자가 얼굴 아래 부분을 모두 집어 삼킨 듯 믿을 수 없이 크고 엄청난 입을 쩌억 벌리고 있는 것 같은 느낌이 들었다. 하얗게 동여맨 머리, 커다란 안경을 쓴 무시무시한 두 눈, 그리고 그 아래 하품하는 거대한 입까지. 이것은 매우 순간적인 인상이었다. 그때 그가 몸을 뒤척이더니 손을 위로 치켜들면서 의자에서 일어나기 시작했다. 부인이 문을 활짝 열자 방이 더 밝아졌고, 그녀는 그가 아까 냅킨을 동여맸던 것처럼 목도리를 얼굴까지 끌어올리고 있는 것을 명확히 볼 수 있었다. 부인은 그림자의 장난에 놀아났다고 생각했다.

"손님, 이 아저씨가 시계 좀 수리한다는데 잠깐 괜찮을까요?"

그녀는 잠시 동안의 충격에서 벗어나며 말했다.

"시계를 수리한다고?"

그가 입을 손으로 가린 채 졸린 눈으로 쳐다보며 이렇게 말했다. 그러더니 완전히 깬 목소리로 말했다.

"물론 괜찮소."

홀 부인이 등불을 가지러 나가고, 그는 일어나서 기지개를 폈다. 등불을 가지고 방에 들어온 테디 헨프리 씨는 붕대를 맨 이 남자와 마주쳤다.

"깜짝 놀랐다." 그의 말 그대로 그는 정말 깜짝 놀랐다.

"안녕하시오."

낯선 사내가 말했다. 헨프리 씨의 말로는 그가 생생한 감각이 담긴 검은 안경을 쓰고 자기를 바라보는데 마치 '가재' 같았다고 한다.

"제가 혹시." 헨프리 씨가 말했다.

"방해가 된 건 아닌지요."

"전혀." 낯선 사내가 말했다.

"뭐." 그가 홀 부인을 돌아보며 말했다.

"이 방은 완전히 나를 위한 개인방인 줄 알고 있었지만 말이오."

"손님. 저는……" 홀 부인이 말했다.

"손님께서 시계를……"

"물론." 낯선 사내가 말했다.

"물론 그렇지만…… 나는 대개 혼자 있는 것을 좋아하고 방해받지 않는 쪽을 선호하오."

"그렇지만 시계를 손본다니 고마운 일이군."

그는 척 보기에도 우물쭈물하고 있는 헨프리 씨를 바라보면서 말했다.

"아주 반가운 일이오."

헨프리는 그에게 사과하고 여기서 그만 둘 참이었지만, 그의 말을 듣고 안도했다. 낯선 사내는 벽난로를 등지고 서서 뒷짐을 졌다.

"시계 수리가 끝나는 즉시……" 그가 말했다.

"차를 마셔야겠소. 하지만 수리가 끝나기 전에는 안 되겠군."

막 방을 떠나려는 홀 부인에게 – 그녀는 헨프리 씨 앞에서 무시당하고 싶지 않았기 때문에 이번에는 먼저 대화를 시작하지 않았다 – 방문객은 브램블허스트에 있는 자기 짐에 그녀가 혹시 무슨 조치를 취했는지를 물어보았다. 그녀는 집배원에게 얘기를 했으니 내일쯤 그 짐들을 가져올 것이라고 말했다.

"그게 가장 빠른 방법이라고 확신하오?"

그가 말했다. 그녀는 쌀쌀맞은 얼굴로 확실하다는 의사를 내비쳤다.

"설명하자면." 그가 말을 이었다.

"아깐 너무 춥기도 하고 피곤해서 그랬소만, 나는 실험실에서 일하는 연구원이오."

"그러세요. 손님."

홀 부인은 깊이 감명 받은 얼굴로 말했다.

"그리고 내 가방에는 실험 기구와 도구들이 들었소."

"정말 쓸 만한 물건들만 있겠군요, 손님." 홀 부인이 말했다.

"나는 연구를 계속 하고 싶어 정말 미칠 지경이라오."

"아무렴 그러시겠죠, 손님."

"내가 아이핑에 온 건……"

그는 아주 조심스러운 태도로 말을 이었다.

"그건…… 고독을 갈망했기 때문이오. 난 내 일에 방해를 받고 싶지 않소. 게다가 사고가……"

"내가 그럴 줄 알았어."

홀 부인이 혼잣말을 했다.

"완전한 은신처가 필요하지. 내 눈은 종종 시력이 뚝 떨어지고 통증을 느끼기 때문에 몇 시간이고 어두운 곳에 처박혀 있어야 한다오. 스스로 가두는 거지. 가끔 이따금씩 말이오. 물론 요즘엔 그렇지 않지만. 그럴 때마다 방에 낯선 사람이 들어온다든가 하는 아주 경미한 방해를 받게 되면 나는 고문에 가까운 짜증을 느끼게 된다오. 이런 점들은 좀 이해해주었으면 하오."

"그럼요. 손님." 홀 부인이 말했다.

"외람되지만 여쭙고 싶은 게 있는데……"

"이게 전부인 것 같군."

낯선 사내는 마음대로 대화를 끝낼 수 있는 예의 그 조용하고 단호한 태도로 말했다. 홀 부인은 상황이 더 좋아지기를 기다리며 질문과 동정심을 미루기로 했다.

홀 부인이 방을 떠난 후에도 그는 여전히 난로 앞에 서서, 헨프리 씨 말을 빌리자면 시계 고치는 것을 노려보았다. 헨프리 씨는 시곗바늘과 다이얼을 떼어냈을 뿐 아니라 시계 부품들도 뜯어냈다. 그리고 가능한 한 천천히, 조용하게, 겸손한 태도로 작업에 임하려고 노력했다. 그는 등불을 가까이에 두고 작업했는데, 녹색 갓이 그의 손에, 그리고 시계 틀과 톱니바퀴에 반짝이는 빛을 던지면서 방은 어둠 속에 내버려두었다. 그가 고개를 들자 형형색색의 조각들이 그의 눈동자 속에서 헤엄쳤다. 천성적으로 호기심이 많은 그는 작업을 지연시켜 낯선 사내와 대화라도 해볼 요량으로 시계 부품들을 떼어냈는데, 이는 사실 아주 불필요한 행동이었다. 하지만 낯선 사내는 단 한 마디도 하지 않고 가만히 서 있었다. 너무 가만히 서 있어서 헨프리의 신경이 곤두섰다. 그는 방 안에 혼자 있는 것 같다고 느끼며 고개를 들었는데, 잿빛이 감도는 어슴푸레함 속에서 붕대를 맨 머리 그리고 녹색 얼룩이 안개처럼 떠다니는 거대한 푸른 안경알이 자신을 뚫어져라 쳐다보고 있었다.

이 광경은 헨프리에게 매우 기괴했던지라 잠시 동안 두 사람은 서로 멍하니 응시하고 있었다. 그러다 헨프리가 다시 고개를 숙였다. 정말 불편한 자리가 아닐 수 없었다! 어찌됐건 무슨 이야기라도 시작할 만했다. 올해 들어 날씨가 엄청 추워졌다고 말해볼까? 그는 서두를 장전하고 이 남자를 겨냥하려는 듯이 올려다보았다.

"날씨가……" 그가 말을 꺼냈다.

"일을 끝내고 그만 나가 주었으면 하오."

애써 분노를 억누르고 있는 것이 분명해 보이는, 단호한 태도를 유지하고 있는 형상이 말했다.

"당신이 할 일은 시계 축에 시침을 고정하는 것이잖소. 그런데 지금 하는 것이라고는 영 쓸데없는 짓거리뿐이로군."

"알겠습니다. 손님 1분만 더 기다려 주십시오. 좀 훑어본 겁니다."

헨프리 씨는 작업을 끝내고 방을 나왔다. 하지만 그는 상당히 기분이 언짢았다.

"망할!"

헨프리 씨는 녹은 눈길을 뚫고 마을을 터벅터벅 걸어 내려오며 혼잣말을 했다.

"사람이라면 가끔씩 시계도 봐주고 해야지, 아무렴."

그가 다시 말을 내뱉었다.

"좀 보면 안 되나? 꼴불견이군!" 그리고 또 이렇게 말했다.

"보기엔 아니던데. 만약 경찰이 형씨를 찾아다니고 있다면 더 이상 그렇게 칭칭 동여매고 있을 수는 없을 걸."

그는 글리슨 모퉁이에서 홀을 발견했다. 홀은 그 낯선 남자가 머무는 <코치 앤 홀시스>의 여주인과 최근에 결혼했는데, 요즘에는 가끔씩 사람들이 필요하다고 하면 시더브릿지 교차로까지 아이핑 마차를 몰았다. 그는 교차로에서 막 돌아오던 중에 헨프리 씨 쪽으로 다가왔다. 마차를 모는 모습을 보자니 홀은 시더브릿지에 '잠시 정차' 했던 것이 분명했다.

"잘 지냈나, 테디?" 그가 지나가면서 말했다.

"자네 집에 이상한 놈이 들어왔네!"

테디가 말했다. 홀은 아주 부드럽게 마차를 세웠다.

"그게 무슨 소리야?" 그가 물었다.

"이상하게 생긴 손님이 <코치 앤 홀시스>에 머물고 있단 말일세." 테디가 말했다.

"허, 참!"

그는 계속해서 홀에게 기이한 손님의 모습을 생생하게 묘사해 주었다.

"변장이라도 한 것 같아, 안 그런가? 그 자를 내 집에 머무르게 한다면 나는 기꺼이 그 면상을 보고 싶네." 헨프리가 말했다.

"하지만 여자들은 낯선 자들을 쉽게 신뢰하지. 그 자는 자네 방을 차지하고도 이름조차 밝히지 않았다네, 홀."

"뭐라고!" 원래 이해력이 좀 약한 홀이 말했다.

"사실이네." 테디가 말했다.

"일주일. 그 작자의 정체가 뭐든 간에 일주일 내로 쫓아내긴 힘들 걸세. 거기다 내일쯤 짐이 한 무더기 도착할거라고 하던데. 그 짐 안에 돌덩어리가 들어있지는 않길 바라자고. 홀."

그는 해스팅즈에 사는 자기 숙모가 텅 빈 커다란 여행 가방을 든 낯선 방문객에게 어떻게 사기를 당했는지를 홀에게 말해주었다. 그리고는 홀이 막연한 의심을 품게 만들었다.

"자, 가자." 홀이 말했다.

"내가 손 좀 봐줘야겠군."

테디는 한결 가벼워진 마음으로 다시 터덜터덜 걸어갔다. 그러나 손보는 대신 홀에게 돌아온 것은 시더브릿지에서 시간을 허비한 것에 대한 아내의 호된 잔소리였고, 조심스럽게 던진 질문에는 요점에서 벗어난 퉁명스러운 대답이 날아왔을 뿐이었다. 하지만 이런 낙담에도 불구하고, 테디가 뿌린 의심의 씨앗은 홀 씨의 마음에서 싹트기 시작했다.

"당신네 여자들은 아무 것도 몰라."

홀 씨는 손님의 정체를 가능한 빨리 밝혀내겠다고 다짐하며 이렇게 말했다. 마침내 9시 반 경 낯선 사내가 잠자리에 들자, 홀 씨는 거칠게 객실로 쳐들어가서 이 낯선 사내가 이 방의 주인이 아니라는 것을 보여주기 위해 아내의 가구를 뚫어져라 쳐다보다가, 낯선 사내가 남기고 간 수학 계산이 적힌 종이 한 장을 경멸어린 눈빛으로 매우 면밀하게 살펴보았다. 그는 침대에 들어가기 전에 홀 부인에게 다음 날 낯선 사내의 짐이 도착하거든 잘 살펴보라고 당부했다.

"홀, 당신은 당신 일이나 신경 써요." 홀 부인이 말했다.

"내 일은 내가 알아서 할테니."

낯선 사내는 분명 아주 이상한 방문객이었고 자신도 그를 믿을 수 없었기 때문에, 그녀는 홀에게 잔소리를 더 퍼붓고 싶었다. 부인은 한밤중에 끝이 보이지 않는 목들과 엄청나게 큰 검은 눈동자들이 달린 순무 같은 허여멀건 머리통들이 그녀를 뒤쫓아 오는 꿈을 꾸다가 잠을 깼다. 하지만 그녀는 분별력 있는 여성답게 공포심을 가라앉히고 돌아누워 다시 잠이 들었다.

/

이 기이한 인물이 머나먼 아이핑 마을에 툭 떨어진 것은 눈이 녹기 시작한 2월 29일 경이었다. 다음 날 그의 가방이 진창길을 뚫고 도착했는데, 아주 이상한 가방이었다. 합리적으로 생각하는 사람이라면 필요하겠다 싶은 트렁크가 일단 두 개 있었지만, 이외에도 책이 가득 든 상자가 하나 있었고 – 커다랗고 두꺼운 책들이었는데 일부는 도무지 알아볼 수 없는 필체가 적혀 있었다 – 짚으로 싼 물건들이 들어 있는 커다란 궤짝, 상자, 용기들이 한 십여개 넘었다. 보아하니 홀은 언제나처럼 호기심에 이끌려 유리병들을 품고 있는 짚더미를 끌어당겼던 모양이다. 홀이 짐을 들여놓는 것을 도울 준비를 하며 잡담하는 동안, 모자, 외투, 장갑, 붕대로 무장한 낯선 사내는 피어렌사이드 마차가 도착하길 기다리며 성급하게 밖으로 나왔다. 밖에 나온 그는 피어렌사이드의 개가 홀의 두 다리에 지대한 관심을 보이며 킁킁거리고 있는 것을 알아차리지 못했다.

"이 상자들을 옮기시오." 그가 말했다.

"너무 오래 기다렸소."

그는 계단을 내려와서는 작은 상자에 먼저 손을 뻗으려는 듯 마차 뒤편으로 향했다. 그러나 피어렌사이드의 개는 그를 보자마자 털을 곤두세우며 사납게 으르렁거렸고, 그가 계단을 급히 내려오자 다짜고짜 뛰어올라 그의 손에 곧장 달려들었다.

"왁!"

개를 다룰 줄 모르는 홀이 뒤로 펄쩍 뛰어 물러서면서 외쳤다.

그러자 피어렌사이드가 '엎드려!'라고 고함치며 채찍을 낚아챘다. 그들은 개의 이빨이 손을 놓는 것을 보았고, 개가 걷어차이는 소리를 들었다. 또 개가 옆으로 펄쩍 뛰어 낯선 사내의 다리를 물어뜯는 것을 보았고, 그의 바지감이 찢어지는 소리를 들었다. 다음 순간 채찍의 가장 가느다란 끝이 피어렌사이드 본인의 개를 후려쳤고, 개는 깜짝 놀라 깨갱거리며 짐마차 바퀴 밑으로 기어들어갔다. 이 모든 일은 30초도 안 되는 찰나의 순간에 일어났다. 말하는 사람은 없고 모두 소리만 질렀다. 낯선 사내는 재빨리 찢어진 장갑과 다리를 흘긋 보고 다리 쪽으로 몸을 웅크리는가 싶더니, 몸을 돌려 여관 안으로 잽싸게 달려 들어갔다. 그들은 그가 복도를 황급히 가로질러 카펫이 깔리지 않은 계단을 올라 방으로 들어가는 소리를 들었다.

"이 못된 녀석, 이 녀석!"

피어렌사이드는 손에 채찍을 들고 짐마차를 오르며 말했다. 개는 바퀴 사이로 그를 쳐다보고 있었다.

"이리 와." 피어렌사이드가 말했다.

"좋은 말로 할 때 이리 와." 홀은 입을 떡 벌리고 서 있었다.

"손님이 물렸어." 홀이 말했다.

"들어가서 봐야겠군."

그는 서둘러 낯선 사내를 따라 들어가다가 복도에서 홀 부인과 마주쳤다.

"마부네 발바리가." 그가 말했다.

"손님을 물었어."

그가 곧장 계단을 올라가니 낯선 사내의 방문이 조금 열려 있었다. 그는 문을 밀어젖힌 다음 순수하게 안쓰러워하는 마음을 가지고 예의를 차릴 새도 없이 방으로 들어갔다.

블라인드가 쳐져 있었고 방은 어둑했다. 그는 자신을 향해 흔들리는 손 없는 팔처럼 보이는 가장 기이한 형상을 그리고 옅은 색 팬지꽃처럼 하얀 바탕에 커다랗지만 흐릿한 점 세 개가 있는 얼굴을 언뜻 쳐다보았다. 다음 순간 그는 가슴에 엄청난 충격을 받고 뒤로 넘어졌고, 눈앞에서 문이 쾅 하고 닫혔다. 너무나도 순식간에 일어난 일이라 무슨 일인지 살펴볼 시간도 없었다. 알아볼 수 없는 형상이 흔들리더니 맞았고, 엄청난 충격을 받았다는 것이 전부였다. 그는 자신이 본 게 뭐였는지 궁금해 하며 어둡고 좁은 층계참에 서 있었다.

2분 후, 그는 <코치 앤 홀시스> 밖에 모여 있는 작은 무리에 다시 끼어들었다. 피어렌사이드가 사건의 전말을 두 번째로 설명하는 중이었고, 홀 부인은 개가 그녀의 손님을 무는 일은 없어야 했다고 말하고 있었다. 길 너머 일용 잡화 상인인 헉슬러가 심문하고, 대장간의 샌디 와저스는 판사가 되어 있었다. 또 여자들과 아이들은 모두 멍청한 말들을 쏟아냈다. '나라면 물지 못하게 할 거야.' '저런 미친개는 키우면 안 된다.' '근데 왜 문 거래?' 등등…… 홀 씨는 계단에서 그들을 쳐다보면서 이야기를 듣고 있었는데, 위층에서 벌어진 너무나도 기이한 일 중 어느 하나도 믿기 힘든 일이라는 사실을 알아차렸다. 게다가 그가 받은 인상을 표현하기엔 그의 어휘력에 한계가 있었다.

"손님이 도움은 필요 없다 그러시네."

그는 아내의 질문에 이렇게 답했다.

"짐이나 마저 들여놓는 게 좋겠어."

"지금 당장 상처를 지져야 할 텐데." 헉스터 씨가 말했다.

"감염될 때를 대비해서 말이오."

"저라면 주사라도 놓겠어요. 그거라도 해야지."

무리에 섞여 있던 한 부인이 말했다. 갑자기 개가 다시 으르렁거리기 시작했다.

"자 어서."

현관에서 성난 목소리가 외쳤다. 깃을 세우고 모자 가장자리를 아래로 구부린, 소리 없는 낯선 사내가 서 있었다.

"최선을 다해 이 짐들을 가능한 한 빨리 옮겨준다면 참 기쁘겠소."

익명의 행인이 그의 바지와 장갑이 바뀌었다고 말했다.

"선생님, 다친 곳은 없습니까?" 피어렌사이드가 말했다.

"저 녀석이 벌인 짓은 정말 죄송……"

"별 것 아니오." 낯선 사내가 말했다.

"피부에 흠집 하나 없소. 서둘러서 짐들을 처리해주시오."

이 말을 마치고 그가 혼잣말로 욕지거리를 내뱉었다고 홀 씨가 단언했다. 그의 지시에 따라 첫 번째 상자가 바로 객실 안으로 옮겨지자, 낯선 사내는 유별나다 싶을 정도로 득달같이 달려들어 상자를 풀어헤치기 시작했다.

홀 부인의 카펫은 전혀 안중에도 없는 듯이 짚으로 어지럽히면서 말이다. 이번에는 병들을 꺼내놓기 시작했다. 가루가 들어 있는 작고 통통한 병, 여러 색의 액체와 흰색 액체가 담긴 작고 호리호리한 병, 세로로 홈이 파여 있고 독약 표시가 있는 푸른 병, 몸체가 둥글고 목이 긴 병, 커다란 녹색 유리병, 커다란 우윳빛 유리, 유리 마개가 끼워져 있고 반투명한 상표가 붙은 병, 질 좋은 코르크를 끼운 병, 마개로 막아놓은 병, 나무뚜껑이 있는 병, 포도주 병, 샐러드 오일 병. 그는 이 병들을 높은 서랍장, 벽난로 선반, 창가 아래 놓인 탁자 위와 마루 곳곳에 그리고 책장 등 눈에 보이는 모든 곳에 줄지어 세워 놓았다.

브램블허스트에 있는 약국에는 기껏해야 여기의 반 정도 되는 병만 가지고 있을 것이었다. 실로 놀라운 광경이었다. 여섯 개의 상자가 모두 비워지고 짚이 탁자에 높이 쌓이기까지 상자에서 병을 꺼내고 또 꺼내는 일은 계속되었다. 병 외에 상자에서 나온 것이라고는 셀 수 없이 많은 시험관과 잘 포장된 저울뿐이었다. 낯선 사내는 상자를 모두 푼 즉시로 창가로 가서 일하기 시작했다. 흐트러져 있는 짚더미, 꺼져가는 난롯불, 밖에 있는 책 상자, 심지어 위층으로 옮겨진 다른 가방과 짐에도 일말의 관심을 보이지 않았다.

홀 부인이 저녁식사를 가지고 그에게 갔을 때 그는 이미 병에 든 액체를 시험관에 조금씩 떨어뜨리는 작업에 심취해 있었고, 그래서 부인이 방 상태를 보고는 짚 더미를 치우고 쟁반을 일부러 조금 소리 내어 탁자에 내려놓을 때까지 그녀가 들어온 것을 알지 못했다. 소리가 나자 그는 반쯤 고개를 돌렸다가 다시 원래 자세로 돌아왔다. 하지만 그녀는 그가 안경 벗는 것을 보고 말았다. 안경은 그에 옆에 놓인 탁자 위에 있었는데, 그의 눈구멍이 기이하리만치 텅 비어 있는 것처럼 보였다. 그가 다시 안경을 쓰더니 고개를 돌려 그녀를 쳐다보았다. 부인이 바닥에 흩어진 지푸라기에 대해서 뭐라고 하려는 찰나에 그가 먼저 말을 꺼냈다.

"문기척도 없이 들어오지는 말았으면 하오."

그냥 그가 가진 특징인 듯, 비정상적인 분노가 담긴 목소리로 그가 말했다.

"두드렸는데요, 근데 보니까.."

"물론 그랬을 수도 있겠소만, 내 실험에선 정말 위급하고 중요한 실험 말이지. 아주 경미한문 삐걱거리는 소리라도 제발이지……"

"그럼요, 손님. 언제든 간에 잠그시려거든 잠가 두세요."

"그거 아주 좋은 생각이군." 낯선 사내가 말했다.

"이 지푸라기 말이죠, 손님. 제가 감히 한 말씀 드리자면.."

"아무 말도 마시오. 짚이 문제거든 청구하시오."

이 말을 마치고 그가 부인을 향해 뭐라고 중얼거렸는데, 욕은 아닌지 의심스러웠다. 그는 분노가 터져 나올 듯 매우 공격적인 모습으로 한 손에는 병을 다른 한 손에는 시험관을 들고 서 있었는데, 그 모습이 너무도 이상해서 홀 부인이 화들짝 놀랄 정도였다. 하지만 그녀는 단호한 여성이었다.

"손님, 그럼 손님이 생각하시는 금액은 얼만지?"

"1실링, 1실링이라고 적어 두시오. 1실링이면 충분하겠지?"

"좋습니다."

홀 부인이 식탁보를 집어 들더니 탁자 위에 펼치기 시작하면서 말했다.

"물론, 손님이 좋으시다면……"

그가 외투 깃을 부인 쪽으로 향하게 하더니 몸을 돌려 자리에 앉았다. 오후 내내 그는 방문을 걸어 잠근 채 일을 했다. 홀 부인의 주장으로는 가장 조용한 시간이었다고 한다. 그런데 탁자에 부딪히기라도 했는지 병들이 서로 부딪히면서 울리는 소리가 들리더니, 세게 던져 와장창 깨지는 소리가 났다. 그러다가 방을 급하게 돌아다니는 발소리가 들렸다. '무슨 일이 있다.'는 두려움을 느끼며, 부인은 문으로 다가가 문을 두드릴 생각도 하지 않고 귀를 기울였다.

"더 이상 할 수 없어." 그가 악에 바쳐 소리 질렀다.

"더 이상 할 수 없어. 삼십 만, 사십 만! 무지막지한 숫자야! 속았어! 내 삶이 송두리째 날아가고 말 거라고! 인내! 정녕 인내뿐인가! 멍청한 놈! 이 멍청이!"

술청의 벽돌 바닥에 구두 징이 부딪치는 소리가 나자, 홀 부인은 마지못해 그의 나머지 독백을 남겨두어야 했다. 그녀가 방에 돌아오자 다시 조용해졌다. 의자가 희미하게 타닥거리는 소리와, 병이 가끔씩 짤랑하는 소리가 났다. 다시 적막이 흘렀다. 낯선 사내가 다시 일하기 시작한 것이다. 그에게 차를 가지고 왔을 때, 부인은 방구석에 있는 오목 거울 아래에 유리가 깨져 있는 것을 보았다. 그리고 아무렇게나 문질러 닦은 금색 얼룩을 발견했다. 그녀가 이 광경을 환기시켰다.

"계산서에 달아두시오."

그녀의 방문객이 딱딱거리며 말했다.

"부탁하는데 제발 날 귀찮게 하지 마시오. 뭐라도 망가졌거든 그냥 청구해두란 말이오."

그는 이 말을 마치고 앞에 놓인 연습장에 쓰인 목록에 마저 표시하기 시작했다.

"말할게 있어."

피어렌사이드가 모호하게 말했다. 때는 늦은 오후였고, 그들은 아이핑 행어의 작은 맥주 집에 앉아 있었다.

"뭔데?" 테디 헨프리가 말했다.

"우리 집 개가 문, 자네가 지금 말하는 그 친구. 아무래도 흑인이지 싶네. 적어도 다리만큼은 말이야. 바지와 장갑이 찢어진 틈으로 봤어. 자네는 분홍빛이 도는 피부를 예상했겠지만, 글쎄. 그렇지 않았어. 그냥 까맣더라고. 자네에게 말해두겠는데, 그는 내 모자보다도 까맣다고."

"뭐라고!" 헨프리가 말했다.

"정말 이상하네. 아니, 코는 꼭 칠한 거 마냥 분홍색이었거든!"

"자네 말이 맞아." 피어렌사이드가 말했다.

"나도 아네. 이제 내가 생각하고 있는 걸 말해주지. 저치는 얼룩투성이야, 테디. 검은 피부와 흰 피부가 조각조각 섞여 있지. 그래서 그는 그 점이 창피한 걸세. 아마 혼혈로 태어났는데 피부색이 섞이는 대신 군데군데 두 색이 모두 나타나게 된 거겠지. 이런 것들을 예전에도 들어본 적이 있네. 누구나 볼 수 있듯, 말에게는 흔하게 나타나는 일이지."

/

그가 자아낸 이 기묘한 인상을 독자에게 이해시키기 위해, 나는 낯선 사내가 아이핑에 도착한 상황을 아주 자세하게 이야기했다. 하지만 두 가지 괴이한 사건들을 제외하면, 마을 축제라는 특별한 날이 오기까지 그가 마을에 머문 상황에 대한 이야기는 겉핥기식으로 넘어갈지도 모르겠다. 홀 부인은 그동안 이 집안 규율에 대해 그와 지겹도록 작은 전쟁을 치렀다. 하지만 돈이 바닥날 첫 번째 징조가 나타나기 시작한 4월 말이 되기까지, 그는 매번 추가 비용을 내겠다는 간편한 방법으로 그녀의 잔소리를 피했다. 홀은 그가 맘에 들지 않았기 때문에 틈만 나면 그를 쫓아낼 방법에 대해 말했다. 그러나 그는 보통 허세를 부리며 이 혐오감을 감추고, 가능하면 그 방문객을 피하는 식으로 이런 감정을 표현했다.

"여름까지는 기다려 봐요." 홀 부인이 점잔을 빼며 말했다.

"화가들이 올 때까지 말이에요. 그 때 한 번 보자구요. 그 양반이 콧대는 높아도 당신이 뭐라 하던 계산은 척척 하잖아요."

낯선 사내는 교회에 가지 않았고, 주말과 평일사이에 별로 달라지는 점이 없었다. 심지어 입는 옷도 말이다. 홀 부인의 생각에 그는 아주 불규칙적으로 일했다. 어느 날은 일찍 내려와 줄곧 분주한가 하면, 또 어느 날은 늦게 일어나 초조한 듯이 몇 시간 동안 방을 돌아다니며 담배를 피우고, 난롯가에 놓인 안락의자에서 잠이 들기도 했다. 그는 마을 저편의 세상과 어떤 소통도 하지 않았다. 그의 성격은 여전히 매우 불안정했다. 대개 그의 태도는 거의 참을 수 없는 분노로 고통 받는 사람 같았으며, 돌발적으로 휘몰

아치는 분노에 휩싸여 한두 번 물건을 부러뜨리고, 찢고, 뭉개거나 부수었기 때문이다. 그는 가장 강렬하고도 만성적인 분노에 지배당하는 것처럼 보였다. 그가 낮은 목소리로 혼잣말하는 버릇이 점점 더 심해졌지만, 아무리 열심히 귀를 기울여 봐도 홀 부인은 그가 무슨 소리를 하는 건지 도무지 감을 잡을 수 없었다.

그는 낮에는 거의 돌아다니지 않았지만, 날이 저물면 날씨가 춥든 말든 상관없이 붕대를 칭칭 감싸고 밖으로 나가 가장 인적이 드문 길, 나무와 강둑 때문에 그늘이 가장 어둡게 진 길을 택했다. 모자라는 펜트하우스 아래 있는 커다랗고 동그란 안경과 붕대를 맨 섬뜩한 얼굴이 집으로 향하던 일꾼 한두 사람들에게는 반갑지 않게도 어둠 속에서 불쑥 나타났다. 테디 헨프리는 어느 날 밤 9시 반 경에 <스칼렛 코트>에서 허둥지둥 나오다가, 여관의 열린 문 사이로 들어온 빛에 빛나는 - 그는 손에 모자를 들고 걷고 있었다 - 낯선 사내의 해골 같은 머리를 보고 창피할 정도로 소스라쳤다. 해질녘 그를 본 아이들은 도깨비가 나오는 악몽에 시달렸고, 아이들이 그를 싫어하는 것보다 그가 아이들을 싫어하는 정도가 더 심한지 혹은 그 반대인지는 확실치 않았으나, 서로가 서로를 격렬하게 싫어한다는 사실만큼은 명백했다.

아이핑 같은 마을에서 이처럼 지나치게 눈에 띄는 외모와 거동을 보이는 사람이 화젯거리가 되는 것은 피할 수 없는 일이었다. 그의 직업이 무엇인지에 대해서는 의견이 크게 갈렸다. 홀 부인은 이 문제에 예민하게 반응했다. 그녀는 질문이 던져지면 마치 함정을 두려워하는 사람처럼 음절들을 신중하게 생각하면서 그가 <실험실 연구원>이라고 아주 조심스럽게 설명했다. 무슨 실험을 하는 연구가냐고 물으면, 그녀는 거만을 떨며 교육 받은 사람들 대부분이 알만한 것이라고 말하면서, 그가 '그것들을 발견했다'고 덧붙여 설명했다. 부인은 그녀의 방문객이 사고를 당해 일시적으로 얼굴과 두 손이 변색되었고, 예민한 성격이라 이런 사실로 인해 사람들에게 주목받는 것을 싫어한다고 말했다.

부인이 듣지 못하는 곳에서는 그가 사실 정의로부터 도망치려는 범죄자이며 경찰의 눈을 피하려고 붕대로 감싼 것이라는 견해가 크게 퍼졌다. 이 의견은 테디 헨프리 씨의 머리에서 나온 것이었다. 2월 중순이나 하순에 걸쳐 벌어진 큰 범죄는 알려진 바 없었다. 국립학교 견습 보조교사인 고울드 씨의 상상 속에서 정교하게 짜인 이론에 따르면, 낯선 사내는 사실 폭약을 준비하고 있는 변장한 무정부주의자였다. 그래서 그는 틈틈이 이렇게 탐정 활동을 떠맡겠노라고 다짐했다. 그의 탐정 활동은 대부분 낯선 사내와 마주칠 때마다 상세히 훑어보거나, 낯선 사내를 아직 보지 못한 사람들에게 그에 대해서 유도신문을 하는 것이었다. 하지만 그가 밝혀낸 것은 아무 것도 없었다.

피어렌사이드 씨가 이끄는 견해를 따르는 무리는 얼룩투성이 견해 혹은 그것을 조금 변형시킨 이론을 받아들였다. 예를 들면 사일러스 더간은 '만약 그가 공적으로 모습을 드러내기로 했더라면 당장에 돈방석에 앉았을 것이다' 라고 주장하면서, 나름 신학자 입장에서는 그를 한 달란트 가진 이에 비유했다. 이외에도 낯선 사내를 무해한 미치광이로 생각하며 전체 문제를 설명하는 견해도 있었다. 이 견해는 모든 것을 속 시원하게 설명해준다는 장점을 가지고 있었다. 이러한 주요 무리들 속에는 동요하는 사람들도 있었고 절충안을 찾는 사람들도 있었다. 서식스 사람들은 미신을 그다지 믿지 않았으므로, 초자연적인 것에 대한 생각이 마을에 처음으로 슬그머니 퍼지기 시작한 것은 4월 초 사건들이 터진 후였다. 심지어 이때도 여자들만 그렇게 믿고 있었다. 하지만 그들이 그에 대해 무슨 생각을 하든지, 아이핑에 사는 사람들 모두가 그를 싫어한다는 것에는 동의했다.

도시의 두뇌 노동자라는 것은 이해할 수 있다 쳐도, 그의 과민한 성격은 이곳 조용한 서식스 마을 사람들에게는 놀라운 것이었다. 그들을 가끔씩 놀라게 하는 광적인 몸짓, 날이 저문 후 사람들을 헤치고 조용한 거리를 돌아다니는 성급한 걸음걸이, 호기심을 가지고 망설이며 다가오는 이들을 향한 비인간적인 공격성, 문을 닫고야 마는 황혼 미식가, 블라인드를 내리는 것, 촛불과 등불을 끄는 것, 누가 이런 것들에 동조할 수 있겠는가?

그가 마을을 내려올 때면 사람들은 한쪽으로 비켜섰고, 그가 지나가고 나면 유머가 넘치는 젊은이들이 외투 깃을 세우고 모자챙을 푹 눌러쓴 다음 그의 불가사의한 자세를 모방하면서 그처럼 신경질적으로 걸어 다녔다. 이 시절에는 <보기 맨(도깨비 인간)>이라는 노래가 유행했다. 스태첼 양이(교회 등불 모금을 위해) 교실 연주회에서 이 노래를 부른 뒤로, 마을 사람들은 한두 사람 모일 때마다 낯선 사내가 모습을 드러내면 다소 음정이 높거나 낮은 휘파람 소리로 이 노랫가락 한두 마디를 흥얼거렸다. 또 뒤늦게 작은 꼬맹이들도 그의 등 뒤에 대고 <보기 맨(도깨비 인간)>이라고 외치다가 오소소 몸을 떨며 의기양양해져서는 재빨리 달아났다.

가정의인 커스는 호기심에 사로잡혔다. 붕대가 그의 직업적 흥미를 당겼고, 천 한 개의 병에 대한 소문이 시기어린 관심을 불러 일으켰다. 그는 4월과 5월 내내 낯선 사내에게 말을 걸 기회를 갈망했고, 그러다가 성령강림절이 가까워오자 더 이상 참을 수 없게 된 그는 마을 간호사를 위한 기부 모집을 구실로 삼자는 묘안을 생각해냈다. 그는 홀 씨가 손님의 이름도 모른다는 사실을 알고 놀랐다.

"이름을 알려주긴 했는데."

홀 부인이 말했다. 사실무근한 주장이었다.

"제대로 듣지는 못했어요."

그녀는 그 사내의 이름을 모르는 것이 무식하게 보일 것이라고 생각했다. 커스는 문을 세게 두드리며 방에 들어갔다. 안쪽에서 터져 나오는 욕설이 들렸다.

"맘대로 들어와서 죄송합니다."

커스는 이렇게 말하면서 문을 닫았고, 홀 부인은 나머지 대화를 들을 수 없었다. 그녀는 그 후 10분 동안 뭐라고 중얼거리는 소리를 들을 수 있었는데, 이어 경악의 외침 소리, 발 구르는 소리, 의자가 내던져지는 소리, 터져 나오는 웃음소리, 문 쪽으로 빠르게 다가가는 발소리가 들리더니 커스가 모습을 드러냈다. 그의 얼굴은 창백했고, 그의 눈은 어깨 너머를 바라보고 있었다.

그는 문을 열어둔 채 등을 돌리고, 부인에게는 눈길도 주지 않고 복도를 가로질러 계단을 내려갔다. 그리고 부인은 그가 황급히 길을 걸어가는 소리를 들었다. 그는 손에 자신의 모자를 들고 있었다. 그녀는 열린 객실 문을 쳐다보면서 그 문 뒤에 섰다. 이윽고 그녀는 낯선 사내가 숨죽여 웃으면서 방을 가로지르는 발소리를 들을 수 있었다. 지금 선 곳에서는 그의 얼굴을 볼 수 없었다. 객실 문이 쾅 하고 닫혔고 다시 고요함이 찾아왔다. 커스는 곧장 마을길을 올라 성공회교회 목사인 번팅에게 찾아갔다.

"제가 정신이 나간 겁니까?"

초라한 작은 서재에 들어간 커스가 불쑥 말을 꺼냈다.

"제가 미친 사람처럼 보이시나요?"

"무슨 일이십니까?"

목사는 아직 철하지 않은 다음 시간 설교 원고지 위에 암모나이트를 올려놓으며 말했다.

"여관에 있는 그 놈이……"

"예?"

"마실 것 좀 주세요."

커스는 이렇게 말하고 자리에 앉았다. 선량한 목사에게 허락된 유일한 술인 싸구려 셰리를 한 잔 마시고 진정이 되자, 그는 방금 있었던 면담에 대해 털어놓았다.

"들어가서." 그가 숨을 헐떡였다.

"간호사 기금을 위한 기부를 부탁하기 시작했습니다. 제가 들어갔을 때 그 자는 주머니에 두 손을 찔러 넣고 의자에 어색한 자세로 앉아 있었어요. 코를 훌쩍이면서요. 그가 과학적인 것에 흥미가 있다는 말을 들었다고 했습니다. 그랬더니 다시 코를 훌쩍이면서 맞다고 하더군요. 내내 코를 훌쩍였습니다. 최근 지긋지긋한 감기에 걸린 것이 틀림없었어요. 그렇게 칭칭 감싸고 있는 게 놀라운 일이 아니었습니다! 저는 간호사 기금 관련 얘기를 계속 확장시켜 가면서 대화 내내 눈을 부릅뜨고 있었습니다. 여기 저기 널브러진 화학약품 병들. 저울, 시험관대에 꽂힌 시험관들도 보였고, 달맞이 꽃 냄새가 났어요. 그가 서명을 해주려나?

생각해보겠다고 하더군요. 저는 단도직입적으로 그에게 연구를 하는 중이냐고 물어봤는데 그렇다고 대답했습니다. 오래 걸리는 연구입니까? 이 질문에는 심사가 뒤틀린 양 '지긋지긋하게 오래 걸리는 연구'라고 답하면서, 말하자면 코르크 마개를 뽑았습니다. 저는 '아,'라고 소리를 냈는데 그때부터 불만이 마구 터져 나왔어요. 그 남자는 화가 머리끝까지 나 있었는데 제 질문이 도화선을 건드린 거죠. 그는 처방전을 받은 적이 있었습니다. 가장 가치 있는 처방전을 말이죠. 그런데 뭐에 관한 건지는 말해주지 않았습니다. '의학과 연관이 있나요?' 라고 물었습니다.

'빌어먹을! 도대체 뭘 건지려는 속셈이야?' 그래서 그에게 사과를 했죠. 그는 품위 있게 코를 훌쩍이고 기침을 했습니다. 그리고 다시 입을 열었습니다. 그는 처방전을 읽었다고 했습니다. 다섯 가지 성분이 적혀 있더랍니다. 종이를 내려놓고 고개를 돌렸는데, 창문에서 불어 온 외풍에 종이가 날아가 버렸죠. 휘리릭, 바스락, 하고 말입니다. 그는 벽난로가 있는 방에서 작업을 하고 있었다고 말했습니다. 불꽃이 살짝 일렁이는가 싶더니, 처방전에 불이 붙어 굴뚝으로 날아가고 있더랍니다. 그는 굴뚝으로 흘러 들어가려는 종이를 향해 달려들었죠. 그래! 바로 그 시점에 그는 이야기를 설명하려고 팔을 내밀었습니다."

"그런데요?"

"손이 없었어요. 빈 소매뿐이었죠. 전 그게 기형이라고 생각했죠! 코르크 팔이 있는데 떼어낸 모양이라고 지레짐작했죠. 그런데 뭔가 이상하다고 생각했어요. 그 안에 아무 것도 없는데 도대체 어떤 젠장맞을 것이 소매통을 열고 걷은 거지? 하고 말입니다. 말씀드렸던 것처럼 거기엔 아무 것도 없었습니다. 팔이 접히는 관절까지 아무 것도 없었어요. 아무것도요. 팔꿈치부터는 볼 수 있었는데, 찢어진 옷 사이로 희미한 빛이 반짝이고 있었습니다. '맙소사!' 제가 말했죠. 그랬더니 그가 말을 멈췄고, 검은 안경으로 저를 쳐다보더니 자신의 소매를 쳐다보았습니다."

"그래서요?"

"그게 다입니다. 그는 한 마디도 하지 않고 노려보기만 하더니 재빨리 소매를 주머니 안에 도로 집어넣었죠."

"내가." 그가 말했습니다.

"처방전이 불타고 있었다는 얘기까지 했던가?"

그가 이렇게 물으며 기침했습니다.

"도대체 어떤 젠장맞을 것이……" 제가 말했습니다.

"그렇게 빈 소매를 움직이게 하는 겁니까?"

"빈 소매라고?"

"네." 제가 말했죠.

"빈 소매요."

"빈 소매지, 그렇지? 당신 빈 소매인 걸 봤군?"

그가 곧장 일어났고, 저도 일어났습니다. 그는 아주 느린 걸음으로 세 발짝 저에게 다가오더니 코가 닿을 정도로 가까이에 섰어요. 그리곤 표독스럽게 코를 훌쩍였죠. 붕대를 맨 혹 덩어리와 눈가리개가 조용히 다가온다면 누구라도 불편한 기색을 감출 수 없겠지만, 저는 눈 하나 깜짝 하지 않았습니다.

"이 소매가 비었다고 했소?" 그가 말했죠.

"틀림없습니다." 저는 이렇게 말했죠.

나를 쳐다보며 아무 말도 없던 뻔뻔한 남자가 안경을 벗더니 긁적거리기 시작했습니다. 그런 다음 다시 주머니에서 아주 조용히 소매를 꺼내 마치 저에게 다시 보여주고 싶다는 듯 제 쪽으로 팔을 들어 올렸어요. 그는 아주, 아주 천천히 움직였습니다. 저는 소매를 쳐다봤어요. 시간이 한참 흐른 것 같았죠.

"어라?" 저는 헛기침을 하며 말했습니다.

"아무 것도 없군요."

"뭐라도 말해야 했습니다. 저는 슬슬 겁이 나기 시작했거든요. 저는 바로 그 아래를 볼 수 있었습니다. 그는 천천히, 천천히, 소매가 제 얼굴에서 6인치(15.24cm) 정도에 이를 때까지 그렇게 제 쪽으로 팔을 뻗었죠. 빈 소매가 그런 식으로 다가오는 모습을 본다는 건 정말 기괴스럽다고요! 그런 다음에는……"

"그런 다음에는?"

"분명 검지와 엄지처럼 느껴지는 뭔가가 제 코를 꼬집었어요."

번팅이 웃기 시작했다.

"거기엔 아무 것도 없었어요!"

커스가 말했다. 목소리가 격양된 나머지 '거기'라는 단어를 말할 때는 거의 비명을 지르는 것에 가까웠다.

"목사님이 웃는 건 아무래도 좋지만, 전 정말 깜짝 놀랐습니다. 저는 그의 소매 끝을 뿌리치고 뒤돌아서서 방을 뛰쳐나왔어요. 그를 그대로 남겨두고서 말이죠."

커스가 말을 멈추었다. 그의 공포가 진실하다는 점은 틀림없었다. 그는 무기력하게 몸을 돌리고는 훌륭한 목사가 준 아주 저렴한 셰리를 두 잔째 입에 털어 넣었다.

"그의 소매부리를 쳤을 때." 커스가 말했다.

"말씀드리지만 분명히 팔을 치는 느낌이었어요. 그런데 거기엔 팔이 없었습니다! 팔의 흔적조차도 없었어요!"

번팅 씨는 이 말을 되뇌었다. 그는 의심스러운 눈초리로 커스를 바라보았다.

"지금까지 들어본 것 중 가장 놀라운 이야기로군요."

그가 말했다. 실로 그는 매우 지혜로우며 엄숙해 보였다.

"정말로"

번팅 씨가 법정에 선 것 마냥 힘주어 말했다.

"가장 놀라운 이야기입니다."

/

목사관에서 맞닥트린 절도범 사건은 대부분 목사와 그의 아내를 통해 우리에게 전해졌다. 이 사건은 아이핑에서 마을 축제가 열리는 성령 강림절 월요일 심야에 벌어졌다. 번팅 사모는 동이 트기 전 찾아오는 고요함 속에서 갑자기 눈을 떴다. 침실 문이 열렸다 닫힌 것이 분명하게 느껴졌다.

그녀는 처음엔 남편을 깨우지 않고 침대에 앉아 소리에 귀를 기울였다. 그런데 바로 옆에 위치한 화장실에서 나와 계단을 향해 맨발로 타박, 타박, 타박 복도를 걸어가는 소리가 뚜렷하게 들렸다. 번팅 사모는 이것을 확신하자마자 가능한 한 조용히 번팅 목사를 깨웠다. 그는 불을 켜지 않고 안경을 낀 후 아내의 가운을 걸치고 자신의 욕실용 슬리퍼를 신은 다음 방을 나가 층계참에 귀를 기울였다. 아래 층 서재 책상에서 더듬거리는 소리가 분명하게 들렸고, 이어 격한 재채기 소리가 들렸다. 그래서 그는 침실로 돌아와 그나마 가장 무기가 될 만한 부지깽이로 무장하고서 최대한 조용하게 계단을 내려갔다. 번팅 사모도 층계참으로 나왔다.

시간은 4시쯤이었고, 밤이 드리운 완전한 어둠이 물러나고 있었다. 홀에는 희미한 빛이 일렁였지만 서재 출입구에는 칠흑 같은 어둠이 입을 벌리고 있었다. 번팅 씨가 발을 디딘 계단이 조금씩 삐걱대는 소리와 서재에서 느껴지는 작은 움직임을 제외하고는 모든 것이 고요함에 묻혀 있었다. 그런데 이때 뭔가 딱 하는 소리가 나더니 서랍이 열리고 종이가 부스럭대는 소리가 들렸다. 이어서 욕하는 소리가 들리며 성냥을 긋는 소리와 함께 서재가 노란

빛으로 가득 찼다. 번팅 씨는 이제 홀에 서 있었고, 문틈으로 책상과 열린 서랍, 그리고 책상 위에서 타고 있는 양초를 볼 수 있었다. 그러나 강도는 보이지 않았다. 그가 어쩔 줄 모르며 홀에 서 있는데, 하얗게 질렸지만 결의에 찬 얼굴을 하고 번팅 사모가 살금살금 천천히 아래층으로 따라 내려왔다. 오직 한 가지, 번팅 씨의 용기를 지탱해주는 것이 있었다. 이 털이범은 바로 마을 주민일 것이라는 확신이었다. 그들은 동전이 짤랑거리는 소리를 듣고 강도가 생활비로 쓸 금화 – 10실링 금화로 총 2파운드 되는 – 를 찾아냈다는 사실을 깨달았다. 그 소리에 번팅 씨가 용기 내어 돌연 행동을 개시했다. 그는 부지깽이를 단단히 쥐고 방으로 쳐들어갔다. 번팅 사모도 그 뒤를 바짝 쫓았다.

"항복해!"

격렬하게 소리치던 번팅 씨가 어안이 벙벙해져서 몸을 움츠렸다. 한 눈에 보아도 방은 완벽하게 비어 있었다. 하지만 바로 그 순간에 누군가 방에서 움직이는 것을 들었다는 그들의 믿음은 더욱 확실해졌다. 대략 30초 동안 그들은 멍하니 서 있었다. 그러다 번팅 씨가 충동 비슷한 감정을 느끼며 책상 아래를 자세히 살펴보기 시작하자, 번팅 사모는 방을 가로질러 차양 뒤를 살펴보았다.

번팅 사모가 이번엔 창문 커튼으로 몸을 돌렸고, 번팅 씨는 굴뚝을 올려다보며 부지깽이로 쑤셔 보았다. 이어서 번팅 사모는 쓰레기통 바구니를 면밀히 살펴보기 시작했고, 번팅 씨는 석탄 통 뚜껑을 열었다. 그리고 그들은 멈춰 서서 영문을 모르겠다는 눈으로 서로 쳐다보았다.

"맹세코" 번팅 씨가 말했다.

"양초!" 번팅 사모가 말했다.

"누가 양초에 불을 밝혔죠?"

"서랍!" 번팅 사모가 다시 말했다.

"그리도 돈도 사라졌어요!"

그녀는 허둥지둥 출입문으로 향했다.

"하필이면 모든 이상한 일들 중에서.."

그때 복도에서 격렬한 재채기 소리가 들렸다. 그들이 잽싸게 뛰어 나오는 순간 주방문이 쾅 하고 닫혔다.

"양초를 가져와요."

번팅 씨가 이렇게 말하며 앞장섰다. 두 사람 모두 빗장이 황급하게 벗겨지는 소리를 들었다. 주방문을 여는 순간, 주방에서 그는 막 열리고 있는 뒷문을 보게 되었다. 그리고 이른 새벽 동의 희미한 빛이 저편 정원의 어두운 형체들을 드러내는 것을 보았다. 그는 아무 것도 문으로 나가지 않았다고 확신했다. 문이 열리고, 잠시 동안 그렇게 열려 있더니, 쾅 소리를 내며 닫혔다. 이런 일이 벌어지는 동안, 번팅 사모가 서재에서 가져온 양초가 깜박이다가 타올랐다. 일분 쯤 뒤에 그들이 주방에 들어왔다. 주방은 비어 있었다. 그들은 문을 다시 걸어 잠그고 주방, 식료품 저장실, 주방방을 꼼꼼하게 살펴본 후 마지막으로 지하 저장고에 내려갔다. 할 수 있는 한 열심히 찾아보았지만, 집에는 개미 그림자 하나 없었다. 예스러운 옷을 입고, 쓸모없어져버린 활활 타오르는 양초를 든 채 1층에서 여전히 놀라움을 금치 못하는 목사와 그의 아내, 이 작은 부부 위로 아침 햇살이 반짝였다.

/

사건은 성령강림절 월요일 이른 시각에 발생했다. 하루 종일 밀리를 찾아다니기 전, 홀 씨와 홀 부인 두 사람은 소리를 죽이고 지하 저장고로 향했다. 그들의 영업은 은밀한 성격을 띠고 있었는데, 이것은 그들이 만드는 맥주의 특정한 중량과 어떤 관계가 있었다. 힘겹게 지하 저장고로 들어가려는데, 홀 부인은 조인트 룸에서 사르사 병을 가지고 내려오는 걸 깜빡했다는 사실을 발견했다. 이런 일에는 그녀가 전문가이자 주된 역학을 맡고 있었기 때문에 홀은 그 즉시 병을 가지러 위층으로 올라갔다.

그는 층계참에서 낯선 사내가 머무는 방문이 약간 열린 것을 보고 깜짝 놀랐다. 그는 자기 방에 들어가 가져오라고 한 병을 찾았다. 그러나 병을 가지고 되돌아오면서, 그는 앞문의 빗장이 벗겨져서 사실상 잠겨있지 않고 닫혀있기만 한 것을 보았다. 순간 영감이 섬광처럼 번뜩이면서 위층에 있는 낯선 사내의 방과 테디 헨프리 씨의 제안에 연결 고리가 만들어졌다. 그는 홀 부인이 간밤에 이 빗장들을 지르는 동안 자신은 양초를 들고 있었던 것을 명확하게 기억하고 있었다. 그는 문을 보며 서서 멍하니 있다가 손에 병을 든 채 다시 위층으로 올라갔다. 그는 낯선 사내의 방문을 쾅쾅 두드렸다. 대답이 없었다. 다시 두드렸다. 그러고 나서 문을 활짝 밀어 젖히고 방에 들어갔다.

예상한 대로였다. 침대, 방 또한 비어 있었다. 그리고 그의 둔한 머리에도 더 이상하게 느껴졌던 것은 침실 의자 위와 침대 난간에 옷가지들, 지금까지 그가 알기론 방문객의 유일한 의복인 붕대가 흩어져 있었다는 것이다. 그의 챙 넓은 모자조차 침대 기둥 위에 멋들어지게 얹혀 있었다. 홀이 그곳에 서 있는데, 저 아래 지하 저장고에서 아내의 목소리가 들려왔다. 빠르고 짧은 음절과 마지막 단어를 마치 묻듯이 고음으로 끌어 올리는 그녀의 말투는 웨스트 서식스 토박이들이 날카롭게 조바심을 낼 때 자연스럽게 나오는 버릇이었다.

"조지! 내가 갖고 오란 거 찾았어요?"

그는 이 말을 듣고 뒤돌아서 부리나케 그녀에게 내려갔다.

"제니." 지하 저장고 계단 난간에 기대며 그가 말했다.

"헨프리가 한 말이 진짜였어. 그 양반 방에 없어. 비었다고. 앞문 빗장이 벗겨져 있더라."

홀 부인은 처음에는 이해하지 못했지만, 이해하자마자 직접 빈 방을 살펴보기로 했다. 홀은 아직도 병을 든 채 먼저 방으로 들어갔다.

"그 양반은 없는데." 그가 말했다.

"옷은 여기 있네. 그럼 옷도 없이 뭘 하고 있는 거야? 진짜 이상하네."

그들이 저장고 계단을 오를 때 앞문을 여닫는 소리를 들은 것 같다는 느낌은 후에 사실인 것으로 드러났다. 하지만 문은 닫혀 있고 아무 것도 없는 것을 본 지라 그 때는 두 사람 다 서로에게 아무 말도 하지 않았다. 홀 부인은 복도에서 남편을 지나쳐 첫 번째 계단에 뛰어 올랐다. 누군가가 계단에서 재채기하는 소리가 들렸다. 여섯 계단 떨어진 곳에서 뒤를 따르던 홀은 그녀가 재채기했다고 생각했고, 먼저 계단을 오르던 부인은 홀이 재채기했다고 생각했다. 그녀는 힘껏 문을 열고 들어가 방을 주의 깊게 살펴보며 서 있었다.

"정말 이상하다!" 그녀가 말했다. 그녀는 바로 뒤에서 재채기 소리를 들은 것 같아 뒤를 돌아보았고, 홀이 12피트는 족히 떨어져 있는 계단 꼭대기에 있는 것을 보고 깜짝 놀랐다. 하지만 다음 순간 그가 그녀 곁에 다가왔다. 부인은 몸을 앞으로 구부리더니 베개를 만져 보고 옷더미 아래로 손을 넣어 보았다.

"차갑네." 그녀가 입을 열었다.

"이 시간 아니면 더 전에 일어났었는가봐."

그러는 사이에 가장 기이한 일이 일어났다. 침구들이 스스로 모여 갑자기 불쑥 봉우리 비스무리하게 솟아오르더니 밑막이 위로 거꾸로 처박혔다. 꼭 어떤 손이 가운데서 침구들을 휘어잡아 한쪽으로 내던진 것 같았다. 곧이어 낯선 사내의 모자가 침대 기둥에서 떠올라 공중에서 빙빙 거의 원에 가깝게 회전하더니 홀 부인의 얼굴로 곧장 달려들었다. 이번에는 세면대에서 스펀지가 재빠르게 날아왔다. 그리고 의자가 낯선 사내의 외투와 바지를 아무렇게나 내팽개치면서 낯선 사내와 같은 목소리로 차갑게 웃어댔다.

의자는 잠시 동안 홀 부인을 겨냥하듯 네 개의 다리를 들어 올리고 그녀에게 돌진했다. 그녀가 비명을 지르며 몸을 돌리자, 의자 다리가 부드러우면서도 완고하게 등을 밀어 그녀와 홀을 방 밖으로 쫓아냈다. 문이 거칠게 닫히더니 잠겼다. 의자와 침대가 잠시 승리의 춤을 추는가 싶더니 돌연 모든 것이 고요해졌다. 홀 부인은 층계참에서 홀 씨의 팔에 안겨 거의 실신할 뻔했다. 부인의 비명에 깜짝 놀라 일어난 밀리와 홀 씨가 그녀를 아래층으로 옮겨 보통 이런 경우를 위한 원기 회복제를 마시게 하는 것은 무엇보다도 어려운 일이었다.

"그것들." 홀 부인이 말했다.

"그것들이 뭔지 알겠어. 책에서 봤다고. 탁자랑 의자랑 저렇게 날뛰고 춤을 추고……"

"한 입만 마셔 봐, 제니." 홀이 말했다.

"금방 기운 날거야."

"그 인간 못 들어오게 확 잠가버려요." 홀 부인이 말했다.

"다신 못 들어오게 하라고요. 내가 그럴 줄 알았어. – 이미 알고 있었어. 그렇게 커다란 안경을 쓴 눈깔에 붕대 맨 머리 좀 봐. 주일에 교회 가는 꼴을 못 봤어. 그리고 그 병 나부랭이 – 나눠줘도 남아돌겠다. 그 인간이 가구에다가 귀신을 집어넣은 거야. 내 추억이 묻은 가구에다! 내 어릴 적에 우리 어머니가 쓰시던 그 의자라고. 지금 그게 나한테 덤볐다고 생각해봐요!"

"한 모금만 더 마셔, 제니." 홀이 말했다.

"당신이 지금 속이 뒤집혀서 그래."

그들은 대장장이인 샌디 와져스 씨를 깨우기 위해 5시 경 황금 같은 햇살이 내리쬐는 길 건너편으로 밀리를 보냈다. 홀 씨의 안부를 전하고 위층에서 기이하게 움직이는 가구 이야기를 전했다. 와져스 씨가 와줄까? 매사에 빈틈없는 이가 바로 와져스 씨였다. 거기다 머리가 아주 비상한 사람이었다. 그는 이 사건을 꽤 심각하게 바라보았다. '만에 하나 그게 요술이면 무기가 필요할 게다.' 라는 것이 샌디 와져스 씨의 생각이었다.

"그놈처럼 좀 산다 하는 양반한테는 말편자가 답이지."

그는 지대한 관심을 가지고 홀 씨의 집을 찾았다. 이들 부부는 와져스 씨가 앞장서서 위층에 올라가길 바랐지만, 그는 그렇게 서두르는 것 같지 않았다. 그는 복도에서 대화하기를 더 원했다. 길 건너 헉슬러의 견습생이 나오더니 담배 진열장의 덧문을 내리기 시작했다. 그도 불려와 이 토론에 합류하게 되었다. 헉슬러 씨 또한 몇 분 만에 이 대화에 자연스럽게 끼어들었다. 의회 관리에 소질이 있는 앵글로색슨족 천재가 자기주장을 내세웠는데, 말만 많았지 결정적인 행동은 없었다.

"먼저 사실을 따져 보자고요." 샌디 와져스 씨가 주장했다.

"저 문을 부수는 게 정말 맞는 일인지 확인을 해 봅시다. 부술 문은 언제고 부수고 열 수 있지만, 일단 부순 문은 부숴버릴 수 없잖습니까."

그런데 갑자기 그 순간 놀랍게도 위층 방문이 스스로 열렸고, 모두 깜짝 놀라 올려다보았다. 그들은 붕대를 맨 낯선 사내의 형상이 터무니없이 커다란 파란 안경을 낀 눈으로 이전보다 더 어둡고 공허하게 사람들을 응시하면서 계단을 내려오는 모습을 보게 되었다. 그는 시선을 고정한 채 뻣뻣한 몸으로 느릿느릿 내려왔다. 그는 그들을 빤히 쳐다보면서 복도를 가로지르다가 발을 멈췄다.

"저기 봐!"

그의 말에 사람들의 눈은 그의 장갑 낀 손가락이 가리키는 곳으로 향했다. 그리고 지하 저장고 문과 아주 가까운 곳에 놓인 사르사 병을 발견했다. 낯선 사내는 객실로 들어가더니 그들의 면전에서 갑자기 잽싸고 맹렬하게 문을 쾅 닫아 버렸다. 쾅 하는 메아리가 사라지기까지 아무도 말이 없었다. 그들은 서로를 쳐다보았다.

"와, 저게 놀랄 일이 아니면!"

와져스 씨는 이렇게 외치고는 말을 잇지 못했다.

"들어가서 물어봐야겠어." 와져스가 홀 씨에게 말했다.

"설명 좀 해보라고 할 거야."

여관 여주인의 남편을 설득하는데 다소 시간이 걸렸다. 마침내 그는 문을 두드리며 열었다. 그리고 이 말까지 내뱉었다.

"실례지만……"

"꺼져!"

낯선 사내가 무시무시한 목소리로 이렇게 말했다.

"그 문 닫아."

이렇게 해서 짧았던 면담은 종결되었다.

/

낯선 사내는 오전 다섯 시 반 경 까지 <코치 앤 홀시스>의 작은 객실에 처박혀 정오가 다 되도록 나오지 않았다. 블라인드는 내려져 있었고 문은 닫혀 있었다. 홀이 퇴짜 맞은 뒤로는 아무도 그에게 도전하는 사람은 없었다. 그 시간 동안 그는 아무 것도 먹지 못했을 것이었다. 그가 방에 달린 종을 세 번 울렸는데, 세 번째에는 격렬하게 계속 울려댔지만 아무도 대답하지 않았다.

"꺼져? 저놈 말 하는 것 좀 봐!" 홀 부인이 말했다.

이내 목사관을 침입한 강도에 대한 불확실한 소문이 나돌더니 정보가 하나로 합쳐졌다. 홀은 와져스의 도움으로 치안판사인 셔클포스 씨를 찾아가 조언을 구했다. 아무도 위층에 올라가보려 하지 않았다. 낯선 사내가 뭘 하고 있는지 알 수 없다. 그가 이따금씩 난폭하게 이리저리 돌아다니며 두 번 욕을 내뱉고, 종이를 찢으며 병을 거칠게 내던지는 소리가 들렸다. 두려움에 떨면서도 호기심을 버리지 못하는 사람들도 점점 늘어났다. 헉스터 부인도 여관에 찾아왔다. 성령강림절 월요일이라고 검은 기성복 재킷과 피케 종이 타이로 한껏 멋을 부린 젊은이들 또한 이 혼란스러운 심문의 장에 끼어들었다. 아치 하커라는 젊은이는 뜰에 들어가 창문 블라인드 아래를 엿보고 사건의 전말을 직접 밝히려고 했지만 아무 것도 볼 수 없었다. 그러나 그가 뭔가 본 것 같다는 생각이 동기가 되어 다른 아이핑 청년들도 곧 그와 함께 하기 시작했다.

이 날은 역대 성령강림절 월요일 중 가장 화창한 날이었다. 마을 길 아래편에는 거의 열 두 개 쯤 되는 노점상과 사격장 하나가

줄지어 자리 잡고 있었으며, 대장간 근처 풀밭에는 노란색과 초콜릿색이 어우러진 짐마차 세 대와 개성 있는 옷차림을 한 남녀 관광객들이 코코넛 던지기 놀이를 준비하고 있었다. 신사들은 파란 경기용 셔츠를 입고 있었고, 숙녀들은 하얀 앞치마 차림에 커다란 깃털이 달린 최신 유행하는 모자를 쓰고 있었다.

<퍼플 펀(자주색 새끼 사슴)>의 워저와 구두 수선공이면서 오래된 중고 자전거도 판매하는 재거스 씨는 유니언잭과 왕실 깃발(본디 빅토리아 여왕 즉위 50주년을 기념했던)을 길을 따라 쭉 걸었다. 그리고 아주 가느다란 햇살 한 줄기만이 관통하고 있는 인공적인 어둠이 깔린 객실 안에는 불편하고 더운 포장 속에 모습을 감춘 채 굶주림과 두려움에 시달리는 낯선 사내가 검은 안경 너머로 문서를 열심히 읽거나 더럽고 작은 병들을 쟁그랑 부딪치고 있었다. 보이지는 않지만 창 밖에서 떠드는 소년들에게 이따금씩 난폭한 욕설을 퍼붓기도 했다. 벽난로 구석에는 반 다스 정도의 깨진 유리병 조각이 널려 있었으며, 톡 쏘는 염소 냄새가 방 공기를 오염시키고 있었다. 우리는 그때 들었던 얘기와 그 후 방에서 본 것을 통해 이 정도는 알고 있다. 정오 무렵에 그가 갑자기 객실 문을 열고 나오더니 술청에 있던 서너 명의 사람들을 뚫어져라 바라보며 섰다.

"홀 부인."

그가 입을 열었다. 누군가가 고분고분하게 자리에서 일어나 홀 부인을 불렀다. 잠시 후 홀 부인이 모습을 드러냈다. 그녀는 조금 헐떡거리고 있었지만 그래서 한층 날카로워 보였다. 홀은 아직 밖에 있었다. 그녀는 이 상황을 심사숙고한 다음 미결제 영수증이 담긴 작은 쟁반을 들고 왔다.

"원하시는게 요 영수증입니까, 손님?" 그녀가 말했다.

"왜 아침식사를 차리지 않았소? 왜 식사도 준비하지 않고 종소리를 무시한 거요? 난 먹지도 않고 살 수 있다고 생각하는 거요?"

"왜 결제를 안 하시는 거죠?" 홀 부인이 말했다.

"궁금하네요."

"내가 삼 일 전에 송금을 기다리고 있다고"

"난 송금을 기다려주지 않을 거라고 이틀 전에 말했어요. 아침식사 늦는다고 그렇게 툴툴대실 일은 아니죠. 결제는 닷새 동안 기다리고 있었는데, 안 그런가요?"

낯선 사내가 짧지만 강하게 욕을 내뱉었다.

"저기요!" 누군가가 술청에서 외쳤다.

"그리고 그 욕은 본인한테 지껄여주시면 참 고맙겠네요."

홀 부인이 말했다. 낯선 사내는 이때껏 가장 화가 난 잠수모 같은 얼굴로 서 있었다. 술청에 있던 사람들 누구나 홀 부인이 그보다 한 수 위라고 느꼈다. 그가 다음에 한 말은 이 사실을 증명하고도 남았다.

"이보시오, 착한 주모" 그가 말을 꺼냈다.

"그렇게 부르지 마세요." 홀 부인이 말했다.

"송금이 안 왔다고 말했잖소."

"고놈의 송금!" 홀 부인이 다시 말했다.

"아직, 아마 내 주머니에……"

"1파운드짜리 은화밖에 없다 한 게 삼일 전이에요."

"그러니까, 더 있더라고"

"저기요!" 술청에서 누군가가 외쳤다.

"어디서 났죠?"

홀 부인이 말했다. 그 말이 낯선 사내를 매우 난처하게 한 것 같았다. 그가 발을 구르며 말했다.

"무슨 뜻이오?"

"그 돈을 어디서 찾았는지 궁금하다는 말이에요."

홀 부인이 말했다.

"그리고 내가 돈을 받건 아침을 차리건 간에, 나 말고 다른 사람들도 이해가 안 되서 다들 궁금해 죽겠는 일 한두 가지를 설명해 주셔야겠어요. 대체 위층에 있는 내 의자에 뭔 짓을 했는지, 방은 어떻게 비었고 손님은 어떻게 다시 방에 나타난 건지 말이죠. 이 집에 머무는 사람들은 문으로 들어오는데.. 그게 일반적이니까. 근데 손님은 그렇게 하지 않았죠. 그러니까 손님이 어떻게 들어왔는지 그게 궁금하다고요. 그리고 또……"

낯선 사내가 돌연 장갑 낀 두 손을 꽉 쥐고 들어 올리고 발을 구르며 말했다.

"그만!"

순간적으로 부인의 입을 다물게 할 만큼 심상치 않은 난폭한 모습이었다.

"내가 누군지 혹은 내가 뭔지……" 그가 말했다.

"당신은 이해할 수 없소. 보여주지. 맹세코! 보여드리지."

그는 이 말을 마치고 손바닥을 벌려 얼굴을 감싸더니 다시 손을 뗐다. 그의 얼굴 중앙은 검은 구멍이 되었다.

"자." 그가 입을 열었다.

그가 앞으로 걸어 나와 홀 부인에 건넸다. 그녀는 그의 기형적인 얼굴을 쳐다보면서 무의식적으로 그것을 받아 들었다. 다음 순간, 그게 무엇인지를 본 그녀가 떠나가라 소리를 지르며 바닥에 떨구고는 비틀거리며 뒤로 물러났다. 코, 그것은 낯선 사내의 코였다! 분홍빛을 띠며 반짝이는 그게 바닥을 굴렀다. 이어서 그는 안경을 벗었고, 술청에 있던 모든 사람들이 숨을 헉 하고 들이마셨다. 그는 모자를 벗고 수염과 붕대를 거칠게 잡아 찢었다. 그것들은 잠시 동안 저항했다. 무서운 예감이 섬광처럼 술청을 관통했다.

"아이고, 세상에!"

누군가가 외쳤다. 마침내 수염과 붕대가 떨어져나갔다. 그 어떤 것보다도 최악이었다. 홀 부인은 입을 벌리고 공포에 질린 채 서 있다가 그녀가 목격한 광경에 새된 비명을 지르며 집 문으로 향했다. 모든 사람들이 움직이기 시작했다. 상처, 기형, 실체적인 공포에 대비하고 있었는데, 아무것도 없었다! 붕대와 가발이 복도에서 술청으로 날아들었고, 덩치만 크고 눈치 없는 청년이 그것을 피하려고 뛰어올랐다. 모두들 서로 짓밟으며 계단을 내려갔다. 일관성 없는 설명을 내지르며 그곳에 서 있던 사람은 외투 깃까지는 몸짓으로 얘기하는 단단한 형상이었지만, 그 외에는 아무것도, 눈에 보이는 건 아무것도 없었다!

마을 아래에 있던 사람들이 아우성과 비명을 듣고 거리를 올려다보니, <코치 앤 홀시스>가 사람들을 거칠게 내쫓고 있었다. 그들은 홀 부인이 넘어지고 테디 헨프리 씨가 부인에 걸려 넘어지지 않으려고 펄쩍 뛰는 모습을 보았다. 그리고 밀리의 소름끼치는 비명소리를 들었다. 이 소동 속에 돌연 주방에서 튀어 나오다가 뒤에서 머리 없는 낯선 사내와 마주쳤던 것이다. 갑자기 비명소리가 더욱 커졌다.

단 과자를 파는 상인, 코코넛 던지기 주인과 직원, 공중그네 곡예사, 어린 남자아이들과 여자아이들, 시골 멋쟁이들, 맵시 있는 시골 처녀들, 작업복을 입은 노인들, 앞치마를 한 집시들 거리 아래쪽에 있던 모든 사람들이 여관을 향해 곧장 달려오기 시작했다. 그리고 기적처럼 짧은 시간 내에 거의 40명 쯤 되는 무리를 이루더니 급격하게 그 수가 늘어났다. 홀 부인의 집 앞에서 이리저리 들썩이며 야유하고, 질문을 던지고 외쳐대며 더러는 제안을 하는 사람도 있었다. 모두들 동시에 말하려고 혈안이 된 것 같았고, 결과적으로 바벨탑의 풍경이 눈앞에 펼쳐졌다. 일부 사람들이 넘어져 있는 홀 부인을 일으켜 세우고 그녀를 부축했다. 목격자들이 믿을 수 없는 증거에 대해 떠들썩하게 이야기를 나누었다.

"요물이야!"

"저놈이 지금껏 뭘 하고 있었던 거야?"

"그 여자앤 괜찮대?"

"칼을 들고 덤볐겠지."

"머리가 없었어. 그놈 말본새 땜에 이렇게 말하는 게 아니라, 정말로 머리가 없었다니까!"

"웃기지 마! 그거 다 눈속임이야."

"그놈이 붕대를 풀었어."

군중은 여관 제일 가까운 곳에서 모험심이 극에 달했고 열린 문 사이로 들여다보려고 앞 다투는 과정에서 제멋대로 뻗은 쐐기 대열을 이루었다.

"그 남자가 잠깐 서 있었지. 여자애가 비명 지르는 소리가 들렸는데 그놈이 뒤를 돌아보더라고. 여자애 치맛자락이 나풀대더니 그놈이 여자애 뒤를 쫓아가대. 10초도 안 걸렸어. 그놈이 손에 나이프랑 빵을 하나 들고 돌아와서는 그걸 노려보듯이 서 있더라. 몇 분 안 됐어. 저 문으로 들어갔다고. 머리통을 진짜로 안 달고 있더라니까. 네가 그걸 못 본 거야."

뒤쪽에서 소동이 있었다. 말을 하던 사람은 매우 굳은 결의로 집을 향해 행진하는 작은 행렬에게 길을 터주기 위해 말을 멈췄다. 행렬 맨 앞에 선 사람은 시뻘건 얼굴로 단호한 모습을 보이는 홀 씨였으며, 그 뒤에는 마을 순경인 바비 재퍼스 씨, 그 뒤에는 상황을 예의주시하는 와져스 씨가 따르고 있었다. 그들은 이제 체포 영장으로 무장하고 있었다. 사람들은 현재 상황에 대한 정보를 가지고 언성을 높이며 논쟁을 벌였다.

"머리가 있건 없건." 재퍼스가 말했다.

"난 그 녀석을 잡아넣어야 되고 잡아넣을 겁니다."

홀 씨가 행진하듯 계단을 올라 객실 문으로 향했다. 그리고 문을 열어 젖혔다.

"경관님." 그가 말했다.

"시작 하시죠."

재퍼스가 당당하게 방으로 들어갔다. 다음으로 홀이, 마지막으로 와져스가 방에 들어왔다. 그들은 희미한 빛 속에서 자신들을 마주 보고 있는 머리 없는 형상을 발견했다. 이 형상은 장갑을 낀 두 손 중 한 손에는 갉아 먹은 빵 조각을, 다른 손에는 치즈 덩어리를 들고 있었다.

"저 놈입니다!" 홀이 말했다.

"대체 이 빌어먹을 상황은 뭡니까?"

그 형상의 깃 위에서 성난 목소리로 훈계하는 듯한 목소리가 들려 왔다.

"형씨, 당신은 정말 이상한 손님이군요."

재퍼스 씨가 입을 열었다.

"머리가 있건 없건, 영장에는 '신체' 라고 적혀 있고, 임무는 임무니까."

"오지 마!"

형상이 뒤로 물러나며 말했다. 그가 돌연 빵과 치즈를 집어 던졌고, 홀 씨가 재빨리 탁자 위에 있던 나이프를 집어 들었다. 낯선 남자의 왼쪽 장갑이 날아와 재퍼스의 얼굴을 때렸다. 다음 순간, 재퍼스는 체포영장에 대한 간략한 성명을 중도에서 멈추고 손 없는 손목을 잡고 보이지 않는 목을 쥐어 잡았다. 그는 그가 소리를 내지를 정도로 세게 정강이를 걷어차면서도 손에 잡은 것을 놓지 않았다.

홀이 탁자 위로 나이프를 미끄러뜨려 와져스에게 건넸고, 와져스로 말할 것 같으면 골키퍼처럼 공격을 방어하다가 재퍼스와 낯선 남자가 서로 붙잡고 때리면서 자신을 향해 휘청 휘청 다가오는 것을 보고 앞으로 나섰다. 두 사람이 서로 충돌하며 넘어지면서 와져스와 그들 사이에 있던 의자가 옆으로 쓰러졌다.

"발 잡아요." 재퍼스가 이를 악물며 말했다.

홀 씨는 그 말대로 하려고 애쓰다가 갈비뼈에 거센 발길질을 받고 잠시 동안 쓰러져 있었다. 그리고 와져스 씨는 머리가 잘린 낯선 남자가 몸을 굴려 재퍼스 위에 올라타는 것을 보고 손에 나이프를 쥔 채 문 쪽으로 후퇴했다. 그러다가 법과 질서를 수호하기 위해 달려 온 헉스터 씨 그리고 시더브릿지 마부와 부딪혔다. 이와 동시에 병 서너 개가 서랍에서 떨어져 방 안 공기 중에 톡 쏘는 냄새 망을 퍼뜨렸다.

"항복하겠소."

낯선 남자는 재퍼스를 제압했음에도 이렇게 외쳤고, 이어 숨을 가쁘게 내쉬며 머리도 없고 손도 없는 – 왼쪽 장갑과 오른쪽 장갑 모두 벗어 버렸기 때문에 – 기이한 형체를 일으켰다.

"소용없군." 그가 흐느끼듯 헐떡이며 말했다.

빈 공간에서 흘러나오는 목소리를 듣는다는 건 세상천지에 가장 이상한 일이었다. 그러나 서식스 농부들은 아마도 태양 아래 가장 평범한 사람들일 것이다. 재퍼스가 일어나 수갑을 꺼냈다. 그리고는 남자를 물끄러미 쳐다보았다.

"에잇!"

재퍼스는 이 임무의 모순을 어렴풋이 깨닫고 이렇게 말했다.

"이게 뭐람! 눈에 보여야 쓸 거 아냐."

낯선 남자가 조끼에 팔을 집어넣으니 그의 빈 소매에 달려 있는 단추가 거짓말처럼 풀려 있었다. 그런 다음 그가 정강이에 대해 뭐라고 중얼대다가 허리를 굽혔다. 신발과 양말을 더듬거리며 찾는 듯 했다.

"이럴 수가!" 갑자기 헉스터가 입을 열었다.

"저건 사람이 아냐. 빈 옷가지일 뿐이지. 깃이랑 옷 안쪽이 훤히 보이는군. 내 팔을 집어넣을 수도."

그가 손을 뻗자 공중에서 뭔가에 닿은 듯 했다. 그는 깜짝 놀라 날카롭게 외치며 손을 뒤로 뺐다.

"내 눈에서 손가락 좀 치워줬으면 하오."

허공에서 사납게 훈계하는 목소리가 들렸다.

"사실 내 몸은 다 여기 있소. 머리, 손, 다리, 다 있는데 보이지 않는다 뿐이오. 지독한 골칫거리지만, 이게 바로 나요. 그러니 아이핑의 멍청한 촌뜨기들한테 여기 저기 찔릴 이유는 없지 않겠소?"

이제 버튼은 모두 풀려 눈에 보이지 않는 옷걸이에 걸린 것처럼 보이는 옷 한 벌이 일어나더니 양팔을 허리에 올렸다. 몇몇 다른 사람들이 방에 들어오고 있었기 때문에 방 안이 꽤나 북적거렸다.

"눈에 안 보인다고?"

낯선 남자가 지껄이는 욕설을 무시하며 헉스터가 말했다.

"이런 걸 들어 본 사람 있소?"

"기이하지만 범죄는 아니지. 왜 내가 이런 식으로 경찰에게 공격을 받아야 하는 거요?"

"아! 그건 다른 문제지." 재퍼스가 말했다.

"이런 빛에서 형씨를 보는 건 어려워도 나한테는 제대로 된 체포영장이 있어요. 내가 추적한 건 형씨의 투명성이 아니라 빈집털이라는 명목입니다. 어떤 집에 침입자가 들어와서 돈을 가져갔거든요."

"그래서?"

"정황상 분명……"

"말도 안 되는 소리!" 투명 인간이 말했다.

"나도 이게 헛소리였으면 좋겠습니다. 선생. 근데 명령을 받아서요."

"그렇다면" 낯선 사내가 말했다.

"가지. 가고말고. 하지만 수갑은 안 돼."

"규칙이 그렇습니다." 재퍼스가 말했다.

"수갑은 싫소." 낯선 사내가 분명하게 말했다.

"미안하게 됐군요."

재퍼스가 말했다. 그러자 갑자기 형체가 주저앉더니 사람들이 알아차리기도 전에 슬리퍼, 양말, 바지를 탁자 아래로 벗어 던졌다. 그리고는 다시 훌쩍 일어나 외투를 집어 던졌다.

"자. 이제 그만 하세요."

순간 무슨 일이 일어나고 있는지 깨닫게 된 재퍼스가 말했다. 그는 조끼를 붙잡고 씨름했다. 그러다 셔츠가 벗겨지는 바람에 손에는 빈 셔츠만 남아 흐느적거렸다.

"잡아요!" 재퍼스가 크게 외쳤다.

"다 벗어 버리면……"

"저놈 잡아라!"

모든 사람들이 이렇게 외치며 펄럭이는 하얀 셔츠에 달려들었다. 현재로서는 그 셔츠가 낯선 사내의 몸에서 볼 수 있는 전부였다. 두 팔 벌려 앞을 가로막은 홀의 얼굴을 셔츠 소매가 재빨리 강타하며 교회지기 노인인 투썸 위로 넘어뜨렸다. 남자의 머리 위로 셔츠가 벗겨지는 순간, 의복이 위로 솟아 흔들거리더니 멀거니 팔 근처에서 펄럭였다. 재퍼스가 그것을 움켜잡았지만, 그것은 도리어 벗는 것을 도와주는 셈이었다. 공중에서 날아온 뭔가에 입을 맞은 그는 마구잡이로 경찰봉을 휘두르다가 테디 헨프리의 정수리를 맹렬하게 내리치고 말았다.

"조심해!"

사람들이 닥치는 대로 모여 아무 데나 내려 쳤다.

"그놈 잡아! 문 닫고! 놓치면 안 돼! 뭔가 잡았어! 여기 있다!"

그들이 만들어낸 소음은 그야말로 바벨탑 그 자체였다. 마치 모든 사람들이 동시에 얻어맞고 있는 것 같았다. 그리고 언제나 번뜩이는 기지로 유명한 샌디 와져스는 지독한 한 방을 코에 맞은 뒤로 그 기지가 더욱 날카롭게 빛나더니, 문을 다시 열어 무리를 밖으로 이끌었다. 자제력을 잃고 뒤를 따르던 사람들이 일순간 출입문 구석으로 떠밀렸다. 구타는 계속 되었다. 유니테리언 교도인 핍스는 앞니가 부러졌고, 헨프리는 귀 연골에 상처를 입었다. 재퍼스는 턱 언저리를 맞고 뒤돌았다가, 난투극 속에서 그와 헉스터 사이를 가로막고 있는 뭔가를 잡고 부딪치는 것을 면했다. 그는 손에 근육질의 가슴을 느꼈는데, 다음 순간 난투극이 만들어낸 난장판 속에서 흥분한 사람들이 북적북적한 홀로 쏟아져 나왔다.

"그놈 잡았다!"

무리 속에서 숨이 막혀 비틀대면서 재퍼스가 소리쳤다. 그는 보이지 않는 적에 맞서 씨름하느라 얼굴은 보랏빛이 되었고 핏줄이 불거져 있었다. 이 기이한 싸움이 집 문 쪽으로 빠르게 움직이면서, 사람들은 좌우로 휘청거리다가 대여섯 개 쯤 되는 여관 계단 아래로 굴러 떨어졌다. 재퍼스가 끓어오르는 듯한 목소리로 이렇게 외치면서 무릎으로 투명 인간을 여유 있게 제압했고, 결국 몸이 한 바퀴 돌더니 가장 아래쪽에 있던 자갈에 머리를 심하게 부딪쳤다. 그제서야 그의 손가락이 느슨해졌다.

"잡아라!"

"안 보여!"

흥분해서 외치는 소리가 들렸다. 그때 다른 곳에서 온 이름 모를 한 젊은 친구가 달려들어 뭔가를 잡았다가 놓쳤고, 엎어져 있는 경찰관 위로 넘어졌다. 길 중간 즈음 한 여성이 뭔가에 밀쳐져 비명을 질렀다. 개가 걷어차여 깨갱하고 울부짖으면서 헉스터의 뜰로 달아나는 것이 보였다. 그렇게 투명 인간은 성공적으로 그곳을 벗어났다. 사람들은 잠시 동안 너무 놀라 손짓 발짓만 해댔다. 그러다가 공포가 몰려오자 돌풍이 고엽을 흐트러뜨리듯 마을 곳곳으로 뿔뿔이 흩어졌다. 하지만 재퍼스는 얼굴을 위로 하고 무릎을 굽힌 채, 여관 계단 끝에 아주 잠잠하게 누워 있었다.

/

비전문 동식물학자인 기본스, 그는 2~3마일 반경 내로 자기 밖에 없을 것이라 여기고 드넓은 언덕 위에 드러누워 사색하다가 거의 졸고 있던 참이었다. 그러다 어떤 사람이 기침하고 재채기를 하다가 혼자 거친 욕설을 중얼거리는 소리를 가까이에서 듣고 주변을 둘러봤지만 아무것도 보이지 않았다. 하지만 목소리가 들린 것은 분명했다. 학식 있는 사람이 내뱉는 욕이라는 걸 알 수 있을 만큼 폭 넓고 다채로운 욕설이 이어졌다. 욕설이 정점에 달했다가 다시 줄어들더니 저 멀리 사라져 버렸다. 그가 보기엔 애더딘 쪽으로 사라진 것 같았다. 그 목소리는 발작적인 재채기 소리로 높아졌다가 뚝 끊겼다. 기본스는 아침에 일어난 사건에 대해 아무 것도 듣지 못했지만, 이 현상이 너무나 인상적이고 충격적이라 철학적인 평온함이 깨지고 말았다. 그는 서둘러 일어나 마을을 향해 가파른 언덕을 최대한 빠른 속도로 부리나케 내려갔다.

7

토마스 마블 씨를 묘사한다면 풍부하고 유연한 표정을 가진 인상에 원통처럼 튀어나온 코, 술을 좋아할 것 같은, 끊임없이 커졌다 작아졌다 하는 커다란 입에 뻣뻣하게 곤두선 기이한 수염을 가진 사람이라고 표현하는 것이 마땅하다. 그는 뚱뚱해지는 체질을 타고났는데, 짧은 팔다리가 이 사실을 더욱 두드러지게 했다. 그는 모피로 만든 실크해트를 쓰고 있었으며 단추를 종종 노끈이나 구두끈으로 대체하곤 했는데, 누가 봐도 의복에서 중요한 부분에 달려 있었으므로 그가 총각이라는 사실을 여실히 보여주었다.

토마스 마블 씨는 아이핑에서 1마일 반 정도 떨어진, 애더딘으로 향하는 한 길가의 도랑에 발을 담그고 앉아 있었다. 얼기설기 기워져 안이 비치는 양말을 제외하면 맨발이었는데, 그의 커다란 발가락은 넓적했고 경계심 많은 개의 귀처럼 쫑긋 서 있었다. 그는 느긋한 모습으로 -그는 무슨 일이든 느긋하게 처리했다 - 장화를 신을지 말지 곰곰이 생각하고 있었다. 이 장화는 그가 오래 전에 우연히 찾아낸 가장 멀쩡한 장화였지만, 그에게는 너무 컸다. 반면에 그가 가지고 있던 다른 장화는 건조한 날씨에 신으면 아주 편안하게 잘 맞았지만 축축한 곳에서 신기에는 너무 헐렁했다. 토마스 마블 씨는 큰 신발을 싫어했지만 축축한 곳도 싫어했다. 그는 자신이 제일 싫어하는 게 어느 쪽인지 제대로 생각해 본 적이 없었다. 날씨가 화창하고 달리 할 일도 없었던 그는 잔디 위에 신발 네 짝을 가지런히 늘어놓고서 바라보았다. 잔디와 싹튼 짚신나물 사이에 놓인 신발을 보고 있는데, 갑자기 두 신발 모두 무지막지하게 보기 흉하다는 생각이 들었다. 그는 뒤에서 들려온 목소리에도 전혀 놀라지 않았다.

"어쨌든 장화잖소." 목소리가 말했다.

"그렇소. 구호품으로 받은 장화지."

토마스 마블 씨는 신발이 불쾌한 듯 고개를 한쪽으로 기울이며 말했다.

"그런데 이 축복받은 세상에서 더 못생긴 건 어느 쪽인지 당최 모르겠소!"

"흠." 목소리가 말했다.

"더 안 좋은 신발을 신은 적이 있었소. – 사실 아무 것도 안 신었지. 이렇게 말해도 될지 모르겠는데, 암튼 그래 뻔뻔할 정도로 못생긴 신발은 없었소. 나는 며칠 동안 – 특히 장화를 구걸했지. 진절머리가 났거든. 물론 아직 쓸 만하지만, 방랑하는 신사는 엄청나게 많은 장화를 찾게 마련이라오. 내 말을 믿는다면, 난 이 축복받은 땅에서 아무 것도 얻지 못했다는 걸 말해주고 싶소. 그렇게 노력했는데 저런 장화 밖에는 소득이 없었지. 저것들 좀 보시오! 보통은 부츠를 구하기 괜찮은 마을인데. 내 운이 그때그때 달라지는 걸 어쩌겠소. 이 마을에서 장화를 얻은 지 10년도 더 됐는데, 날 이런 식으로 대접하는구려."

"금수들이 사는 마을이라 그렇소." 목소리가 말했다.

"돼지 같은 인간들."

"왜 안 그렇겠소?" 토마스 마블 씨가 말했다.

"젠장! 망할 장화! 정말 두 손 두 발 다 들었소."

그는 자신과 대화를 나누는 사람이 신은 장화와 자신의 장화를 비교해 보려고 오른쪽 어깨 너머로 고개를 돌렸다. 그런데, 대화를 나누던 상대의 장화가 있어야 할 곳에는 다리도, 장화도 없었다. 엄청난 놀라움이 여명처럼 그의 얼굴에 퍼졌다.

"어디 있는 거요?"

토마스 마블 씨가 어깨 너머를 살펴보고는 네발로 기어왔다. 그는 저 멀리에 끝이 초록빛으로 물든 가시금작화 덤불이 바람에 흩날리고 있는, 쭉 뻗은 빈 언덕을 보았다.

"내가 취했나?" 마블 씨가 말했다.

"헛것을 봤나? 내가 혼잣말을 한 건가? 대체……"

"놀라지 마시오." 목소리가 말했다.

"복화술은 그만 두시오."

토마스 마블 씨가 벌떡 일어서며 말했다.

"어디 있는 거요? 정말 깜짝 놀랐소!"

"놀라지 마시오." 목소리가 같은 말을 되풀이했다.

"멍청한 놈, 금방 놀라게 될 거다." 토마스 마블 씨가 말했다.

"어디요? 내가 형씨한테……"

토마스 마블 씨가 잠시 말을 멈췄다가 입을 열었다.

"묻혔나?"

대답은 없었다. 토마스 마블 씨는 장화를 벗은 채로 서 있다 깜짝 놀라서 재킷을 거의 벗어 던질 뻔 했다.

"피윗." 먼 곳에서 댕기물떼새 소리가 들렸다.

"피윗 좋아하시네!" 토마스 마블 씨가 말했다.

"이 따위 멍청한 일에 시간을 버릴 순 없지."

동쪽과 서쪽, 북쪽과 남쪽, 언덕에는 적막이 흘렀다. 얕은 도랑과 하얀 경계선 표시 말뚝이 있는 길은 텅 비어 있는 북쪽과 남쪽으로 시원하게 뻗어 있었다. 댕기물떼새를 제외하면 푸른 하늘 역시 텅 비어 있었다.

"정말이지."

토마스 마블 씨는 외투를 다시 아무렇게나 걸치며 말했다.

"취한 거야! 진즉 알았어야 했는데."

"취한 게 아니오." 목소리가 말했다.

"당신의 정신은 멀쩡하오."

"아이고!"

마블 씨가 외쳤다. 얼룩덜룩한 그의 얼굴이 하얗게 질렸다.

"취한 거야!"

그의 입술이 소리 없이 빼끔거리며 이 말을 되풀이했다. 그는 주변을 살피면서 천천히 뒤로 돌았다.

"분명 목소리를 들었어." 그가 속삭였다.

"물론 들었지."

"또야."

마블 씨는 이렇게 말하며 눈을 감고 괴로운 듯한 자세로 움켜쥔 손을 이마에 갖다 댔다. 그는 갑자기 멱살이 잡혀 거칠게 흔들렸고, 전보다 더 얼빠진 상태가 되었다.

"바보같이 굴지 마." 목소리가 말했다.

"내가 제대로 미친 거야." 마블 씨가 말했다.

"아무 짝에도 쓸모없어. 저런 쓰레기 같은 장화 때문에 안달이 나가지고는. 아주 제대로 미친 거지. 아님 귀신이거나."

"어느 쪽도 아니오." 목소리가 말했다.

"들어보시오!"

"이런 얼간이." 마블 씨가 말했다.

"일 분만."

목소리는 자제력 유지하느라 약간 떨면서 날카롭게 말했다.

"뭐라고?"

손가락이 가슴을 후벼 파는 듯한 이상한 감정을 느끼며 토마스 씨가 말했다.

"당신 생각에는 내가 몽상에 불과한 존재인 것 같소? 그냥 몽상일 뿐이라고 생각하시오?"

"아님 뭐란 말이오?"

토마스 마블 씨가 목 뒤를 문지르며 말했다.

"좋소." 목소리는 한결 누그러진 음성으로 말했다.

"그럼 생각이 달라질 때까지 단단한 돌멩이를 던져주겠어."

"대체 어디 있는 거요?"

목소리는 대답하지 않았다. 갑자기 허공에서 돌멩이가 쌩하고 날아와 간발의 차로 마블 씨의 어깨를 빗겨 지나갔다. 뒤돌아선 마블 씨는 돌멩이가 잠시 동안 공중에 매달려 있다가 이리저리 흔적을 남기며 홱 움직이더니 거의 보이지 않는 속도로 자신의 발을 향해 내던져지는 것을 보았다. 그는 너무 놀라서 피할 겨를도 없었다. 돌멩이가 쌩하고 날아와 그의 맨 발가락을 맞히고 도랑에 빠졌다. 토마스 마블 씨가 펄쩍 뛰며 크게 울부짖었다. 그런 다음 달아나기 시작했지만, 보이지 않는 장애물에 발이 걸리면서 거꾸로 처박혀 바닥에 주저앉은 꼴이 되었다.

"아직도."

세 번째 돌멩이가 위로 곡선을 그리며 부랑자 위에 매달리더니 목소리가 이렇게 말했다.

"내가 망상이라고 생각하시오?"

마블 씨는 대답 대신 일어나려고 애썼지만 이내 다시 나가떨어지고 말았다. 그는 잠시 조용히 누워 있었다.

"여기서 더 발악한다면." 목소리가 말했다.

"이번엔 머리에 던질 거야."

"공평하게 해야지."

토마스 마블 씨는 똑바로 앉아 다친 발가락을 손으로 부여잡고 세 번째 미사일에 눈을 고정한 채 이렇게 말했다.

"이해가 안 되는군. 돌멩이가 저절로 날아오다니. 말도 하고. 이제 그만 내려오시오. 나도 지쳤소. 항복하지."

세 번째 돌멩이가 툭 떨어졌다.

"간단하오." 목소리가 말했다.

"난 투명인간이라오."

"내가 모르는 걸 말해주소."

마블 씨가 고통에 헐떡거리며 말했다.

"어디에 숨은 건지, 어떻게 한 건지, 그걸 모르겠단 말이지. 이젠 지쳤어."

"그게 다요." 목소리가 말했다.

"난 눈에 보이지 않소. 당신의 이해를 바라는 건 여기까지요."

"그건 누구나 알 수 있는 사실 아니오. 선생, 그렇게 딱딱하게 굴 필요는 없잖소. 그러니까 좀 알려 주시오. 어떻게 모습을 감춘 거요?"

“난 눈에 보이지 않소. 그게 제일 중요한 점이지. 당신에게 알려 주려는 것도 바로 이……”

“그런데 어디쯤에 있는 거요?” 마블 씨가 중간에 끼어들었다.

“여기요! 당신 앞에서 6야드 정도 떨어져 있소.”

“아, 제발! 난 눈이 멀지 않았소. 이다음엔 희박한 공기라고 소개하시겠구먼. 난 당신이 생각하는 그런 무식한 부랑자가 아니라고.”

“그렇소. 나는 희박한 공기요. 당신은 날 못 본 척 하고 있어.”

“뭐라고! 당신을 이루는 물질이 아무 것도 없다는 건가. 소리는 그건 뭔데? 재잘거리던 소리. 그게 다라고?”

“난 그냥 사람이오. 건강한 몸이 있고, 먹을 것과 마실 것이 필요하며, 입을 것도 필요하지. 다만 보이지 않는다 뿐이오. 이제 알겠소? 보이지 않는다고. 간단하잖소. 보이지 않는다.”

“그럼, 진짜란 말이오?”

“그렇소. 진짜요.”

“어디 손 좀 잡아 봅시다.” 마블이 말했다.

“만약 진짜라면 말이지. 이게 그렇게 정도에 벗어난 일은 아니겠지. 그럼, 아이고!” 그가 말했다.

“날 펄쩍 뛰게 만들다니, 어떻게 그럴 수 있소! 그런 식으로 꽉 잡다니!”

그는 자신의 손목을 감싸 잡은 손을 자유로운 손가락으로 만져 보았다. 그의 손가락들이 쭈뼛쭈뼛 팔을 올라가더니 근육이 있는 가슴팍을 두드리다가 수염 난 얼굴을 탐색했다. 마블의 얼굴은 놀라움 그 자체였다.

“이게 재미있는 일이 아니라면.” 그가 말했다.

"내 모가지를 내놓겠어! 듣던 중 가장 기막힌 일이오! 당신을 통해 저어기 1마일 떨어진 곳에 있는 토끼도 볼 수 있는데. 당신은 보이지 않는군. 다만……"

그는 분명 비어 있는 공간을 날카롭게 살펴보았다.

"빵하고 치즈 먹었소?"

그는 보이지 않는 팔을 잡은 채 이렇게 물었다.

"맞소. 이런 몸으론 소화가 잘 안 되서."

"아!" 마블 씨가 말했다.

"유령 비슷하구먼."

"물론 이 모든 건 당신이 생각하는 것의 절반만큼도 놀랍지 않소."

"별 볼 일 없는 내 욕구에 비하면 엄청 놀라운 일이지."

토마스 마블 씨가 말했다.

"어떻게 한 거요! 어쩌다 그리 됐소?"

"너무 긴 이야기요. 게다가.."

"말해 두겠는데, 난 이 모든 일들에 완전 두 손 두 발 다 들었소." 마블 씨가 말했다.

"이 시점에서 내가 말하고 싶은 건 바로 이거요. 난 도움이 필요하다는 거지. 도움이 필요했고 우연히 당신을 만났소. 나는 분노로 눈이 뒤집혀 벌거벗은 몸으로 무기력하게 방황하고 있었지. 누굴 죽일 수도 있었을 거요. 그런데 당신을 보고……"

"맙소사!" 마블 씨가 외쳤다.

"난 당신 뒤에서 나타났고 주저하다가 계속 길을 걸었고."

마블 씨의 표정이 그의 감정을 드러내며 다양하게 변했다.

"그러다 멈췄지. 여기, 난 이렇게 말했소. '나 같은 왕따가 있구나. 이 남자가 바로 나에게 필요한 사람이다.' 그래서 난 가던 발걸음을 돌려 당신에게 다가왔소. 그리고……"

"이런!" 마블 씨가 말했다.

"하지만 난 정말 혼란스럽소. 어떻게 하면 될지 물어봐도 되겠소? 내가 어떻게 도와주길 바라오? 투명인간 선생!"

"옷이랑 쉴 만한 거처도 필요하고, 다른 것들도 몇 가지 도와줬으면 하오. 없이 산지 너무 오래 되어서 말이오. 안 되겠다면.. 뭐! 하지만 해주겠다면 해줘야 하오."

"이보쇼." 마블 씨가 말했다.

"난 정말 기절초풍할 지경이라오. 더 이상 놀라게 하지 말고 날 보내주시오. 난 안정을 좀 취해야겠소. 그리고 당신이 내 발가락을 거의 부러뜨릴 뻔했잖소. 정말 말도 안 되는 일투성이요. 텅 빈 언덕, 텅 빈 하늘. 자연의 가슴을 제외하고는 이 드넓은 곳에 아무 것도 없지. 그런데 목소리가 들려. 하늘에서! 돌에서! 그리고 주먹에서 맙소사!"

"정신 차리시오." 목소리가 말했다.

"당신을 위해 내가 고른 일들을 처리해줘야 하거든."

마블 씨가 뺨을 부풀리며 눈을 동그랗게 떴다.

"난 당신을 택했소." 목소리가 말했다.

"저 아래 얼간이들을 제외하면, 당신은 투명 인간 같은 걸 아는 유일한 사람이오. 내 조력자가 되어야 하오. 날 좀 도와주시오. 도와준다면 크게 보답하겠소. 투명 인간은 곧 능력자 아니겠소." 그가 잠시 말을 멈추더니 격렬하게 재채기를 했다.

"하지만 나에게 등을 돌린다면." 그가 말했다.

"내가 지시한 일을 제대로 하지 못하면"

그는 말을 멈추고 마블 씨의 어깨를 세게 두드렸다. 그의 손길이 와 닿자 마블 씨가 공포에 찬 비명을 내질렀다.

"당신을 배신하고 싶지 않소."

마블 씨는 어깨에 올라가 있는 손가락에서 점점 시선을 돌리며 말했다.

"어, 당신이 뭘 하든 간에 그런 식으로 생각지 마시오. 난 전적으로 당신을 돕고 싶소. 그러니 뭘 해야 할지 말만 하시오.(젠장!) 뭘 원하든지 내 기꺼이 하리다."

/

처음의 공포가 돌풍처럼 지나간 이후 아이핑에는 여러 의견들이 분분했다. 다소 불안정하며 근거를 자체적으로 뒷받침하지는 못했지만 그럼에도 불구하고 회의론이 돌연 고개를 들었다. 투명인간이 있다고 믿지 않는 것이 더 수월했다. 그가 공기 속에 녹아 들어가는 것을 실제로 목격하거나, 아니면 그의 팔 힘을 느꼈던 사람들은 기껏해야 열 손가락 안에 들었기 때문이다.

와저스 씨 같은 증인들은 자기 집 빗장과 울타리 뒤로 물러나 철통방어를 하며 이내 모습을 감췄으며, 재퍼스는 <코치 앤 홀시스>의 객실에서 기절한 채 누워 있었다. 경험을 초월하는 거대하고 오묘한 생각은 남녀노소를 막론하고 구체적인 생각보다 상대적으로 영향력이 작게 마련이다. 아이핑 마을은 축제 깃발로 단장했고 모두들 축제에 어울리는 화려한 옷을 입고 있었다. 사람들은 성령강림절 월요일을 한두 달 전부터 기다려왔다. 정오가 되자, 볼 수 없는 인간이 있다고 믿었던 사람들도 그가 완전히 떠났을 것이라고 생각하며 머뭇머뭇 작은 여흥을 다시 즐기기 시작했다. 그에 대한 이야기는 이미 농담거리에 지나지 않았다. 하지만 회의감을 가진 사람들과 추종자들 모두 그날 내내 놀라우리만치 가까운 교제를 나누었다.

헤이즈먼 초원은 번팅 사모와 다른 부인들이 차를 준비하고 있는 텐트 덕분에 화기애애했다. 주일학교 아이들은 부목사와 커스 양, 색벗 양의 시끄러운 잔소리 속에서 달리기 시합을 하고 게임을 했다. 약간 불안한 기운이 감돌고 있는 것은 분명했지만, 대부분의 사람들은 그들이 경험한 상상 속의 불안함이 뭐든 간에 숨기려 했다. 마을의 초원 위로 비스듬히 설치된 밧줄에 흔들 도르래 손잡이를 걸고 내려오면 반대편 끝에 있는 포대자루에 세게 내동댕이쳐지는 놀이가 청소년들 사이에서 상당한 인기를 끌었고, 그네 타기와 코코넛 던지기도 인기가 많았다.

산책로 또한 조성되어 있었는데, 작은 회전목마에 달린 증기 오르간에서 흘러나오는 자극적인 기름 냄새와 마찬가지로 자극적인 음악이 공기를 가득 메웠다. 아침에 교회에 출석한 마을 사람들은 분홍색과 초록색이 어우러진 휘장으로 화려하게 꾸몄으며, 보다 화려한 것을 추구하는 몇 몇 사람들 또한 휘황찬란한 리본을 단 중절모로 단장했다. 플레쳐 노인은 휴일의 행락이라는 개념에 대해 인색한 사람이었는데,(어느 쪽으로 보던 간에) 창가에 놓인 재스민이나 열린 문을 통해 그의 모습을 볼 수 있었다. 그는 신중하게 의자 두 개에 널빤지를 균형 맞춰 올려놓고 거실 천장에 회반죽을 바르고 있었다.

네 시경에 낯선 사내가 언덕 쪽에서 마을로 들어 왔다. 그는 유달리 허름한 실크해트를 쓴 키가 작고 통통한 사람이었는데, 숨을 무척이나 헐떡이고 있는 것처럼 보였다. 그의 양 볼은 축 늘어지고 팽팽하게 부풀어 오르기를 반복하고 있었다. 얼룩덜룩한 얼굴이 불안해 보였다. 그는 마지못해 민첩하게 움직이고 있었다. 그가 교회 모퉁이를 돌아 <코치 앤 홀시스> 쪽으로 향했다. 다른 사람들 중 플레쳐 노인은 그를 본 것을 기억한다. 이 노신사는 그 사내가 풍기는 특유의 불안함에 사로잡혀 그를 신경 쓰다가 붓에서 회반죽이 흘러 그의 외투 소매 속으로 들어가는 것을 무심코 내버려두고 말았다.

코코넛 던지기 주인의 눈에 이 낯선 사내는 혼잣말을 하는 것처럼 보였고, 헉스터 씨도 같은 점을 지목했다. 헉스터 씨의 말에 따르면, 그는 <코치 앤 홀시스> 계단 아래 멈춰 서서 여관에 들어가기 전 몇 번이나 고뇌하는 것처럼 보였다. 마침내 그는 계단을 올랐고, 헉스터 씨는 그가 왼쪽으로 돌아 객실 문을 여는 것을 보았다. 헉스터 씨는 방 안에서, 그리고 술청에서 사람들이 그 남자의 실수를 지적하는 소리를 들었다.

"그 방은 개인용이오!"

홀이 이렇게 말하자 낯선 사내가 어색하게 문을 닫고 술청으로 들어왔다. 몇 분이 흐른 뒤 그가 손등으로 입술을 훔치면서 다시 나타났다. 그가 사뭇 만족스러워하는 느낌은 어쨌든 헉스터 씨에게는 인상적이었던 모양이다. 그는 잠시 주변을 둘러보며 서 있었는데, 그때 헉스터 씨는 그가 이상하게도 마당 문을 향해 몰래 다가가는 것을 보았다. 객실 창문은 마당 쪽으로 열려 있었다. 낯선 사내는 어느 정도 망설인 끝에 문설주에 기대어 작달막한 사기 파이프 하나를 꺼내 채웠다. 파이프를 채우는 동안 그의 손가락이 덜덜 떨렸다. 그는 서투른 솜씨로 불을 붙이고 팔짱을 낀 채 힘없이 파이프를 피웠는데, 이런 모습은 이따금씩 마당을 흘깃거리는 태도와 더불어 그가 뭔가를 숨기고 있다는 사실을 여실히 보여주었다.

헉스터 씨는 담배 진열장에 놓인 금속 용기들 너머로 이 모든 것을 지켜보았다. 남자의 유별난 행동은 헉스터 씨가 계속해서 예의주시하도록 만들었다. 이내 낯선 남자가 갑자기 일어나더니 파이프를 주머니 안에 집어넣었다. 그런 다음 마당 안으로 사라졌다. 헉스터 씨는 자신이 곧 단순 절도의 증인이라고 생각하면서 곧장 계산대를 넘어 도둑을 가로막고자 길로 뛰쳐나갔다. 그가 이렇게 하고 있을 무렵 마블 씨가 다시 나타났다. 그의 모자는 비뚜름했고, 한 손에는 파란 식탁보로 만든 커다란 보따리가 들려 있었으며, 다른 한 손에는 한데 묶은 책 세 권 – 묶었던 끈은 후에 목사의 멜빵끈인 것으로 밝혀졌다 – 이 들려 있었다. 그는 헉스터를 발견하자마자 헉헉대며 재빨리 왼쪽으로 몸을 틀어 달아나기 시작했다.

“게 섯거라, 도둑놈아!”

헉스터는 이렇게 외치면서 그의 뒤를 쫓았다. 헉스터 씨의 감각은 생생했지만 짧았다. 그는 앞에 있던 남자가 순식간에 교회 모퉁이를 돌아 언덕길을 전속력으로 달리는 것을 보았다. 저 멀리 마을 깃발과 축제 행사가 열린 광경이 보였다. 한두 사람이 그를 향해 몸을 돌렸다. 그가 다시 소리쳤다.

“거기 서!”

그는 알 수 없는 뭔가에 정강이가 걸려 열 걸음도 채 가지 못했고 더 이상 달릴 수 없었다. 그러나 상상도 할 수 없을 만큼 빠른 속도로 공중을 날았다. 그는 갑자기 땅이 얼굴에 가까워지는 것을 보았다. 세상이 소용돌이치는 수백만 개의 빛 입자 속으로 뛰어드는가 싶더니, 그는 더 이상 다음에 일어난 사건들에 관심을 가질 수 없었다.

/

이제 여관에서 일어난 사건을 명확하게 이해하기 위해 헉스터 씨의 진열창에 마블 씨의 모습이 담겼던 순간으로 거슬러 올라갈 필요가 있다. 정확히는 커스 씨와 번팅 씨가 객실에 있었던 그 순간이다. 그들은 아침에 있었던 이상한 일들을 심각하게 조사하고 있던 중이었다. 그리고 홀의 허락으로 투명 인간의 소지품들을 면밀히 검토하고 있었다. 재퍼스는 넘어진 충격에서 어느 정도 회복해 인정 많은 친구들에게 몸을 맡기고 집으로 돌아갔다. 낯선 사내의 흩어진 의복들은 홀 부인이 모두 치웠고 방은 정돈되어 있었다. 커스는 낯선 사내가 줄곧 작업하던, 창가 아래 탁자 위에서 '일기'라는 딱지가 붙은 원고지 형태의 책 세 권을 거의 곧바로 발견했다.

"일기장이야!"

커스는 탁자 위에 책 세 권을 올려놓으며 말했다.

"이제 적어도 뭔가를 알 수 있겠군요."

목사가 탁자에 손을 올리며 일어섰다.

"일기장이라."

커스는 자리에 앉아 세 번째 책을 나머지 두 권으로 바친 다음 책장을 열었다.

"흠, 속지에는 이름이 없군. 귀찮게 됐군! 암호에. 숫자에."

목사가 그의 어깨 너머로 책을 들여다보기 위해 다가왔다.

커스는 돌연 실망한 표정으로 책장을 넘겼다.

"이런, 이것 참! 죄다 암호네요, 목사님."

"도표도 없습니까?" 번팅 씨가 물었다.

"실마리가 될 그림도."

"직접 보세요." 커스 씨가 말했다.

"어떤 건 수학적이고, 또 어떤 건(문자로 보아) 러시아어나 뭐 그런 언어 같습니다. 일부는 그리스어고요. 제가 생각할 때 그리스어는 목사님께서……"

"물론입니다." 번팅 씨가 말했다.

그는 안경을 벗어 닦으며 갑자기 아주 불편한 느낌을 받았다. 이와 관련해 내뱉을 만한 그리스어가 머릿속에 들어있지 않았기 때문이다.

"그래요. 그리스어라면 분명 단서가 될 겁니다."

"제가 찾아 드릴게요."

"먼저 책을 쭉 훑어보는 게 좋겠습니다."

번팅 씨가 계속 안경을 닦으며 말했다.

"커스, 먼저 전반적인 느낌을 좀 본 다음에야 단서를 찾을 수 있을 겁니다."

그가 기침하며 안경을 썼다. 그는 유난을 떨며 안경 위치를 조절하더니 다시 기침하며 자신이 그리스어를 잊어버렸다는 사실이 불가피하게 발각될 경우는 피할 수 있길 속으로 빌었다. 그런 다음 그는 여유로운 태도로 커스가 건네는 책을 받았다. 그리고 뭔가가 일어났다. 문이 갑자기 열린 것이다. 소스라치게 놀라 돌아본 두 신사는 모피로 만든 실크해트 아래 군데군데 장밋빛으로 물든 얼굴을 보고 안도했다.

"술집 맞소?"

불그스레한 얼굴이 이렇게 묻고 서서 그들을 바라보며 서 있었다.

"아니오." 두 신사가 동시에 입을 열었다.

"반대편입니다." 번팅 씨가 말했다.

그리고 커스 씨가 신경질적으로 덧붙였다.

"문 좀 닫아 주시오."

"알겠소."

침입자가 말했다. 처음에 물었을 때의 목 쉰 소리와는 묘하게 다른 저음이었다.

"지당한 말씀이오." 침입자가 아까와 같은 목소리로 말했다.

"물렀거라!" 그가 사라지고 문이 닫혔다.

"제 생각엔 선원 같군요." 번팅 씨가 말했다.

"재밌는 친구들이군요. 물렀거라! 분명 이 방에서 나간다는 뜻으로 내뱉은 항해 용어인 모양입니다."

"그런가봅니다." 커스가 말했다.

"온종일 나사가 풀려있는 기분이에요. 문이 그렇게 열리는 바람에 펄쩍 뛸 정도로 깜짝 놀랐다니까요."

자기는 그렇게 놀라지 않았다는 듯이 번팅 씨가 미소 지었다.

"그럼 이제." 그가 한숨을 쉬며 말했다.

"이 책들을 볼 차례군요."

그가 이렇게 말하고 있는데 누군가 재채기를 했다.

"하나는 분명합니다."

번팅은 커스 옆으로 의자를 당기면서 말했다.

"지난 며칠간 아이핑에 아주 이상한 일들이 일어났다는 사실 말입니다. 정말 이상한 일들이죠. 전 이 허무맹랑한 투명인간 이야기 따위는 믿을 수 없습니다."

"믿을 수 없는 이야기죠." 커스가 말했다.

"믿을 수가 없어요. 하지만 제가 본 것만은 확실한 사실입니다. 분명 그자의 소매 아래를 봤는데."

"하지만 확신할 수 있습니까? 예를 들어 거울을 생각해보세요. 환영이 너무나도 쉽게 생겨나지 않습니까. 성도님이 정말 뛰어난 마술사를 보셨는지 모르겠지만."

"다시 논쟁을 벌이진 않겠어요." 커스가 말했다.

"번팅 목사님, 우린 지금껏 그 얘기에 대해 철저히 논의했습니다. 그리고 이제 이 책들만 남았다고요. 아! 여기 그리스어로 적힌 부분이 있네요! 그리스 문자가 틀림없어요."

그는 종이 중간을 가리켰다. 번팅 씨는 얼굴을 약간 붉히더니 안경에 무슨 문제라도 있는 것처럼 종이에 얼굴을 가까이 가져갔다. 그는 갑자기 목 뒤에서 이상한 감각을 느꼈다. 고개를 들으려는데 그를 움직이지 못하게 하는 방해가 느껴졌다. 이 감각은 기이한 압박이었다. 두툼하고 강한 손에 붙들려 저항도 하지 못하고 탁자에 그의 턱을 내리 눌렀다.

"움직이지 마, 애송이들아." 목소리가 속삭였다.

"아님 둘 다 대갈통을 부숴버리겠어!"

그는 자신의 얼굴과 바짝 붙다시피 한 커스의 얼굴을 마주 보았다. 그리고 그들은 자신이 느끼는 병적인 공포가 서린 무시무시한 자아상을 보게 되었다.

"거칠게 다뤄서 미안하지만." 목소리가 말했다.

"어쩔 수 없군."

"연구원의 개인적인 메모를 그렇게 훔쳐보라고 언제부터 배웠나."

목소리가 말했다. 그리고 두 사람의 턱이 탁자에 동시에 부딪쳤고 치아가 덜거덕거렸다.

"언제부터 불행한 한 남자의 개인 방에 쳐들어와도 된다고 배웠나?"

다시 충격이 반복되었다.

"내 옷은 어디에 뒀지?"

"들어봐." 목소리가 말했다.

"창문은 모두 단단히 잠겨 있고 나는 문에서 열쇠를 빼가지고 있어. 난 꽤 힘이 센데다 손에는 부지깽이를 들고 있지. 게다가 눈에 보이지도 않아. 맘만 먹으면 둘 다 죽여 버리고 던지는 것도 그리 어렵지 않지. 알아들어? 아주 좋아. 만약 이대로 보내준다면 얼빠진 짓일랑 하지 말고 내 말대로 하겠다고 맹세할 수 있나?"

목사와 의사는 서로 쳐다보았고, 의사가 얼굴을 찡그렸다.

"맹세하지요."

번팅 씨가 이렇게 말하자 의사도 그 말을 반복했다. 그러자 목을 누르고 있던 힘이 약해졌고, 의사와 목사는 일어나 앉았다. 두 사람 모두 시뻘건 얼굴 하고서 머리를 제대로 가누지 못했다.

"지금 앉은 그 자리에 그대로 있어." 투명인간이 말했다.

"여기 부지깽이가 보이겠지."

"내가 방에 들어왔을 때."

투명인간은 방문자들의 코끝에 부지깽이를 들이대면서 계속 말했다.

"방에 누가 있을 거라고 예상하지 못했고, 메모가 적힌 책과 옷가지들을 찾게 될 거라고 생각했어. 근데 어디 있지? 아니, 일어나지 마. 사라진 건 나도 알아. 자, 투명인간이 발가벗고 달리기엔 꽤나 따뜻한 날씨긴 하지만, 저녁에는 무척 춥단 말이지. 바로 지금처럼. 난 옷이 필요해. 다른 묵을 방도 필요하고. 그리고 이 책 세 권도 내가 가져가야겠어."

7

이 시점에서 이야기를 다시 중단해야 하는 것은 불가피하다. 곧 명백해질, 아주 고통스러운 어떤 이유 때문이다. 이런 일들이 객실에서 벌어지는 동안, 그리고 마블 씨가 문에 기대어 파이프를 피우고 있는 것을 헉스터 씨가 지켜보는 동안, 거기서 12야드도 떨어지지 않은 곳에서 홀 씨와 테디 헨프리가 머리에 구름 낀 것 같은 어리둥절한 상태에서 아이핑 사건에 대해 토론을 나누고 있었다. 갑자기 객실 문에 거세게 쿵 하고 부딪히는 소리가 들리더니 날카로운 비명이 들렸고, 그 다음에는 정적이 흘렀다.

"뭐야!" 테디 헨프리가 외쳤다.

"무슨 소리지!" 술청에서 외쳤다.

홀 씨는 느리지만 분명하게 사태를 파악했다.

"이상하네."

그가 이렇게 말하며 술청 뒤에서 돌아 나와 객실 문으로 향했다. 그와 테디는 결의에 찬 얼굴로 함께 문에 이르렀다. 그들의 눈이 문을 자세하게 쳐다보았다.

"뭔가 잘못 됐어."

홀이 이렇게 말하자 헨프리가 동의한다는 뜻으로 고개를 끄덕였다. 불쾌한 화학약품 냄새가 훅 풍기는 냄새가 그들을 덮쳤고, 들릴 듯 말 듯 아주 빠르고 낮은 말소리가 있었다.

"거기 괜찮습니까?" 홀이 문을 두드리며 물었다.

중얼거리던 대화가 갑자기 끊기고 침묵이 잠깐 흘렀다. 그리고 다시 쉭쉭 거리는 목소리로 대화가 재개되더니 "아니! 안 돼. 그러지 마!" 하고 날카롭게 외치는 소리가 들렸다. 갑자기 움직임이 느껴지면서 의자가 뒤엎어지는 소리가 들렸고, 잠시 몸싸움이 벌어지다가 다시 조용해졌다.

"대체 뭐야?" 헨프리가 소리를 낮추며 외쳤다.

"거기 별 일 없습니까?" 홀 씨가 다시 날카롭게 물어보았다.

목사가 이상하게 떨리는 어조로 대답했다.

"괘. 괜찮습니다. 방. 방해하지 마십시오."

"이상하다!" 헨프리가 말했다.

"이상해!" 홀 씨도 이렇게 말했다.

"방해하지 말라고." 헨프리가 말했다.

"나도 들었네." 홀이 말했다.

"재채기 소리도." 헨프리가 말했다.

그들은 계속 귀를 기울였다. 대화를 나누는 소리는 빠르지만 낮은 어조로 흘러갔다.

"못 합니다."

번팅 씨가 말했다. 그의 목소리가 높아졌다.

"다시 한 번 말하죠, 선생님. 전 하지 않을 겁니다."

"무슨 소리지?" 헨프리가 물었다.

"안 한다는데." 홀이 말했다.

"너하고 나한테 한 말은 아니겠지?"

"수치스럽습니다!" 안에서 번팅 씨가 이렇게 말했다.

"수치스럽다고." 헨프리 씨가 말했다.

"분명 그렇게 들었어."

"지금 말한 사람은 누구지?" 헨프리가 물었다.

"내가 볼 때는 커스 씨야." 홀이 말했다.

"다른 거 또 들리나?"

침묵이 흘렀다. 안에서 들리는 소리가 불분명해서 도무지 종잡을 수가 없었다.

"식탁보 던지는 소리 같은데." 홀이 말했다.

홀 부인이 술청 뒤에서 나타났다. 홀은 그녀에게 조용히 하라고 손짓한 뒤 이쪽으로 오라고 재차 손짓했다. 이것은 홀 부인의 아내다운 반항심을 불러 일으켰다.

"홀, 뭘 듣고 있는 거예요?" 그녀가 물었다.

"오늘처럼 바쁜 날에 그렇게 할 일이 없어요?"

홀이 얼굴을 찡그리고 무언극을 해가며 모든 상황을 전달하려고 했지만, 홀 부인은 완고했다. 그녀가 목소리를 높였다. 기가 팍 꺾인 홀과 헨프리는 그녀에게 설명해주겠다는 손짓을 하며 살금살금 술청으로 돌아갔다. 처음에 그녀는 그들이 들은 모든 이야기를 들으려고도 하지 않았다. 이어 그녀는 헨프리가 이야기를 하는 동안 홀에게는 조용히 입 다물고 있으라고 으름장을 놓았다. 그녀는 이 모든 일이 허튼소리에 불과하다고 생각했다. 그들은 아마 가구를 옮기고 있었는지도 몰랐다.

"'수치스럽다'고 말하는 걸 들었다 안하나." 홀이 말했다.

"홀 부인, 저도 들었습니다." 헨프리가 말했다.

"틀림없이." 홀 부인이 막 입을 열었다.

"쉬잇!" 테디 헨프리 씨가 말했다.

"창문 소리가 들렸는데?"

"어떤 창문이요?" 홀 부인이 물었다.

"객실 창문이요." 헨프리가 말했다.

모두 서서 열심히 귀를 기울였다. 홀 부인은 직사각형의 화려한 여관 문은 거들떠보지도 않고 오로지 바로 앞에 보이는 활기찬 하얀 길과 6월의 태양 속에서 뜨겁게 달궈진 헉스터의 가게 앞을 주시했다. 이때 갑자기 헉스터 씨 가게 문이 열리면서 헉스터 씨가 모습을 드러냈다. 그는 흥분해서 눈을 동그랗게 뜨고 팔을 휘둘러 무슨 말을 전달하고 있었다.

"앗!" 헉스터가 외쳤다.

"도둑놈 잡아라!"

그는 이렇게 말하고는 마당 문을 향해 나 있는 직사각형 길을 대각선으로 내달리다가 사라졌다. 그와 동시에 객실에서 소동이 벌어졌고, 창문이 닫히는 소리가 들렸다. 홀, 헨프리, 그리고 술청에 있던 사람이란 사람들은 너나 할 것 없이 허겁지겁 거리로 달려 나왔다. 그들은 누군가가 모퉁이를 휙 돌아 길 쪽으로 향하는 것을 보았고, 헉스터 씨는 이리저리 흔들리며 공중에 떠올랐다가 얼굴과 어깨부터 떨어졌다. 길 아래 있던 사람들은 깜짝 놀라 서 있거나 그들을 향해 달려왔다.

헉스터 씨가 정신을 잃고 말았다. 헨프리는 그 모습을 보려고 멈춰 섰지만, 홀과 술청에서 나온 두 인부는 횡설수설 소리치면서 동시에 모퉁이를 돌았고, 교회 담벼락 모퉁이 쪽으로 사라지는 마블 씨를 발견했다. 그들은 그가 바로 갑자기 보이게 된 투명인간이라는 불가능한 결론에 도약하여 그 즉시로 좁은 길을 따라 추격전을 벌이기 시작했다. 하지만 홀은 경악에 찬 비명 소리를 지르며 인부 중 한 사람을 붙든 채 옆으로 날아가 땅바닥에 거꾸로 처박히는 바람에 12야드도 달리지 못했다. 축구에서 반칙으로 한 사람을 저지하는 것처럼 행동했던 것이다. 두 번째 인부는 한 바퀴 돌아와 이 광경을 보고는 홀이 스스로 그렇게 넘어졌다고 생각하면서 다시 추격하기 시작했지만 헉스터처럼 발목이 걸려 넘어지고 말았다. 이어서 첫 번째 인부가 발에 힘을 주고 일어나려고 애쓰던 중, 황소도 때려눕힐만한 주먹에 옆구리를 맞았다.

그가 내려오는 길에 마을 잔디밭 쪽에서 몰려오던 마을 사람들이 모퉁이를 돌았다. 처음 나타난 얼굴은 청바지를 입은 건장한 체구의 코코넛 던지기 주인이었다. 그는 팔다리를 우스꽝스럽게 뻗어 있는 남자 셋을 제외하면 아무도 없는 길을 보고 깜짝 놀랐다. 그때 발꿈치에 무슨 일이 벌어졌다. 그는 형제와 동료의 발에 스치면서 머리부터 곤두박질쳐 샛길에서 굴렀고, 뒤이어 그들도 함께 곤두박질쳤다. 이 두 사람은 지나치게 성급한 많은 사람들의 발에 채여 무릎이 꺾이면서 넘어졌고 욕까지 먹었다. 홀과 헨프리 그리고 인부들이 집 밖으로 뛰쳐나왔을 때 홀 부인은 다년간의 경험을 토대로 계산대 옆 술청에 그대로 남아 있었다. 그런데 갑자기 객실 문이 열리더니 커스 씨가 나타났고, 그는 부인을 거들떠보지도 않고 단숨에 계단을 내려와 구석으로 향했다.

"저놈 잡아요!" 그가 외쳤다.

"저놈이 저 상자를 떨어뜨리지 못하게 하세요."

그는 마블의 존재에 대해서 아는 바가 없었다. 투명인간이 이미 책과 짐을 마당에서 넘겨주었기 때문이다. 커스 씨의 얼굴에는 분노와 단호함이 서려 있었지만, 그리스의 검열이나 간신히 통과할 것 같은 흐느적거리는 하얀 킬트를 입은 모습은 확실히 문제가 있었다.

“저놈 잡아라!” 그가 고함쳤다.

“저놈이 내 바지를 가지고 있어! 목사의 옷이란 옷도 다 챙겨갔다고!”

“어서 그를 돌봐주시오.”

커스는 엎어져 있는 헉스터를 지나치면서 헨프리에게 소리쳤다. 그리고는 모퉁이를 돌아 소란의 장에 끼어든 지 얼마 지나지 않아 보기 흉하게 팔다리를 뻗은 자세로 넘어졌다. 열심히 도주하던 누군가가 그의 손가락을 발로 세게 밟고 지나갔다. 그는 비명을 지르며 다시 일어나려고 했지만 다시 걷어차여 큰 대자로 쭉 뻗었다. 그리고 자신이 점령이 아닌 완패의 길에 서 있다는 것을 깨닫게 되었다. 모든 사람들이 마을을 향해 다시 달려왔다. 그는 다시 몸을 일으키다가 귀 뒤쪽을 심하게 후려 차였다. 그는 자리에서 막 일어나고 있는, 버림받은 헉스터를 뛰어 넘은 다음 비틀거리면서 곧장 <코치 앤 홀시스>로 다시 발걸음을 옮겼다. 여관 계단을 반 정도 올라 왔을 때, 그는 등 뒤에서 갑자기 분노에 찬 고함 소리를 듣게 되었다. 이 소리는 온갖 외침의 도가니 속에서 날카롭게 솟아올랐고, 누군가의 얼굴을 찰싹 때리는 소리도 함께 들렸다. 그는 이 목소리의 주인공이 바로 투명인간이며, 이 음성은 고통스러운 일격을 당해 갑자기 분노에 찬 남자의 목소리라는 사실을 깨달았다. 다음 순간 커스 씨가 객실로 돌아왔다.

“목사님, 그가 다시 돌아올 겁니다!”

그가 뛰어 들어오며 말했다.

“조심하세요!”

번팅 씨는 난로 깔개와 웨스트 써리 가제트로 몸을 가리려고 애쓰며 창가에 서 있었다.

"누가 온다고요?" 그가 말했다.

그는 너무 놀라 하마터면 잡고 있던 옷가지들을 놓칠 뻔했다.

"투명인간이요." 커스가 창문으로 뛰어가며 말했다.

"여기서 나가는 게 좋겠어요! 그가 단단히 화가 났어요! 머리가 돌아버렸다고요!"

다음 순간 그는 마당에 나와 있었다.

"맙소사!"

번팅 씨는 무시무시한 두 가지 선택의 기로에 서서 망설이며 말했다. 여관 통로 쪽에서 무섭게 싸우는 소리를 들은 그는 마침내 결정을 내렸다. 그는 창밖으로 기어 나와 옷을 단단히 여민 뒤, 토실토실하고 짤막한 두 다리가 낼 수 있는 최고 속도로 마을 위쪽을 향해 달아났다.

투명인간이 분노에 차 소리를 지르고 번팅 씨가 마을 위쪽으로 기억에 남을 만한 도주를 감행한 순간부터, 아이핑에서 일어난 사건을 연이어 설명하는 것은 불가능하게 되었다. 아마도 투명인간의 원래 의도는 그저 옷과 책을 가지고 나오는 마블의 도주로를 확보하는 것이었는지도 몰랐다. 하지만 한 번도 좋았던 적 없는 그의 성질이 몇 차례 날아온 주먹질에 완전히 증발해버렸는지, 이내 그는 단순히 상처 입히는 행위에서 만족감을 얻기 위해 사람들을 공격하고 집어던지기 시작했다.

달아나는 사람들로 가득 찬 거리, 문들이 쾅 닫히며 숨을 곳을 두고 다투는 광경을 그려보라. 플레쳐 노인과 두 의자가 만들어낸 불안정한 균형을 돌연 무너뜨리고 참담한 결과를 초래한 소동을 상상해보라. 깜짝 놀란 연인이 음울하게 그네 줄을 잡고 있는 모습을 그려보라. 이어 떠들썩한 도주 행렬이 모두 지나가고, 싸구려 장식품과 깃발만이 남은 아이핑 거리는 황폐했다. 다만 아직도 격노하고 있는 투명인간과 코코넛, 나가떨어진 캔버스 칸막이, 가판대에서 떨어져 흩어진 단 과자 부스러기만이 버려져 나뒹굴고 있었다. 문 닫는 소리, 빗장 지르는 소리가 도처에서 들려왔고, 눈에 보이는 인간이라고는 창유리 구석에서 눈썹을 위로 올린 채 이따금씩 재빠르게 눈을 굴리고 있는 사람이 전부였다.

투명인간은 <코치 앤 홀시스>에 있는 모든 유리창을 깨며 잠시나마 즐거워했다. 그런 다음 그는 그리블 부인의 객실 유리로 가로등을 쑤셔 넣었다. 애더딘 가 히긴스의 오두막 바로 너머에서 애더딘으로 향하는 전선을 끊은 것도 그가 틀림없었다. 그 후, 그는 자신이 가진 기이한 능력이 따라주는 대로 인간의 지각에서 완전히 사라졌으며, 더 이상 아이핑에서 들을 수도, 볼 수도, 심지어 느낄 수도 없는 존재가 되었다. 완전히 사라져버린 것이다. 그러나 폐허가 된 아이핑 거리에 누군가가 다시 들어오기 시작한 것은 거의 두 시간이나 지나서였다.

/

땅거미가 몰려오고 아이핑이 다시 쭈뼛쭈뼛 성령강림절의 흩어진 잔해들을 흘긋거리기 시작할 무렵, 허름한 실크해트를 쓴 땅딸막한 남자가 브램블허스트 길 위에서 너도밤나무 뒤에 내려앉은 황혼을 뚫고 고통스럽게 행진하고 있었다. 그는 탄력 있는 실로 묶은 책 세 권과 파란 식탁보로 싼 꾸러미를 들고 있었다. 혈색 좋은 얼굴에는 경악스러움과 피곤함이 서려 있었는데, 갑자기 발작적으로 서두르는 것처럼 보였다. 그는 그의 목소리가 아닌 다른 목소리와 동행하고 있었는데, 이따금씩 보이지 않는 손이 건드릴 때마다 소스라치게 놀랐다.

"한 번만 더 날 따돌리면." 목소리가 말했다.

"다시 한 번만 더 그딴 시도를 하면."

"아이고!" 마블 씨가 말했다.

"그쪽 어깨는 멍투성이라고요."

"내 명예를 걸고." 목소리가 말했다.

"널 죽여 버릴 거야."

"당신을 따돌리려고 하지 않았어요."

마블이 거의 울기 직전인 목소리로 대답했다.

"맹세하는데 절대 그런 적 없습니다. 단지 빌어먹을 그 모퉁이를 못 봤다는 게 다예요! 대관절 제가 그걸 어떻게 알 수 있었겠어요? 보십쇼. 이렇게 걷어 채여서는……"

"명심하지 않으면 흠씬 두들겨 맞을 줄 알아."

목소리가 이렇게 말하자, 마블 씨가 갑자기 입을 다물었다. 그는 양 볼에 바람을 넣어 부풀렸는데, 두 눈이 절망스러움을 호소하고 있었다.

"당신이 내 책을 가지고 사라지지 않아도, 저 버둥거리는 버러지들이 내 소소한 비밀을 폭로하는 것만으로도 충분히 골 때리는 일이야. 내 비밀을 폭로했을 때 저치들 몇몇이 꼬리를 끊고 달아난 것은 자기들에게 있어 참 천만다행한 일이지. 내가 보이지 않는다는 사실을 아무도 몰랐어! 이제 뭘 하면 좋을까?"

"뭘 하면 좋을까?" 마블이 소리를 낮추며 물었다.

"결국 이렇게 됐군. 신문에 실리겠지! 모든 사람들이 나를 찾으려 들 거야. 경계를 늦추지 않고."

목소리가 날 선 욕설을 내뱉고는 갑자기 말을 멈췄다. 마블 씨의 얼굴에 서린 절망이 더욱 깊어졌고 걸음걸이는 느려졌다.

"빨리 가!" 목소리가 말했다.

여기저기 불긋한 혈색을 띠는 마블 씨의 얼굴이 밝은 회색빛으로 변했다.

"책 떨어뜨리지 마, 멍청아."

마블 씨를 앞지르며 목소리가 날카롭게 말했다.

"사실." 목소리가 말했다.

"널 이용해 먹으려고... 형편없는 도구지만 써먹는 수밖에."

"전 보잘것없는 도구예요." 마블이 말했다.

"맞아." 목소리가 말했다.

"당신이 가질 수 있는 것 중 가장 최악의 도구예요."

마블이 말했다.

"전 강하지 않아요."

그는 맥 빠지는 침묵 끝에 이렇게 말했다.

"엄청 세지 않다고요." 그가 재차 말했다.

"그래?"

"그리고 심장도 약해요. 작은 일에도 물론 해내긴 했지만, 당신 운이 좋았던 거예요! 책을 떨어뜨릴 수도 있었고요."

"그래서?"

"전 당신이 원하는 일 할 만한 정신력도 없고 체력도 없어요."

"내가 힘을 실어 주지."

"그러지 않았으면 좋겠어요. 알고 있겠지만, 전 당신의 계획을 망치고 싶지 않아요. 그렇지만, 두려움과 고통 때문에 그렇게 할지도 몰라요."

"그러지 않는 게 좋을 걸." 목소리가 조용히 힘을 실어 말했다.

"죽었더라면 좋았을 걸." 마블이 말했다.

"공평하지 않아요." 그가 말했다.

"인정해야 해요. 내게 완전한 권리가 있다고."

"계속 가!" 목소리가 말했다.

마블 씨가 걸음을 재촉했다. 잠시 동안 그들은 다시 침묵 속에 묵묵히 걸어갔다.

"더럽게 힘드네." 마블 씨가 말했다.

이것은 별 효과가 없었다. 그는 다른 말을 꺼냈다.

"제가 얻게 되는 건 뭐죠?"

그가 참을 수 없다는 듯한 말투로 다시 입을 열었다.

"제발! 닥쳐!"

목소리는 돌연 엄청난 활력이 실린 목소리로 말했다.

"내가 잘 봐줄게. 들은 것만 잘 하면 돼. 잘 할 거야. 당신은 보잘 것 없지만 그래도 해낼……"

"말씀드리지 않았습니까, 선생님. 저는 이 일에 맞지 않다니까요. 예의 갖춰 말씀 올리자면 그건 너무……"

"안 닥치면 다시 손모가지를 비틀어버릴 거야."

투명인간이 말했다.

"생각 좀 해봐야겠어."

이내 네모난 노란 빛 두 개가 나무들 사이로 반짝이더니, 정사각형의 교회 탑이 으스름 속에서 홀연히 모습을 드러냈다.

"네 어깨에 손을 올리고 있을 거야." 목소리가 말했다.

"마을을 통과할 때까지. 멍청한 짓일랑 하지 말고 똑바로 가. 만약 그런 짓을 한다면 후회하게 될 거야."

"압니다." 마블 씨가 한숨을 쉬며 말했다.

"저도 다 안다고요."

낡아빠진 실크해트를 쓴 불행해 보이는 인물이 짐을 들고 작은 마을 거리를 지나갔다. 그리고 창문에서 흘러나오는 빛 너머 어둠이 켜켜이 쌓인 곳으로 사라졌다.

7

다음 날 아침 10시, 면도를 하지 않은 지저분한 모습에 여행 때가 묻은 마블 씨가 책들을 옆에 두고 주머니에 손을 깊숙이 찔러 넣은 채 아주 지치고, 긴장하고, 불편한 기색이 역력한 모습으로 두 뺨을 드문드문 부풀리며, 포트 스토 변두리에 있는 작은 여관 밖에 놓인 벤치에 앉아 있는 모습을 발견할 수 있었다. 그의 곁에는 책들이 있었는데 지금은 줄로 묶여 있었다.

투명인간의 계획이 변경되면서 다른 짐은 브램블허스트 저편 소나무 숲에 버려졌다. 마블 씨는 벤치에 앉아 있었다. 그를 조금이라도 쳐다보는 사람은 아무도 없었지만, 그는 병적으로 흥분하여 계속 불안해하고 있었다. 그의 두 손은 이상하리만치 신경질적으로 계속 여러 주머니들을 뒤적거렸다. 그러나 그가 거의 한 시간이 다 가도록 앉아 있자, 한 나이든 선원이 신문을 들고 여관을 나와 그의 곁에 앉았다.

"날씨가 참 상쾌하구려." 선원이 말했다. 마블 씨는 잔뜩 겁을 집어먹은 듯한 눈으로 그를 흘깃 쳐다보았다.

"아주 상쾌하군요." 그가 말했다.

"이맘때에 어울리는 날씨로군."

선원은 그의 말에 동의를 표하며 말했다.

"정말 그렇군요." 마블 씨가 말했다.

선원은 이쑤시개를 꺼내 - 주위를 둘러보며 - 몇 분간 이를 쑤시는 일에 몰두했다. 그동안 그의 두 눈은 먼지를 뒤집어 쓴 마블 씨의 몰골과 곁에 놓인 책들을 마음껏 훑어보았다. 그는 마블 씨에게 다가왔을 때 주머니 속에 동전이 떨어진 같은 소리를 들었다. 그는 이처럼 부유함을 암시하는 소리와 마블 씨의 행색이 이루는 대조에 충격 받았다. 그의 마음은 거기서 그의 상상을 매혹시킬 정도로 단단히 사로잡은 화제로 돌아갔다.

"책이오?"

그가 이 쑤시던 일을 요란하게 마무리 지으면서 불쑥 말을 꺼냈다. 마블 씨가 깜짝 놀라 책들을 바라보았다.

"아, 네." 그가 말했다.

"네, 책입니다."

"책에는 이상한 것들이 많지." 선원이 말했다.

"지당한 말씀입니다." 마블 씨가 말했다.

"책 밖에도 이상한 것들이 있고 말이야." 선원이 말했다.

"맞습니다." 마블 씨가 말했다.

그는 자신과 대화를 나누는 사람을 바라보다 주변을 흘긋거렸다.

"예컨대 신문에도 이상한 것들이 나오지." 선원이 말했다.

"그렇죠."

"이 신문에." 선원이 말했다.

"아!" 마블 씨가 외쳤다.

"실린 이야기라오."

선원은 단호함과 신중함이 어린 눈을 마블 씨에게 고정하며 말했다.

"예컨대 투명인간에 관한 이야기지."

마블 씨가 입을 비뚜름하게 잡아당기며 뺨을 긁었다. 귀가 붉게 달아오르는 것을 느낄 수 있었다.

“그 다음엔 어떤 기사가 나오나요?”

그가 힘없이 이렇게 물었다.

“오스트리아, 아님 미국?”

“둘 다 아니오.” 선원이 말했다.

“여기에 관한 기사지.”

“맙소사!” 마블 씨가 놀라 외쳤다.

“여기라는 표현은……”

마블 씨는 다음에 이어진 선원의 말에 크게 안심했다.

“물론 이 장소 말한 게 아니라, 이 주변 일대를 말한 것이라오.”

“투명인간!” 마블 씨가 말했다.

“그가 뭘 했다던가요?”

“온갖 일을 저질렀지.”

선원이 눈빛으로 마블을 사로잡으며 이렇게 덧붙였다.

“빌어먹을 짓들만 골라서 했지.”

“나흘 간 신문을 못 봤어요.” 마블이 말했다.

“아이핑이 바로 시작점이오.” 선원이 말했다.

“그렇군요!” 마블 씨가 말했다.

“거기서부터 일을 벌였지. 근데 그가 어디서 왔는지 아무도 모른다 이거요. 여길 보시오. ‘아이핑 괴담’ 심지어 증거가 이상할 정도로 강력하다고 적혀 있소. 이상할 정도라니.”

“저런!” 마블 씨가 말했다.

“하지만 정말 이상한 이야기요. 분명 봤다는데 어쨌든 투명인간이니까 못 본 증인들이 있소. 목사랑 의사지. 그는 ‘코친 앤 홀시스’

에 머무르고 있었는데, 여관에서 논쟁이 벌어지기까지 그가 가져올 불행을 누구도 깨닫지 못한 듯하다. 그의 머리에서 붕대가 떨어져나갔다. 그의 머리가 투명한 것으로 드러났다. 일순간 그를 잡으려는 시도가 있었지만, 옷이 벗겨지는 바람에 처절한 격투에서 벗어나 도주에 성공. 믿음직스럽고 유능한 J. A. 재퍼스 경관에게 중상 입혀. 꽤 정확한 기사 아니오? 이름 하며 모든 정보가."

"맙소사!"

마블 씨가 불안한 눈빛으로 주위를 둘러보고는 주머니 속의 돈을 감각만으로 세며 말했다. 그의 머리가 기이하고 참신한 생각으로 가득 찼다.

"듣던 중 가장 놀라운 이야기네요.

"그렇지? 평범함을 벗어났다. 난 이렇게 표현하지. 투명인간 이야기는 전혀 들어본 적 없었지만, 요즘엔 이런 이상한 이야기들을 많이 듣게 되니."

"그가 한 짓은 그게 전부입니까?"

마블은 태연한 척 이렇게 물었다.

"충분하지 않소?" 선원이 말했다.

"혹시 돌아가지는 않았습니까?" 마블이 물었다.

"그냥 도망쳤고, 그게 다라는 거죠?"

"그게 다요!" 선원이 말했다.

"왜! 그거면 충분하지 않소?"

"충분합니다." 마블이 말했다.

"그거면 충분하다고 생각하는데." 선원이 말했다.

"난 그 정도면 충분하다고 생각하오."

"그 사람은 공범이 없었어요. 공범에 대한 언급은 없었죠?"

마블 씨가 불안한 기색을 띠며 물었다.

"한 명으로는 부족하오?" 선원이 물었다.

"없소. 천만다행이지. 공범은 없었다는군."

그가 느리게 고개를 끄덕였다.

"그런 놈팡이가 이 나라를 쏘다닌다는 생각만 해도 마음이 편치 않소! 그는 아직 체포되지 않은 상태고, 그가 어딘가를 향해 가고 있거나 갔을 거라는 확실한 증거가 있지. 난 그 길이 포트 스토로 향하는 길일 거라고 짐작하고 있소. 우리가 바로 거기 있는 거요! 미국의 경이로움에 대한 얘기를 할 때가 아니란 말이지. 그 작자가 저지를지도 모르는 일을 한 번 생각해 보시오! 만약 그가 술을 거나하게 마시고 당신에게 덤벼들고 싶어진다면 어디로 피할 수 있겠소? 만약 강도질을 하고 싶어진다면, 누가 막을 수 있겠소? 그는 무단 침입할 수 있고, 빈집을 털 수 있고, 당신이나 내가 장님을 속이는 것만큼이나 쉽게 경찰의 저지선을 뚫고 돌아다닐 수 있소! 더 쉽겠군! 한 가지 말해 두겠는데, 여기 있는 장님 친구들은 남다른 청각을 가지고 있거든. 그놈은 자기가 좋아하는 술이 있는 곳이라면 어디든지."

"그 남자는 분명 엄청난 강점을 가지고 있군요."

마블 씨가 말했다.

"그리고, 음……"

"그 말이 맞소." 선원이 말했다.

"아주 우세하지."

마블 씨는 작은 발소리에도 귀를 기울이고 미세한 움직임들을 감지하려고 애쓰면서 대화 내내 주변을 열심히 흘깃거렸다. 그는 중요한 결정을 내리려는 참인 것 같았다. 그가 손으로 입을 가리고 재채기했다. 그는 다시 한 번 주변을 훑어보고 귀를 기울이더니 선원에게 몸을 기울이고는 목소리를 낮췄다.

“사실 어쩌다가 투명인간에 대한 한두 가지 사실을 알게 됐습니다. 비공개적인 정보통을 통해서 말이죠.”

“오!” 선원이 흥미를 보이며 말했다.

“당신이 알고 있다고?”

“네.” 마블 씨가 말했다.

“제가 알고 있죠.”

“그게 정말이오!” 선원이 말했다.

“그럼 혹시 물어봐도……”

“엄청 놀라실 겁니다.” 마블 씨가 손으로 입을 가리며 말했다.

“어마어마하거든요.”

“그렇소!” 선원이 말했다.

“사실은……”

마블 씨는 은밀하고도 조용한 목소리로 열심히 털어놓기 시작했다. 갑자기 그의 표정이 놀랄 만큼 크게 바뀌었다.

“앗!”

그가 외쳤다. 그러더니 뻣뻣하게 자리에서 일어났다. 그의 얼굴은 육체적인 고통을 표출하고 있었다.

“와!” 그가 말했다.

“무슨 일이오?” 선원이 걱정스러워하며 말했다.

“치통이에요.”

마블 씨는 이렇게 말하며 손을 귀에 갖다 대었다. 그리고 책을 움켜쥐었다.

"이제 가봐야 할 것 같습니다." 그가 말했다.

그는 벤치를 따라 이상한 자세로 움직이며 대화를 나누던 사람과 멀어져갔다.

"하지만 방금, 여기 나온 투명인간에 대해 얘기해주려고 하지 않았소!"

선원이 항의했다. 마블 씨는 마치 자기 자신과 상의라도 하는 것처럼 보였다.

"농담입니다." 목소리가 말했다.

"농담이에요." 마블 씨가 말했다.

"하지만 신문에 나와 있는데." 선원이 말했다.

"어쨌든 농담입니다." 마블이 말했다.

"헛소문을 퍼뜨리기 시작한 친구를 알고 있죠. 참 나 투명인간 같은 건 없어요."

"하지만 신문은? 대체 무슨 말을 하려고?"

"아무것도요." 마블이 완강하게 말했다.

선원이 손에 신문을 들고서 그를 빤히 쳐다보았다. 마블 씨가 홱 고개를 돌렸다.

"잠깐만." 선원이 일어나면서 천천히 말했다.

"혹시 말하려던 게?"

"그래요." 마블 씨가 말했다.

"그럼 도대체 왜 내가 이런 빌어먹을 기사 나부랭이를 지껄이도록 놔 둔거요? 사람을 이렇게 바보천치로 만들어서 뭘 하려고?

어?”

마블 씨가 볼을 부풀렸다. 선원의 얼굴이 돌연 아주 빨갛게 달아올랐다. 그가 두 손을 꽉 쥐었다.

“여기서 10분이나 말했는데……” 그가 말했다.

“올챙이마냥 배만 툭 튀어나온 이 조그만 놈이, 얼굴에 철판을 깔고 어디 기본 예의범절도 모르는 놈의 자식이……”

“함부로 말하지 마십쇼.” 마블 씨가 말했다.

“함부로 말해! 난 아주 선량한……”

“이리 나와.”

목소리가 이렇게 말했다. 마블 씨는 갑자기 빙글 몸을 돌려 기이하고도 발작적인 자세로 행진하기 시작했다.

“서두르는 게 좋을 거야.” 선원이 말했다.

“누가 서두르는데?”

마블 씨가 말했다. 그는 이따금씩 몸이 거칠게 앞으로 당겨지면서 이상하게 서두르는 걸음걸이로 비스듬하게 멀어지고 있었다. 길을 따라 가던 그가 항의와 비난이 섞인 혼잣말을 중얼거렸다.

“얼간이 자식!”

선원은 두 다리를 넓게 벌린 다음 양 손은 허리에 대고 팔꿈치를 양 옆으로 편 채 멀어져가는 형상을 바라보며 말했다.

“두고 봐, 이 또라이 자식아, 날 속여! 여기 신문에 다 있다고!”

마블 씨는 횡설수설 항변을 하며 물러가다가 길이 굽어지는 곳에서 모습을 감추었다. 하지만 선원은 푸줏간 마차가 와서 그를 쫓아낼 때까지 여전히 길 한복판에 당당히 버티고 서 있었다. 그러다가 그는 발걸음을 돌려 포트 스토로 향했다.

"정신 나간 놈들이야 수두룩하지."

그가 가만히 혼잣말을 했다.

"나를 조금 끌어내리려던 거겠지. 어리석은 수작이었어. 신문에 있잖아!"

이내 그는 또 다른 이상한 소문을 듣게 되었는데, 그와 상당히 가까운 곳에서 벌어진 일이었다. 눈에 보이는 매개체 없이 '동전 한 움큼'이 성 미카엘 길모퉁이에 있는 담을 따라 움직였다는 소문이었다. 동료 선원이 그날 아침 이 놀라운 광경을 보았다고 했다. 그는 곧장 그 돈을 낚아챘고 뭔가에 걸어 채여 고꾸라졌는데, 일어났을 때는 이미 돈이 나비처럼 훨훨 사라져버렸다는 것이다. 그가 말했듯, 우리의 선원은 아무거나 잘 믿는 성격이었지만, 이건 너무 터무니없었다. 하지만 이후 그는 다시 곰곰이 생각하기 시작했다.

날아가는 돈 이야기는 사실이었다. 인근 마을 곳곳에서, 심지어 위풍당당한 '런던 앤 컨츄리 금융 회사', 화창한 날씨에 문을 활짝 열어 두었던 가게 및 여관의 계산대에서 돈이 조용하고 교묘하게 한 줌, 한 줄씩 빠져나와, 담벼락과 그늘진 곳을 따라 둥둥 떠다니며 다가오는 사람들의 눈을 피해 잽싸게 움직였다. 그것을 쫓은 사람은 아무도 없었지만, 이 기이한 비행은 낡아 빠진 실크해트를 쓰고 포트 스토 근교의 작은 여관 밖에 앉아 있는 신사의 주머니 속에서 예외 없이 끝을 맞이했다.

버독 이야기가 이미 오래된 이야기가 되어 버렸을 때에는 – 선원이 이 사실들을 분석하여 그 놀라운 투명인간과 얼마나 가까이 있었는지 시작했을 때 – 이미 열흘이 지난 후였다.

/

이른 저녁 켐프 박사는 버독이 내려다보이는 언덕 위, 전망 좋은 정자에 있는 자신의 서재에 앉아 있었다. 이 서재는 북쪽, 서쪽, 남쪽으로 각각 창이 하나씩 달린 쾌적하고 작은 방이었으며, 수많은 책과 과학 서적으로 가득한 서가와 넓은 책상, 북쪽 창 아래에는 현미경, 슬라이드 글라스, 정밀 기구들, 배양균 조금, 그리고 여기 저기 널브러진 시약병들이 있었다. 해질녘 노을이 아직 하늘을 밝히고 있었지만, 켐프 박사의 태양등은 켜져 있었다. 그의 블라인드는 올라가 있었는데, 방 안을 엿보는 외부인들이 없어서 굳이 내릴 필요가 없기 때문이었다. 켐프 박사는 키가 크고 몸집이 호리호리한 젊은이로, 금발머리에 흰빛에 가까운 수염을 가지고 있었으며, 그토록 염원하던 영국 왕립협회의 회원이 되기를 바라면서 연구를 진행하고 있었다.

얼마 지나지 않아 그의 눈이 연구에서 벗어나 그의 등 뒤쪽에 솟아 오른 언덕 너머에서 불타오르는 노을에 사로잡혔다. 그는 잠시 동안 펜을 입에 물고 앉아서 산마루 위를 뒤덮은 찬란한 금빛에 감탄했다. 그러다가 그의 시선이 문득 작고 새카만 사람 형체에 꽂혔다. 그 형체는 산등성이를 넘어 그가 있는 쪽으로 내달리고 있었다. 그는 땅딸막한 작은 체구에 실크해트를 쓰고 있었는데, 두 다리를 그야말로 경쾌하게 움직이며 빠르게 달리고 있었다.

"그 바보들 중 하나로군." 켐프 박사가 말했다.

"오늘 아침 모퉁이를 돌아 '투명인간이 나타났습니다. 박사님!'하던 녀석처럼 말이야. 사람들이 도대체 뭐에 홀렸는지 모르겠군. 누가 보면 우리가 13세기에 있는 줄 알겠어."

그는 자리에서 일어나 창에 다가가서 어스름한 비탈길을 쳐다보았다. 까맣고 작은 형체가 어스름을 뚫고 다가오는 것이 보였다.

"엄청 서두르는 것 같은데." 켐프 박사가 말했다.

"하지만 그렇게 빨리 뛰는 것 같진 않아. 주머니가 납덩어리로 가득 차 있지 않은 다음에야 저렇게 힘들게 달릴 수는 없을 거야."

"전속력으로 달려 보라고, 친구." 켐프 박사가 말했다.

다음 순간 버독에서부터 쭉 솟아 있는 저택 중 가장 높은 집이 달리는 형체를 감췄다. 잠시 후 그가 다시 나타났고, 사라졌다가 다시 나타났다. 서로 떨어진 세 집 사이에서 그렇게 세 번을 반복하더니 테라스에서 다시 사라졌다.

"멍청한 놈들!"

켐프 박사는 발꿈치를 돌려 책상으로 돌아가면서 말했다. 그러나 탁 트인 도로에 서 있다가 이 도망자를 가까이서 목격하고, 땀에 젖은 그의 얼굴에 서린 절망적인 공포를 감지한 사람은 박사의 경멸에 동참하지 않았다. 쿵쾅거리며 걷는 사내는 뛸 때마다 앞뒤로 흔들거리는 꽉 찬 지갑마냥 짤랑거리는 소리를 냈다.

그는 우편이고 좌편이고 보지 않았다. 동공이 확장된 그의 두 눈은 등불이 켜져 있고 길을 가득 메운 사람들이 있는 언덕 아래를 똑바로 응시하고 있었다. 그의 못난 입이 헤벌어지고 입술에는 흰자위 같은 거품이 묻었다. 그의 호흡은 거칠고 요란했다. 그가 지나가는 곳에 있는 사람들은 모두 걸음을 멈춘 채 길을 위아래로 훑어보며, 남자가 서두르는 이유에 대해 불안한 짐작을 하며 서로 묻기 시작했다. 그러다가 이내 먼 언덕 위 길에서 놀던 개 한 마리가 깽깽거리며 문 아래로 달아났다. 그들이 아직 놀라움에서 벗어나지 못했을 때, 뭔가가 바람처럼 헐떡이는 것 같은 숨소리가 그들 곁을 스쳐 지나갔다.

사람들이 비명을 지르며 길에서 벗어났다. 그것은 사람들의 비명 소리를 뚫고 지나갔다. 본능적으로 그것이 언덕을 내려왔다는 느낌이 들었다. 마블이 절반도 채 오기 전에 사람들이 거리에서 소리를 지르고 있었다. 그들은 이 소식을 가지고 집안에 들어가 빗장을 질러 잠근 다음 문을 쾅 닫아 버렸다. 그는 이 소리를 듣고 절박한 심정으로 최후의 달음박질을 했다. 공포가 성큼 다가와 그를 앞질렀고, 순식간에 마을을 장악했다.

"투명인간이 오고 있다! 투명인간이!"

1

'졸리 크리케터스'는 전차 길이 시작되는 언덕 기슭에 있다. 한 바텐더가 통통하고 불그레한 팔을 계산대에 걸친 채 혈색이 안 좋은 마부와 말에 대한 이야기를 나누고 있었고, 검은 수염을 기르고 회색 옷을 입은 한 남자는 비스킷과 치즈를 뜯어먹고 버턴 맥주를 마시면서 비번인 경관과 미국식 억양으로 대화하고 있었다.

"이 비명 소리는 뭐지?"

혈색이 안 좋은 마부가 갑자기 화제를 바꾸며 말했다. 그는 낮게 달린 여관 창문의 누런 블라인드 너머로 언덕을 올려다보려고 애썼다. 누군가가 밖에서 달려왔다.

"아마, 불이 난 모양입니다." 바텐더가 말했다.

발소리가 가까워지더니 쿵쾅거리며 달려왔고, 문이 거칠게 밀리며 열렸다. 모자는 온데간데없이 부스스한 머리를 하고, 외투의 목 부근이 찢겨 벌어진 모습을 한 마블이 흐느껴 울면서 뛰어 들어왔다. 그는 발작적으로 몸을 돌려 문을 닫으려 했다. 끈 때문에 문이 반 쯤 열려 있었다.

"오고 있어요!" 그가 기겁하며 소리 질렀다.

"그가 오고 있어요. 투명인간이요! 제 뒤에! 맙소사! 도와줘요! 도와주세요! 도와주십시오!"

"문을 닫아요." 경관이 말했다.

"누가 오고 있다고요? 도대체 무슨 일입니까?"

그가 문으로 다가가서 끈을 풀고 쾅 닫았다. 미국인이 다른 문을 닫았다.

"안으로 들어가게 해주세요."

마블은 비틀거리며 울면서도 책은 여전히 꼭 쥐고 있었다.

"안으로 들어가게 해주세요. 어디라도 좋으니 절 가둬 주세요. 그가 저를 쫓고 있다니까요. 제가 그를 속이고 달아났어요. 저를 죽인다고 했으니 반드시 죽이고 말 거예요."

"당신은 안전해요." 검은 수염을 기른 남자가 말했다.

"문은 닫혔소. 이게 대체 무슨 일입니까?"

"안으로 들여보내주세요."

마블이 말했다. 이때 갑자기 굳게 잠긴 문을 세게 두드리며 흔드는 소리에 그가 떠나가라 비명을 질러댔고, 이어 밖에서 다급히 숨을 몰아쉬는 소리와 외치는 소리가 들렸다.

"이봐요." 경관이 외쳤다.

"거기 누굽니까?"

마블 씨는 문처럼 보이는 널빤지들에 미친 듯이 뛰어들기 시작했다.

"그자가 날 죽일 거예요. 나이프인지 뭔지를 가지고 있다고요. 제발 살려줘요!"

"여기 있어요." 바텐더가 말했다.

"이쪽으로 들어오세요."

그는 이 말을 마치고 술청의 경첩 문을 들어 올렸다. 마블 씨가 술청 뒤로 뛰어 들어가는데, 밖에서 부르는 소리가 또 다시 들려왔다.

"문 열지 마세요." 그가 비명을 질렀다.

"제발 문 열지 마세요. 어디에 숨어야 하죠?"

"이게, 바로 그 투명인간이란 말이지?"

검은 수염을 기른 남자가 한 손으로 뒷짐을 지며 물었다.

"그자를 볼 때가 된 것 같군."

여관 창문이 갑자기 산산조각 나고, 거리는 비명을 지르며 뛰어다니는 소리로 가득했다. 경관은 밖을 주시하며 문 밖에 누가 있는지 기웃거리면서 긴 안락의자 위에 서 있었다. 그가 눈썹을 치켜 올리며 의자에서 내려왔다.

"저게 그거군." 그가 말했다.

바텐더는 마블 씨를 들여보내고 잠근 특별 응접실 문 앞에 서서 깨진 창문을 응시하다가 다른 두 사람에게 다가왔다. 갑자기 모든 것이 고요해졌다.

"경찰봉이 있으면 좋을 텐데."

경관은 주춤주춤 문으로 향하면서 이렇게 말했다.

"일단 열면 그자가 들어올 겁니다. 막을 방도가 없겠군요."

"너무 서둘러서 열진 마세요."

혈색이 안 좋은 마부가 걱정스럽게 말했다.

"빗장을 벗겨요." 검은 수염을 기른 남자가 말했다.

"그리고 그자가 들어오거든……"

그가 손에 든 권총을 보여 주었다.

"그건 안 됩니다." 경관이 말했다.

"그렇게 되면 살인이에요."

"여기가 어떤 나라인지는 나도 잘 알아요."

수염을 기른 남자가 말했다.

"난 그자의 다리를 맞출 생각이라오. 빗장을 벗겨요."

"그 빌어먹을 총구로 제 뒤를 겨냥하지는 마세요."

바텐더가 블라인드 쪽으로 목을 길게 빼며 말했다.

"잘 알겠소."

검은 수염을 기른 남자가 허리를 굽히고 권총을 장전한 뒤 직접 빗장을 벗기면서 말했다. 바텐더와 마부, 경관이 뒤를 돌아보았다.

"들어오시지."

수염을 기른 남자가 목소리를 깔며 말했다. 그는 뒤로 물러나 빗장이 벗겨진 문을 마주하면서 권총을 뒤로 숨겼다. 들어오는 사람은 없었다. 문은 여전히 닫혀 있었다. 5분 후 두 번째 마부가 조심스럽게 머리를 들이밀었을 때에도, 그들은 여전히 대기 중이었다. 그러다 근심이 가득한 얼굴이 특별 응접실 밖을 유심히 살피며 정보를 주었다.

"이 집의 문은 모두 잠겨 있습니까?" 마블이 물었다.

"그가 여기 저기 돌아다니고 있어요. 살금살금. 그자는 악마 못지않게 교활한 인간이에요."

"맙소사!"

건장한 체격을 가진 바텐더가 말했다.

"뒷문이 있어요! 저 문들을 지켜보세요! 이런!"

그가 무기력하게 주위를 둘러보았다. 특별 응접실 문이 쾅 닫히더니 열쇠 돌리는 소리가 들렸다.

"마당 문과 객실 문이 있어요. 마당 문은.."

그가 술청에서 뛰어 나갔다.

잠시 후 그가 손에 고기용 칼을 들고 다시 나타났다.

"마당 문이 열려 있었어요!"

그가 말했다. 그의 통통한 아랫입술이 축 늘어졌다.

"그자가 지금 집 안에 있는지도 몰라요!"

첫 번째 마부가 말했다.

"주방에는 없어요." 바텐더가 말했다.

"거기엔 여자들이 둘 있는데다가, 제가 이 작은 소고기용 칼로 1인치마다 찔러 봤거든요. 또 여자들은 그가 들어왔다고 생각하지 않았습니다. 인기척을 느끼지 못했다고."

"주방문은 단단히 잠갔습니까?" 첫 번째 마부가 물었다.

"누굴 바보로 아시나." 바텐더가 말했다.

수염을 기른 남자가 권총을 내려놓고 있는데 술청의 경칩 문이 닫히더니 빗장이 찰칵 소리를 냈다. 그러더니 쿵 하는 엄청난 소리와 함께 문에 달린 자물쇠가 끊어지고, 특별 응접실 문이 활짝 열렸다 그들은 마블이 사로잡힌 토끼 새끼처럼 꽥 하고 내지르는 소리를 듣고 그를 구하기 위해 곧장 술청을 뛰어 넘었다. 수염을 기른 사내의 날카로운 총성이 울려 퍼지고, 객실 뒤편에 있던 거울이 별처럼 반짝하더니 쨍그랑 하는 소리와 함께 와장창 무너졌다.

바텐더는 방에 들어서면서 마블을 보았다. 그는 이상한 자세로 몸을 구긴 채 마당과 주방으로 향하는 문에서 버팅기고 있었다. 바텐더가 망설이는 사이 문이 활짝 열렸고, 마블은 주방으로 끌려 들어갔다. 비명소리와 함께 냄비가 덜그럭거리는 소리가 들렸다. 마블은 고개를 수그린 채 완강히 버텼지만 결국 주방문 쪽으로 끌려갔고 빗장이 질러졌다. 이어서 바텐더를 앞지르려던 경관이 뛰어 들었고, 마부 한 사람이 그 뒤를 쫓았다. 경관은 마블을 붙잡고 있는 투명한 손목을 잡았지만, 얼굴을 맞고 휘청거리며 뒤로 물러났다. 문이 열리자 마블은 문 뒤에 거점을 만들려고 발악했다. 그러다 마부가 뭔가를 붙잡았다.

"그를 잡았습니다."

마부가 말했다. 빨개진 바텐더의 두 손이 보이지 않는 존재를 할퀴었다.

"놈이 여기 있습니다!" 바텐더가 말했다.

손아귀에서 벗어난 마블 씨는 갑자기 땅에 내동댕이쳐졌고 격투를 벌이는 사람들의 다리 뒤로 기어가려고 애썼다. 싸움은 문 주변에서 비틀비틀 이어졌다. 경관이 투명인간의 발을 밟자, 날카롭게 소리치는 투명인간의 목소리가 처음으로 들렸다. 그는 격렬하게 소리 지르면서 도리깨질 하듯 주먹을 여기저기 날렸다. 마부가 횡격막 아래를 맞고 갑자기 고함을 지르더니 몸을 웅크렸다. 주방에서 특별 응접실로 이어지는 문이 쾅 하고 닫혔고 도망가던 마블 씨의 모습을 감췄다. 주방에 있던 사람들은 자신들이 허공을 붙잡으며 격투를 벌였다는 사실을 깨달았다.

"어디로 사라졌지?" 수염을 기른 남자가 외쳤다.

"밖인가?"

"이쪽입니다."

경관이 마당에 발을 들여 놓다가 멈칫하며 말했다. 타일 한 조각이 쉭 하고 그의 머리를 스쳐 지나가더니 주방 식탁에 있던 그릇들을 깨부쉈다.

"본때를 보여주겠어."

검은 수염을 기른 남자가 소리쳤다. 그러자 갑자기 철제 총열이 경관의 어깨 위에서 번쩍이더니, 타일 미사일이 날아온 곳을 향해 총알 다섯 개가 어스름 속으로 발포되었다. 수염을 기른 남자가 손을 수평으로 돌리며 총을 쐈기 때문에, 마당으로 날아간 총알 바퀴살 모양처럼 뻗어나가 있었다. 침묵이 이어졌다.

"실탄 다섯 발이오." 검은 수염을 기른 남자가 말했다.

"그게 최선이지. 에이커 네 개에 조커 하나. 누가 랜턴 좀 가져와요. 가서 시체를 샅샅이 찾아봅시다."

/

총소리가 그를 깨우기 전까지, 켐프 박사는 서재에서 계속 집필 중이었다. 탕, 탕, 탕, 소리가 연달아 들렸다.

"이런!"

켐프 박사는 입에 펜을 물고 귀를 기울이며 말했다.

"버독에서 총을 쏘다니 대체 누구야? 어떤 놈팡이들이 지금 저 난리를 피우는 거야?"

는 남쪽 창으로 다가가 창문을 올리고 기대서서, 지붕과 마당이 만들어낸 까만 틈새들 사이로 밤의 도시 풍경을 자아내는 그물처럼 얽힌 창문들, 구슬목걸이처럼 보이는 여러 가스등과 가게들을 내려다보았다.

"언덕 아래에 사람들이 몰려 있는 것 같은데." 그가 말했다.

"크리케터스 쪽이군."

그는 계속 이 광경을 지켜보았다. 다음으로 그의 두 눈은 도시에서 저 먼 곳으로 향했다. 선박들에 달린 전구가 빛나고, 부두가 붉게 타오르며, 노란 빛으로 만든 보석처럼 은은하게 빛을 발하는 각진 정자가 보였다. 상현달이 서쪽 언덕 위에 걸려 있고, 별들은 또렷하게 정열적으로 빛났다. 미래의 사회 조건에 대한 머나먼 추측을 하던 켐프 박사는 시간의 차원을 넘어 결국 정신을 놓은 지경에 이른 5분간의 여행 후, 한숨을 쉬며 일어나 창문을 닫고 책상으로 돌아갔다.

정문의 종이 울린 것은 그로부터 한 시간 뒤였을 것이다. 그는 총소리를 들은 후 이따금씩 다른 생각을 하느라 집필에 지지부진

하던 참이었다. 그가 자리에 앉은 채 귀를 기울였다. 그는 하녀가 손님을 맞으러 나가는 소리를 듣고 계단을 오르는 발소리가 기다렸지만, 하녀는 오지 않았다.

"무슨 일이지." 켐프 박사가 말했다.

그는 하던 일을 계속 하려고 했지만 결국 포기하고 일어나 서재에서 층계참으로 내려갔다. 그는 아래층 홀에 하녀가 나타나자 난간 위에서 그녀를 불렀다.

"편지가 왔나?" 그가 물었다.

"그냥 종을 누르고 도망가는 장난이에요, 박사님."

그녀가 대답했다.

"오늘 밤은 왠지 마음이 싱숭생숭하네."

그가 혼잣말을 내뱉었다. 서재로 돌아온 그는 이번에는 결연한 자세로 일에 덤벼들었다. 그는 곧 다시 일에 몰두했다. 방에서 나는 소리라곤 시계가 째깍거리는 소리와, 전등갓이 책상 위에 던진 둥근 빛 가운데서 바삐 움직이는 깃펜이 부드럽고도 날카롭게 서걱대는 소리가 전부였다.

켐프 박사가 그날 밤에 할 일을 마무리 지은 것은 2시가 다 되어서였다. 그는 자리에서 일어나 하품을 하며 잠자리에 들기 위해 계단을 내려갔다. 목이 마르다는 걸 인지했을 때는 이미 외투와 조끼를 벗은 상태였다. 그는 양초를 들고 사이펀과 위스키를 찾으러 식당에 내려갔다. 켐프 박사는 과학연구를 통해 매우 관찰력이 높은 사람이 되었다. 덕분에 그는 홀을 가로지를 때 계단 아래 깔린 깔개 근처의 리놀륨 바닥 위에 검은 얼룩이 있는 것을 발견했다. 그는 계단을 오르다가 문득 리놀륨 바닥에 있던 얼룩이 뭘까

스스로에게 물어보았다. 분명 어떤 잠재의식적인 요소가 여기에 작용했을 것이다. 어쨌든 그는 사이펀과 위스키를 챙긴 후 몸을 돌려 홀로 돌아갔다. 그리고는 챙겨온 것들을 내려놓고 허리를 구부려 얼룩을 만져보았다. 그는 이 얼룩이 말라붙은 혈액의 끈적거리는 점성과 색을 가지고 있다는 사실을 발견했음에도 크게 놀라지 않았다.

그는 주변을 살피며 혈흔에 대해 설명해보려고 애쓰면서, 물건들을 다시 챙겨들고 위층으로 향했다. 그는 층계참에서 뭔가를 보고 깜짝 놀라 멈춰 섰다. 그의 방문 손잡이가 피로 얼룩져 있었던 것이다. 그는 자신의 손을 살폈다. 손은 아주 깨끗했다. 이윽고 그는 그가 서재에서 나올 때 방문이 열려 있었고, 그렇기 때문에 손잡이를 만진 적이 없다는 사실을 떠올렸다. 그는 방으로 곧장 들어갔다. 그의 얼굴은 상당히 평온했는데, 평소보다 약간 더 단호한 표정이었다. 탐구적인 태도로 이리저리 헤매던 그의 시선이 침대에 닿았다. 침대 덮개는 완전 피투성이였고 시트가 찢어져 있었다. 그는 곧장 화장대로 걸어갔기 때문에 이것을 막 발견하기 전까지는 알아채지 못하고 있었다. 이부자리 저편에는 마치 누가 방금 전까지 앉아 있었던 것처럼 눌린 자국이 선명했다.

다음 순간 그는 저음의 목소리가 '이런! 켐프!'라고 말하는 소리를 들은 것 같다는 기이한 느낌을 받았다. 하지만 켐프 박사는 목소리를 믿지 않았다. 그는 흐트러진 시트를 응시하며 서 있었다. 정말 목소리였나? 그가 다시 주변을 둘러보았다. 하지만 혈흔으로 얼룩져 엉망이 된 침대 외에는 아무 것도 없었다. 그러다 그는 방을 가로질러 세면대 근처에서 움직이는 소리를 분명하게 감지해

냈다. 하지만 고학력자들도 미신에 입각한 추측을 어느 정도 한다. '이상하다'는 느낌이 그를 덮쳤다. 그는 방문을 닫은 다음 화장대로 걸어가 가져온 짐을 내려놓았다. 그는 갑자기 깜짝 놀랐다. 고리 모양으로 감긴 피투성이 리넨 조각 붕대가 그와 화장대 사이 허공에 걸려 있었기 때문이다.

그가 놀란 얼굴로 이 광경을 바라보았다. 그것은 빈 붕대였다. 잘 매여 있지만 완전히 빈 붕대였다. 그는 그것을 잡으려고 다가갔지만, 어떤 감각이 그를 저지하더니 꽤 가까이에서 목소리가 말했다.

"켐프!" 목소리가 말했다.

"어?" 켐프가 입을 떡 벌리고 말했다.

"진정해." 목소리가 말했다.

"난 투명인간이야."

켐프는 잠시 동안 묵묵부답하며 붕대만 쳐다보았다.

"투명인간이라고." 그가 말했다.

"난 투명인간이야."

목소리가 같은 말을 반복했다. 그날 아침까지만 해도 신나게 비웃었던 이야기가 켐프의 뇌리를 스쳤다. 그때의 그는 너무 심하게 겁에 질렸다거나 엄청 놀랐다거나 하는 기색을 보이지 않았던 것 같다. 깨달음은 후에 찾아왔다.

"난 죄다 거짓말이라고 생각했는데."

그가 말했다. 그의 마음속에 제일 먼저 떠오른 생각은 아침에 반복되었던 논쟁에 대한 것이었다.

"붕대를 감았나?" 그가 물었다.

"그래." 투명인간이 말했다.

"오!" 켐프는 이렇게 외치고는 정신을 차렸다.

"이봐!" 그가 입을 열었다.

"하지만 말이 안 되잖아. 이건 눈속임이라고."

그가 갑자기 앞으로 발을 내딛으며 붕대로 손을 뻗었다. 보이지 않는 손가락들이 맞닿았다. 이 감각에 흠칫 놀란 그의 안색이 변했다.

"진정해, 켐프, 제발! 난 도움이 절실하다고. 그만 해!"

손이 그의 팔을 잡았고 그는 그 손을 뿌리쳤다.

"켐프!" 목소리가 외쳤다.

"켐프! 진정해!" 그리고는 더욱 세게 붙잡았다.

스스로 벗어나야겠다는 미칠 듯한 바람이 켐프를 사로잡았다. 붕대를 맨 팔에 달린 손이 그의 어깨를 붙잡았고, 그는 갑자기 발을 헛디디며 침대 위로 벌러덩 넘어졌다. 그가 소리를 지르려고 입을 벌리자 시트 모서리 부분이 이 사이로 밀고 들어왔다. 투명인간이 그를 우악스럽게 넘어뜨렸지만, 두 팔에 자유를 얻은 켐프는 그를 때리며 무자비하게 걷어차려고 했다.

"연유라도 들어보지 않겠어?"

투명인간은 갈비뼈를 맞으면서도 그를 굳게 잡으며 말했다.

"정말이지! 자네 때문에 곧 돌아버릴 것 같아!"

"그대로 누워 있어, 멍청아!"

투명인간이 켐프의 귀에 대고 소리쳤다. 잠시 동안 버둥거리던 켐프가 이내 얌전해졌다.

"소리 지르면 얼굴에 한 방 먹여줄 거야."

투명인간이 그의 입에서 시트를 꺼내 풀어주며 말했다.

"난 투명인간이야. 애들 장난도 아니고, 마술도 아니야. 난 진짜 투명인간이라고. 그래서 자네 도움이 필요해. 자넬 해칠 생각은 없지만, 만약 미친 시골뜨기처럼 행동한다면 나도 어쩔 수 없어. 켐프, 나 기억 못하겠어? 유니버시티 칼리지의 그리핀, 기억 안 나?"

"일어나게 해줘." 켐프가 말했다.

"지금 있는 자리에 꼼짝 않고 있을 테니까. 잠깐만이라도 조용히 앉아있게 해줘."

그가 앉아서 목을 매만졌다.

"유니버시티 칼리지를 다녔던 그리핀이야. 난 내 자신을 스스로 투명인간으로 만들었어. 난 그냥 보통 사람이야. 자네가 알던…… 다만 투명해졌을 뿐이지."

"그리핀이라고?" 켐프가 말했다.

"그리핀이야." 목소리가 답했다.

"자네보다 어리고 알비노를 앓던 학생 말이야. 키는 6피트 정도에 어깨가 떡 벌어져 있고, 분홍빛이 돌던 흰 얼굴에 붉은 눈동자. 화학 분야에서 메달도 받았었는데."

"뭐가 뭔지 모르겠어." 켐프가 말했다.

"뇌에서 폭동이라도 일어난 것 같군. 이게 그리핀이랑 무슨 상관이 있다는 거야?"

"내가 그리핀이라니까." 켐프는 생각했다.

"끔찍하군." 그가 말했다.

"하지만 사람을 투명하게 만들려면 어떤 사악한 마술을 부려야 한다는 거야?"

"마술이 아니야. 과정이지. 충분히 정상적이고 이해 가능한."

"끔찍하군!" 켐프가 말했다.

"도대체 어떻게?"

"정말 끔찍하지. 그런데 난 부상을 당했고 고통스러워. 지치기도 했고... 제발! 켐프, 자넨 사나이잖아. 정신 좀 차리고, 음식이랑 마실 것 좀 갖다 줘. 그리고 여기 앉아있게 해 줘."

켐프는 방을 걸어 다니는 붕대를 쳐다보다가, 버들가지를 엮어 만든 의자가 마루 저편에서 침대 근처로 끌려오는 것을 보았다. 삐걱대는 소리가 나더니 4분의 1인치 쯤 되는 부위가 주저앉았다. 그는 눈을 비비고는 다시 목을 어루만졌다.

"귀신이 곡할 노릇이군."

그는 이렇게 말하며 실없이 웃음을 터뜨렸다.

"훨씬 낫군. 다행이도 자네의 분별력이 점점 발전하고 있으니 말이야."

"아님 덜 떨어져가고 있거나."

켐프가 눈을 비비며 말했다.

"위스키 좀 주게. 죽기 일보 직전이야."

"그런 느낌은 들지 않았는데. 어디 있는 건가? 내가 일어나면 자네와 부딪치려나? 거기군! 알았어. 위스키? 여기 있네. 어디로 주면 되나?"

의자가 삐걱댔다. 켐프는 유리잔이 자신에게서 멀어진다는 느낌을 받았다. 그는 간신히 손을 놓았다. 그의 본능은 이런 현상을 완전히 거부했다. 유리잔이 의자의 앞쪽 가장자리에서 20인치 위에 균형을 잡고 멈춰 섰다. 그는 엄청 당혹스러워하며 그것을 바라보았다.

“이건 필시 최면술일거야. 자네가 투명인간이라고 나에게 암시를 건 거지.”

“말도 안 되는 소리.” 목소리가 말했다.

“미친 소리야.”

“내 말 좀 들어봐.”

“오늘 아침 난 확정적으로 입증했어.” 켐프가 입을 열었다.

“투명인간은……”

“자네가 뭘 입증했는지는 관심 없어! 배고파 죽겠어.”

목소리가 말했다.

“옷이 없으니 밤공기가 너무 차더라고.”

“먹을 것 좀 줘?” 켐프가 말했다.

위스키 잔이 저절로 기울어졌다.

“응.”

투명인간이 위스키 잔을 툭 내려놓으며 말했다.

“실내복 있나?”

켐프가 소리 낮춰 탄성을 질렀다. 그는 옷장으로 걸어가 거무죽죽한 다홍색 가운을 꺼냈다.

“이거면 되겠나?”

그가 물었다. 옷이 그의 손을 벗어났다. 가운이 잠시 동안 허공에 흐느적거리며 걸려 있다가 기이하게 흔들리더니, 벌떡 서서 스스로 단정하게 단추를 채우고는 의자에 앉았다.

“속바지랑 양말, 슬리퍼도 있으면 좋겠네.”

보이지 않는 인간이 말했다.

"음식도."

"뭐든 말해. 근데 정말이지 내 생애 이런 정신 나간 짓은 처음이네!"

그는 서랍을 열어 잡다한 물품들을 꺼낸 다음 아래층으로 내려가 식품 저장실을 샅샅이 뒤졌다. 식은 커틀릿 몇 조각과 빵을 가지고 돌아온 그는 작은 탁자를 끌어당겨 손님 앞에 음식을 차려 놓았다.

"나이프는 괜찮네."

그의 방문객이 이렇게 말했다. 허공에 커틀릿이 매달리더니 고기 뜯는 소리가 들렸다.

"투명인간이라니!"

켐프는 이렇게 말하며 침실 의자에 앉았다.

"난 항상 먹기 전에 뭔가 걸치는 걸 좋아해."

투명인간이 입 안 가득 음식을 넣고 게걸스럽게 먹으며 말했다.

"별난 취미지!"

"손목은 괜찮은 것 같군." 켐프가 말했다.

"날 좀 믿어주게." 투명인간이 말했다.

"오만 이상하고 놀라운……"

"그 말이 맞아. 하지만 내가 붕대를 감겠다고 우연히 자네 집에 들어오다니 참 신기하지. 내게 찾아온 첫 번째 행운일세! 어쨌든 난 오늘 밤 이 집에서 잠을 청할 생각이었어. 그건 좀 자네가 참아주게! 피 때문에 내 몰골이 말이 아니지? 저기에 꽤 많이 말라붙어 있어. 응고되면 보이더라고. 내가 변화시킨 유일한 생체조직이지. 아직 내가 살아있는 한 말이야. 난 세 시간 동안 이 집에 있었어."

"그런데 어쩌다 그렇게 된 거야?"

켐프가 안달이 나 입을 열었다.

"망할! 이 모든 게, 처음부터 끝까지 상식을 벗어난 것들뿐이잖아."

"꽤 상식적이야." 투명인간이 말했다.

"완벽하게 상식적이지."

그가 손을 뻗어 위스키 병을 잡았다. 켐프는 술을 집어 삼키는 실내복을 물끄러미 지켜보았다. 양초에서 뿜어져 나온 한 줄기 빛이 오른쪽 어깨에 찢어진 옷 부위를 통과하면서 왼쪽 갈비뼈 아래에 세모난 빛 무리를 만들어냈다.

"그 총소리는 대체 뭐였지?" 그가 물었다.

"어쩌다가 총격전이 시작된 거야?"

"진짜 멍청한 놈이 하나 있었는데, 나랑 공범 같은 놈이었지. 망할 자식이! 내 돈을 훔치려 했어. 결국 그놈한테 털렸지."

"그놈도 투명인간이야?"

"아니."

"그런데?"

"일단 좀 먹고 나서 말하면 안 될까? 배고파 죽을 거 같은데 자네는 나한테 얘기해달라고 보채니 원!"

켐프가 일어났다.

"자네는 한 발도 안 쐈나?" 그가 물었다.

"난 안 쐈어." 그의 방문객이 말했다.

"내가 지금껏 본 적 없는 모자란 놈이 마구잡이로 총을 쏘아댔어. 많은 사람들이 겁에 질렸지. 그들은 나를 두려워했어. 망할 자식들! 이봐, 켐프. 좀 더 먹고 싶은데."

"아래층에 먹을 만한 게 있는지 찾아볼게." 켐프가 말했다.

"얼마 되지는 않을 거야. 미안하네."

그는 먹을 것을 다 먹고도 거나하게 한 상을 더 해치운 다음 시가를 달라고 했다. 그는 켐프가 시가를 자를 칼을 가져오기도 전에 끝을 세게 물어뜯고는 바깥쪽 잎이 덜 말렸다고 욕을 내뱉었다. 그가 담배를 피우는 모습은 기이했다. 입, 목구멍, 인두, 콧구멍은 마치 소용돌이치는 연기를 담은 거푸집처럼 보였다.

"흡연은 축복받은 선물이야!"

그는 이렇게 말하면서 기세 좋게 연기를 내뿜었다.

"자네의 집에 뛰어든 것은 정말 행운이야, 켐프. 날 좀 도와줘야겠어. 이렇게 자네와 마주치다니! 난 악몽과도 같은 곤경에 처해 있어. 점점 미쳐가는 것 같아. 내가 겪은 일들을 생각하면! 하지만 아직 우리가 할 일이 남았어. 자네에게 말해주지."

그는 위스키와 소다수를 더 들이켰다. 켐프는 일어나서 주위를 살피더니 손님용 침실에서 유리로 된 술병을 하나 가져왔다.

"독한 술이긴 한데, 나도 마실 수 있을 것 같군."

"12년 동안 하나도 변하지 않았군, 켐프. 자네 같은 백인들이 으레 그렇지. 좌절을 처음 경험한 이후에는 냉철하고 체계적이야. 자네에게 꼭 해야 할 말이 있는데. 우린 함께 일하게 될 거야!"

"그런데 대체 어쩌다 이런 일들이 일어난 거야?"

켐프가 말했다.

"자넨 어쩌다 그리 됐고?"

"제발, 잠깐만이라도 편안하게 담배 좀 피게 해줘! 그런 다음에 말해줄게."

하지만 그날 밤 그는 이야기를 들려주지 않았다. 투명인간의 손목이 쑤셔오기 시작했다. 그는 열에 들떠 완전히 기진맥진하고 말았다. 그는 머릿속으로 언덕 아래에서의 추격전과 여관에서 벌어진 몸싸움을 되뇌었다. 그리고는 마블에 대해 단편적으로 말해주었다. 담배를 빠는 속도가 빨라지더니 목소리가 점점 노기를 띠기 시작했다. 켐프는 최대한 이해하려고 애썼다.

"그는 날 무서워했어. 그가 날 무서워한다는 걸 알 수 있었지."

투명인간이 몇 번이고 이 말을 반복했다.

"날 속인 다음 달아날 생각이었고, 줄곧 머리를 굴리고 있었던 거야! 내가 바보지!"

"개자식!"

"그놈 숨통을 끊어버릴걸!"

"돈은 어디서 난 거야?"

켐프가 별안간 이렇게 물었다. 투명인간은 잠시 동안 아무 말이 없었다.

"오늘 밤에는 말해줄 수 없어." 그가 말했다.

그가 갑자기 신음하더니 보이지 않는 두 손으로 보이지 않는 머리를 감싸며 앞으로 몸을 구부렸다.

"켐프." 그가 말했다.

"난 거의 삼 일 동안 한숨도 못 잤어. 한 시간 동안 두세 번 존 게 다라고. 이제 자야겠어."

"그럼 내 방을 써. 이 방을 사용하게."

"하지만 내가 어떻게 잘 수 있겠어? 내가 잠들면, 그놈이 멀리 달아날 텐데. 윽! 어찌 되든 뭔 상관이야?"

"총 맞은 데는 어떤가?" 켐프가 불쑥 이렇게 물었다.

"괜찮아. 긁혀서 피가 좀 난 거야. 오, 이런! 정말 자고 싶다!"

"자면 되잖아?"

투명인간이 켐프를 주시하는 것처럼 보였다.

"왜냐하면 난 특히 같은 인간들에게 잡히는 게 싫거든."

그가 느릿하게 말했다. 켐프는 깜짝 놀랐다.

"멍청하긴!"

투명인간은 탁자를 세게 내리치며 말했다.

"자네 머릿속에 이런 생각을 심어버리다니."

/

투명인간은 기진맥진한데다 다친 상태였지만, 그의 자유를 보장한다는 켐프의 말을 받아들이려 하지 않았다. 그는 침실에 있는 창문 두 개를 면밀히 살펴본 다음 블라인드를 올리고 내리닫이 창을 열었다. 이곳을 통해 달아날 수 있다는 켐프의 주장이 사실인지 확인하기 위해서였다. 밖은 아주 고요하고 잔잔한 밤이었으며, 초승달이 언덕 위에 걸려 있었다. 다음으로 그는 침실 열쇠와 화장실 문을 유심히 살펴보았다. 이 또한 자유를 보장해줄 수 있다는 것을 납득하기 위해서였다. 마침내 그는 만족한 얼굴로 벽난로 앞 깔개에 섰다. 켐프는 그가 하품하는 소리를 들을 수 있었다.

"미안하네." 투명인간이 말했다.

"오늘 밤 내가 한 일들을 다 말해줄 수 없어서 말이야. 하지만 난 완전 녹초가 됐어. 기괴하지만 의심의 여지가 없는 사실이야. 끔찍한 일이지! 하지만 날 믿게, 켐프. 오늘 아침 자네가 뭐라고 했든지간에 이건 충분히 가능한 일이야. 내가 발견했지. 혼자만 알고 있으려 했는데, 그럴 수가 없어. 난 동료가 필요해. 자네는…… 우리는 이런 일들을 해낼 수 있어…… 하지만 그건 내일로 미뤄두자고. 켐프, 난 이제 자지 않으면 죽을 것 같아."

켐프는 머리 없는 옷을 바라보며 방 한 가운데에 서 있었다.

"자리를 비켜줘야겠군." 그가 말했다.

"믿기 힘든 일이야. 이런 일이 세 번만 더 일어나면 선입관이 전부 뒤엎어져버려서 내가 미치고 말거야. 하지만 현실이야! 내가 더 가져다줄 건 없나?"

"잘 자란 인사만으로 충분해." 그리핀이 말했다.

"잘 자게."

켐프는 이렇게 말하고 보이지 않는 손과 악수했다. 그는 문을 향해 비스듬히 걸어갔다. 갑자기 실내복이 재빨리 그에게 걸어왔다.

"내 말 잘 알겠지!" 실내복이 말했다.

"날 방해하거나 잡으려들지 말게! 아님.."

켐프의 안색이 미세하게 변했다.

"내가 자네와 약속했다고 생각했는데."

켐프가 등 뒤로 문을 살포시 닫자 곧바로 열쇠 돌아가는 소리가 들렸다. 그가 얼굴에 놀라운 기색을 희미하게 담은 채 서 있는데, 성급한 발소리가 화장실로 향하더니 역시 잠그는 소리가 들렸다. 켐프는 손으로 이마를 찰싹 쳤다.

"내가 꿈꾸는 건가? 세상이 미쳐 돌아가는 건가, 아님 내가 미친 건가?"

그는 웃으면서 잠긴 문에 손을 갖다 대었다.

"명백히 말도 안 되는 일로 내가 내 침실에서 차단당하다니!"

그가 말했다. 계단의 시작점으로 걸어간 그는 몸을 돌려 잠긴 문을 바라보았다.

"사실이야."

그가 말했다. 그는 약간 멍든 목을 손가락으로 어루만졌다.

"부정할 수 없는 사실이라고!"

"하지만……"

그는 절망적으로 머리를 흔들며 아래층으로 향했다. 그는 식당 등불을 켜고 시가를 꺼냈다. 그리고 별안간 소리를 지르며 방을 걸어 다니기 시작했다. 그는 이따금씩 혼자 논쟁을 벌였다.

"눈에 보이지 않다니!" 그가 말했다.

"투명한 동물 같은 게 있을까? 바다에는 있지. 수천, 수백만은 될 거야. 유충, 조그마한 노플리우스와 토르나리아, 미생물, 해파리가 그렇지. 바다 속에는 보이는 것보다 보이지 않는 생물이 더 많아! 전에는 생각해본 적이 없었는데. 연못 속도 그렇고! 연못에서 사는 작은 생물들 무색 반투명한 젤리 알갱이 같은 생물들이 있어! 하지만 하늘에는? 없지!"

"있을 수 없어."

"하지만, 왜 있을 수 없지?"

"어떤 사람이 유리로 만들어졌다면 그는 여전히 눈에 보일 거야."

그의 사색이 더욱 깊어졌다. 시가 세 뭉치가 양탄자 위에 하얀 재를 남기며 연기가 되거나 흩어진 뒤에야 그가 다시 내뱉은 말은 감탄사에 불과했다. 그는 방에서 벗어나 밖으로 걸어 나왔다. 그리고 작은 진찰실로 가서 가스등에 불을 밝혔다. 켐프 박사가 진료로 먹고 살지 않았기 때문에 작은 방이었는데, 방 안에 그날의 신문이 놓여 있었다. 조간신문이 아무렇게나 펼쳐진 채 내팽개쳐져 있었다. 그는 신문을 집어 들고 종이를 넘기며 '아이핑에서 전하는 기이한 이야기'라는 기사를 읽었다. 포트 스토의 선원이 마블 씨에게 힘들게 말해 주었던 바로 그 기사였다. 켐프는 신속하게 기사를 읽어 내려갔다.

"칭칭 감싸고 있었다!" 켐프가 말했다.

“변장하고 있었다! 감추고 있었다! ‘그의 불행을 알아차린 사람은 아무도 없었던 것 같다.’ 저 녀석 도대체 뭘 하려는 거야?”

그는 신문을 내려놓았다. 그의 눈이 뭔가를 찾았다.

“아!”

그는 이렇게 외치며 처음 도착했을 때 그대로 고이 접힌 채 놓여 있는 세인트 제임스 가제트를 집어 들었다.

“이제야 진실을 알 것 같군.” 켐프 박사가 말했다. 그는 신문을 찢을 듯이 펼쳤다. 그러자 기고란에 기사 두 개가 보였다. 제목은 ‘서섹스 마을 전체가 미치다’였다.

“맙소사!”

켐프는 이미 언급된 적이 있는, 전날 오후 아이핑에서 벌어진 믿기 힘든 사건들을 읽으며 이렇게 외쳤다. 다음 면에는 조간신문에 실렸던 기사가 똑같이 인쇄되어 있었다. 그는 다시 읽어보았다.

“좌우로 주먹을 날리면서 거리를 내달렸고 마을을 떠났다. 재퍼스는 의식을 잃었다. 헉스터 씨는 심한 고통에 시달리며, 그가 본 것을 설명하는데 여전히 어려움을 겪고 있다. 불쾌한 수모를 당한 목사. 공포에 몸져누운 여인! 창문들이 박살났다. 날조 가능성이 난무한 기묘한 이야기. 출력하지 않으면 아까운 좋은 기사. 조금 에누리하면!”

그는 신문을 내려놓고 멍하니 앞을 응시했다.

“날조일 수도 있다고!”

그가 다시 신문을 집어 들고 전체 사건을 다시 한 번 읽어 보았다.

“하지만 부랑자는 언제 등장하지? 이 친구가 왜 부랑자를 쫓았을까?" 그는 수술대에 털썩 앉았다.

"보이지 않을 뿐 아니라." 그가 말했다.

"미친 거지! 살인광 기질도 있고!"

파리한 여명이 식당의 등불 그리고 담배 연기와 섞이기 시작할 무렵, 켐프는 여전히 왔다 갔다 하면서 믿을 수 없는 사건을 이해해보려고 애썼다.

그는 너무 흥분한 나머지 잠들 수가 없었다. 졸린 기색으로 내려온 그의 하인들이 그를 발견하고는, 지나친 연구가 그를 망가뜨린 모양이라고 생각했다. 그는 하인들에게 이상하지만 상당히 뚜렷한 지시를 내렸는데, 전망대 서재에 아침 식사를 2인분 준비한 다음에는 지하와 1층에서 대기하라는 것이었다. 그는 지시를 내린 다음 조간신문이 올 때까지 계속 식당 안을 서성였다. 신문은 전할 말이 많으면서도 정작 전한 말은 적었다. 전날 저녁 확인한 것 외에 별 새로운 내용은 볼 수 없었기 때문이다. 그 외에 포트 버독의 기이한 사건을 아주 노골적으로 설명한 것이 다였다. 켐프는 이 기사를 통해 '졸리 크리케터스'에서 일어난 사건의 요지와 마블이라는 이름을 알게 되었다.

"그는 24시간 내내 저한테서 눈을 떼지 않았어요."

마블이 증언했다. 별로 중요하지는 않은 어떤 사실들, 특히 마을 전선이 끊긴 사실 등이 아이핑 이야기에 추가되었다. 그러나 투명인간과 부랑자 간의 연결점을 조명해주는 것은 아무 것도 없었다. 마블 씨가 책 세권에 대한 정보나 주머니를 가득 채운 돈에 대해 어떤 정보도 제공하지 않았기 때문이다. 회의적인 어조가 사라졌고, 수많은 기자들과 조사원들은 벌써 기사 원고를 다듬는 작업에 들어갔다.

켐프는 기사를 일일이 모두 읽어본 다음 하녀를 보내 살 수 있는 조간신문은 몽땅 다 사오라고 말했다. 그는 하녀가 사온 신문까지 남김없이 읽었다.

"놈은 투명인간이야!" 그가 말했다.

"분노가 점점 광기로 성장하는 것 같군! 그녀석이 저지를지도 모르는 일이야! 가능한 일이지! 그런데 지금 위층에 공기마냥 자유로이 머물고 있잖아. 도대체 어떻게 해야 할까?"

"예를 들면, 신뢰를 저버리는 게 되려나? 만약에…… 아니다."

그는 구석에 있는 작고 어수선한 책상에 가서 뭔가를 적기 시작했다. 그는 절반쯤 쓰다가 그것을 찢어버리고 다시 적어 내려갔다. 그는 몇 번이고 다시 읽어본 다음 생각에 잠겼다. 그런 다음 그는 편지를 봉해 '포트 버독, 애다이 대령'이라고 주소를 적었다. 켐프가 이런 일을 하고 있을 동안 투명인간이 깨어났다. 불길한 기분 속에서 눈을 뜬 켐프는 모든 소리에 온 신경을 기울이며, 갑자기 머리 위쪽 침실을 후다닥 가로지르는 투명인간의 발소리를 듣게 되었다. 이어 의자가 내동댕이쳐지고 세면대에 있던 컵이 박살나는 소리가 들렸다. 켐프는 서둘러 위층에 올라가 거세게 문을 두드렸다.

/

"무슨 일인가?"

투명인간이 문을 열고 그를 맞이해주자 켐프가 물었다.

"아무 것도 아니야." 대답이 들려왔다.

"그럼 증명해 보게! 깨지는 소리는 뭔데?"

"홧김에 그랬어." 투명인간이 말했다.

"팔을 다쳤다는 걸 잊고 있었거든. 욱신욱신하네."

"하긴 자네는 원래 그런 기질이 다분했어."

"그렇지."

켐프는 방으로 들어와서 깨진 유리 파편을 주웠다.

"자네에 관한 사실들이 모두 드러났어."

켐프는 손에 유리를 들고 몸을 일으키며 말했다.

"아이핑에서 일어난 사건들 하며, 언덕 아래서 일어난 일까지 모두. 세상이 바로 이 투명시민을 알게 되었단 말일세. 하지만 자네가 여기 있다는 건 아무도 모르지."

투명인간이 욕을 내뱉었다.

"비밀이 드러났어. 난 비밀이었다고 생각해. 자네 계획이 뭔지는 모르겠지만, 난 당연히 자네를 도와주고 싶은 마음으로 가득하다네."

투명인간이 침대 위에 앉았다.

"위층에 아침식사가 차려져 있어."

켐프는 가능한 한 여유 있는 목소리로 이렇게 말했다. 그는 기이한 손님이 자발적으로 일어난 것을 보고 기뻐했다. 켐프는 앞장

서서 전망대로 향하는 좁은 계단을 올랐다.

"무슨 일이든 시작하기 전에." 켐프가 말했다.

"먼저 자네의 이 투명한 성질에 대해 좀 더 알아야겠어."

그는 할 말이 있는 분위기를 풍기며 긴장한 기색으로 창문을 힐끗 쳐다본 다음 자리에 앉았다. 그는 그리핀이 앉은 아침식사 식탁 – 기적적으로 집어든 냅킨으로 보이지 않는 입술을 훔치고 있는, 머리도 없고 손도 없는 실내복 – 을 바라보았다.

"꽤 간단해. 충분히 믿을 수 있는 사실이지."

그리핀은 냅킨을 한쪽에 두고 투명한 손으로 투명한 머리를 괴면서 말했다.

"자네에겐 의심의 여지가 없겠지만……"

켐프가 웃음을 터뜨렸다.

"뭐, 그래. 처음엔 나도 두말 할 것 없이 놀랍다고 생각했어. 그러나 지금은, 맙소사! 하지만 우린 곧 위대한 일들을 해낼 거야! 난 체실스토에서 처음으로 그 물질을 발견했다네."

"체실스토?"

"런던을 떠난 후 그곳에 갔어. 내가 의학에서 물리학으로 갈아탔던 거 알고 있지? 몰랐다니, 어쨌든 그랬어. 빛에 매료당했지."

"아!"

"광학 밀도! 이 주제 전체는 수수께끼로 이루어진 그물망이야. 그 틈 사이로 보기 힘들 만큼 희미하게 깜빡이는 해결책으로 이루어진 그물망. 내 나이 고작 스물넷, 열정으로 가득 차 있었지. 난 이런 말을 했네. '내 인생을 여기에 바치겠어. 그럴 만한 가치가 있다고.' 우리가 스물넷일 때 얼마나 멍청했는지는 잘 알고 있겠지?"

"그때나 지금이나 매한가지로 멍청하지." 켐프가 말했다.

"아는 것이 인간에게 어떤 만족감을 줄 수 있기라도 한 것처럼!"

"하지만 난 노예처럼 일했어. 여섯 달 동안 열심히 연구하며 그 물질에 대해 고민했지. 그러다 갑자기 빛이 눈이 멀 정도로 강하게 틈새 하나를 통과하는 걸 보게 된 거야. 난 색소와 굴절의 일반 원리, 네 가지 차원을 포함한 기하학적 표현인 공식을 발견했다네. 멍청이들, 일반인들, 심지어 일반 수학자들조차도 분자물리학도생에게 의미 있는 일반 수식에 대해 아는 게 없어. 부랑자가 감춘 그 책 안에는 경이로운 결과와 기적이 담겨 있어! 하지만 방법은 아니고 발상이었어. 고체건 액체건 간에, 이를테면 물질의 색을 제외한 나머지 성질을 변화시키지 않고 물질의 굴절 수치를 기체의 수준까지 낮추는 것을 가능하게 할 수 있는 방법을 위한 발상이었네. 현실적인 목적까지도 고려했지."

"휴우!" 켐프가 말했다.

"정말 기이하군! 하지만 아직 잘 이해가 안 가는 게 있는데…… 그건 고작해야 가치 있는 원석을 파괴할 수 있는 정도지, 사람을 투명하게 만드는 건 전혀 다른 얘기라고."

"정확히 짚었네." 그리핀이 말했다.

"하지만 생각해보게. 가시라는 것은 보이는 빛에 대한 물체의 움직임에 달렸어. 물체가 빛을 흡수하는가, 반사하는가, 굴절하는가, 아님 이 세 가지 움직임을 모두 보이는가. 만일 물체가 빛을 반사하지도, 굴절하지도, 흡수하지도 않는다면 그것은 볼 수 없게 되지. 예를 들면 자네가 불투명한 붉은 상자를 볼 수 있는 것은 그 색이 빛의 일부를 흡수하고, 나머지 곧 모든 붉은 계열의 빛을 자네에게 전달하기 때문이야. 만일 특정 계열의 빛을 흡수하지 않고 모두 반사해 버린다면 하얗게 빛나는 상자로 보이겠지. 은색 말이야! 다이아몬드 상자는 빛을 많이 흡수하지도 않고 보통 표면에서는 반사도 잘 하지 않아. 하지만 잘 다듬어진 표면 곳곳에서는 빛이 반사되고 굴절되겠지. 그럼 자네는 빛을 반사해 번쩍거리는, 투명하게 빛나는 형체를 보게 되는 걸세. 말하자면 빛의 뼈대 같은 거지. 유리 상자는 그렇게 빛나지는 않지만 다이아몬드 박스처럼 뚜렷하게 보이는 편도 아니야. 굴절과 반사가 상대적으로 적게 일어나니까. 알겠나?

특정한 시점에서는 상당히 뚜렷하게 보이겠지. 어떤 종류의 유리는 다른 유리보다 더 잘 보일 거야. 납유리로 만든 상자는 일반 창유리로 만든 상자보다 더 밝게 빛나지. 아주 얇은 보통 유리로 만든 상자는 채광이 좋지 않은 환경에서는 거의 보이지 않을 거야. 빛을 거의 흡수하지 못하고 굴절과 반사가 매우 적게 일어나기 때문이지. 일반 흰 색 유리 한 장을 물에 집어넣게 되면, 더 나아가 물보다 밀도가 높은 액체에 넣게 되면, 유리는 거의 자취를 감출 거야. 물을 통과한 빛은 아주 미미하게 굴절되거나 반사되고, 혹은 거의 영향을 받지 않으니까. 공기 중으로 분출되는 석탄 가스나 산소만큼이나 보이지 않게 되는 거지. 정확히 같은 이유에서 말일세!"

"그렇군." 켐프가 말했다.

"상당히 간단하고 쉬운 일이구먼."

"그리고 자네가 알 만한 또 다른 사실이 있어. 만약 유리 한 장이 깨지면 말이야, 켐프, 산산이 부서져서 가루가 된다면, 공기 중에 있을 때 훨씬 더 잘 보이게 되지. 결국 불투명한 하얀 가루가 되는 거야. 가루형태가 되면 굴절과 반사가 일어나는 유리 표면이 더 늘어나게 되니까. 유리 한 장일 때는 표면이 두 개 밖에 없지만, 가루가 되면 빛이 통과하는 모든 가루 입자 하나하나에 반사되고 굴절되는 거지. 아주 적은 빛만 가루를 통과하고. 그러나 만일 하얀 가루가 된 유리가 물에 넣어지면 곧 모습을 감추게 되네. 가루가 된 유리와 물은 거의 같은 굴절 지수를 갖게 되니까. 다시 말해서 빛이 유리에서 물로 통과할 때 거의 굴절되지도 않고 반사되지도 않는 거지."

"거의 같은 굴절 지수의 액체에 유리를 넣으면 눈에 보이지 않게 만들 수 있어. 투명한 물체를 거의 비슷한 굴절 지수의 매개체에 집어넣으면 보이지 않게 되는 거지. 잠깐만 머리를 굴려본다면, 굴절 지수가 공기와 비슷하게 맞춰질 때 유리 가루가 공기 중에서 사라질 수 있다는 걸 알 수 있지. 유리에서 공기를 통과하는 빛에는 굴절이나 반사가 일어나지 않을 테니까."

"그래, 그래." 켐프가 말했다.

"하지만 사람은 유리 가루가 아니잖아!"

"아니지." 그리핀이 말했다.

"사람은 그보다 더 투명해!"

"말도 안 되는 소리!"

"그런 말이 의사에게서 나오다니! 어떻게 잊어버릴 수가 있어! 10년 전 공부한 물리학을 벌써 잊어버린 겐가? 투명한 물체들과 투명하지 않은 물체들을 생각해봐. 이를테면 종이는 투명한 섬유로 만들어졌지만 하얗고 불투명하지. 유리가 하얗고 불투명한 것과 같은 이유야. 흰 종이를 이루는 입자 사이사이를 기름으로 채우면 표면을 제외하고는 더 이상 굴절이나 반사가 일어나지 않게 되지. 종이 뿐 아니라 면섬유, 리넨 섬유, 울 섬유, 목질 섬유, 뼈도 그렇네, 켐프. 살, 털, 손톱, 신경도 마찬가지지. 켐프, 사실 혈액의 붉은 색과 머리카락의 검은 색소를 제외하면 인간의 모든 조직 역시 투명한 무색의 세포로 이루어졌네. 그러니 우리가 서로에게 보인다는 것은 충분한 사실이 아니야. 생명체가 가지고 있는 대부분의 조직은 물만큼이나 투명하거든."

"맙소사!" 켐프가 외쳤다.

"물론, 물론 그렇지! 바로 지난밤엔 바다 유충과 해파리에 대해서만 생각했었어!"

"이제 내 말을 이해하겠나! 런던을 떠난 지 일 년 후, 그러니까 6년 전에 이 모든 사실을 알게 되었고 머릿속으로 구상하게 되었지. 하지만 혼자만의 생각으로 간직했어. 난 끔찍이도 불리한 상황 아래 연구를 해야 했어. 내 교수인 올리버는 과학계의 망나니이자 본능을 따르는 저널리스트였고, 남이 고안해낸 발상을 훔치는 도둑이었지. 맨날 엿보고 있었어! 과학계의 악랄한 제도가 어떤지 알잖나. 난 내가 구상한 것을 발표해서 그가 내 명성을 나눠 가지는 걸 내버려둘 생각이 없었을 뿐이야. 난 계속 연구를 진행했고, 공식을 실험 즉 현실에 도입할 단계에 점점 더 가까워져갔지. 난 그 누구에게도 이를 얘기하지 않았어. 섬광처럼 나타나 세상에 엄청난 파급효과를 가져와서 단번에 유명해질 생각이었거든. 난 어떤 틈을 채우는 색소에 대한 의문을 품고 있었어. 그러다 갑자기, 의도치 않게 우연히 생리학적인 발견을 하게 된 거야."

"그래?"

"혈액에 들어 있는 붉은 색소 알지. 혈액을 하얗게 투명하게 만들면서도 지금과 같은 기능을 유지할 수 있다고!"

켐프는 믿을 수 없다는 듯이 깜짝 놀라 소리쳤다. 투명인간이 일어나 작은 서재를 돌아다니기 시작했다.

"소리 지를 법도 하지. 난 그날 밤을 기억해. 아주 늦은 밤이었지. 낮에는 입을 떡 벌린 멍청한 학생들에게 시달리며, 종종 동이 틀 무렵까지 연구를 했어. 그러다 갑자기 내 머릿속에 아주 기발하고 완벽한 생각이 떠올랐어. 난 혼자였고, 실험실은 조용했어. 높은 곳에 있는 등불이 밝고 고요하게 타오르고 있었지. 내가 맞이했던 모든 위대한 순간에 나 홀로 있었어. '동물을 투명하게 만들 수 있을까! 보이지 않게 말이야! 색소 이외의 모든 것을 난 투명해질 수 있어!' 난 이렇게 말했지. 이런 지식을 통해서 알비노가 되는 것이 무엇을 의미하는지를 깨달았다네. 압도적인 깨달음이었어. 나는 진행 중이던 여과 작업에서 벗어나 커다란 창에 다가가서는 창밖에 빛나는 별들을 바라보았지. '투명인간이 될 수 있어!' 나는 거듭 말했어."

"이건 마술을 능가하는 일이야. 한 점 의심의 구름 없이, 나는 투명성이 인간에게 부여할 놀라운 환상, 신비로움, 힘, 자유를 떠올렸어. 결점이라곤 없었지. 한번 생각해 봐! 내가, 초라하고 가난에 찌든, 지방대에서 얼간이들을 가르치며 조수들에게 둘러싸인 내가 갑자기 이렇게 될 수 있다니. 켐프 자네라면 어땠겠나? 누구라도 그 연구에 기꺼이 자신의 몸을 내던졌을 것이네. 난 삼 년 동안 연구를 진행했고, 고생하며 넘은 난관 뒤에는 또 다른 난관이 보였어. 끝이 없었지! 화가 났어! 어떤 교수가, 어떤 지방대 교수의 눈이 항상 나를 지켜봤지. '자네가 진행하는 그 연구 언제쯤 발표할 생각인가?'하고 밑도 끝도 없이 물어보더군. 그리고 학생들, 이 답답이들까지! 그러기를 3년이었지."

"비밀과 분노의 3년이 흐른 후, 난 이 연구를 완성하는 것은 불가능하다는 사실을 깨달았어. 불가능한 일이었지."

"어째서?" 켐프가 물었다.

"돈 때문에."

투명인간은 이렇게 말하고는 다시 창가로 다가가 밖을 내다보았다. 그가 갑자기 돌아섰다.

"난 노인네 돈을 훔쳤어. 우리 아버지 돈을."

"그 돈은 아버지 돈이 아니었고, 아버지는 스스로에게 총구를 겨누고 말았다네."

/

켐프는 잠시 동안 침묵을 지키며 창가에 서 있는 머리 없는 형상의 등을 물끄러미 바라보며 앉아 있었다. 그러다 문득 생각난 듯이 일어나 투명인간의 팔을 잡아 자신을 보도록 돌리고 입을 열었다.

"자네 피곤하구만." 그가 말했다.

"내가 앉아 있는 동안 줄곧 서성이지 않았나. 의자에 앉게."

그는 그리핀과 가장 가까운 창문 사이에 자리를 잡았다. 그리핀은 잠시 아무 말도 없이 앉아 있다가 불쑥 말을 꺼냈다.

"난 이미 체실스토의 작은 집을 떠난 상태였어." 그가 말했다.

"그 일이 일어났을 때 말이야. 지난 12월이었지. 난 런던에 방을 하나 얻었어. 그레이트 포틀렌드 가 근처의 한 빈민가에 있는, 커다랗기만 하지 가구도 없고 관리도 제대로 안 되어 있는 하숙집이었네. 방은 곧 아버지 돈으로 구입한 설비들로 가득 찼지. 연구는 꾸준히, 성공적으로, 거의 끝을 향해 달려가고 있었어. 난 덤불에서 막 빠져나온 사람 같았지. 그런데 갑자기 무의미한 비극이 찾아왔네. 난 아버지를 묻으러 갔어. 내 마음은 여전히 연구에 집중되어 있었기 때문에, 난 아버지의 체면을 세우기 위해 손 하나 까딱하지 않았어. 그날 장례식이 기억나. 저렴한 영구차에 허술한 의식, 얼어붙을 듯이 매섭게 바람이 부는 언덕, 추도문을 읽는 아버지의 오랜 대학 친구를 기억하네. 감기에 걸렸는지 계속 코를 훌쩍이는 볼품없는 모습에 피부가 검고, 허리가 굽은 흑인 노인네였지."

"난 텅 비어 있는 집으로 돌아간 것도 기억해. 한때 마을이 있었지만, 형편없는 시공자들이 어설프게 고치고 땜질을 한 탓에 이제는 꼴사나운 도시가 되어 버린 곳을 지나서 말이지. 모든 길은 훼손된 들판을 가로질러 돌무더기와 축축한 이끼가 무성한 곳에서 끝났어. 난 미끄럽고 번들거리는 길을 따라 걸던, 비쩍 마르고 새카만 몰골을 한 내 모습도 기억나. 그곳의 추잡한 명사와 탐욕스러운 상업주의에 묘한 거리감이 느껴졌지."

"난 아버지에게 일말의 동정도 느끼지 않았어. 아버진 자기 자신의 어리석인 감상주의에 스스로 희생당한 거니까. 사람들이 수군거리는 탓에 장례식에 참석하긴 했지만, 사실 내 알 바 아니었지."

"하지만 하이스트리를 따라 걸으면서 오래 전 나의 삶으로 잠시나마 돌아가게 되었어. 10년 전 알고 지냈던 소녀를 만났거든. 눈이 마주쳤지."

"무엇인가가 나의 발걸음을 돌려 그녀에게 말을 걸도록 만들었네. 그녀는 아주 평범한 사람이었어."

"옛 고장을 방문한 일이 모두 꿈만 같았어. 그때는 내가 외롭다고 느끼지 않았어. 내가 세상을 떠나 적막한 곳에 왔다는 생각도 들지 않았고. 난 동정심을 상실했다는 것을 충분히 지각하고 있었지만, 이것을 일반적인 우둔함이라고 여겼네. 내 방에 다시 들어가자 현실을 회복하는 것처럼 느껴졌어. 내가 알고 있고 좋아했던 것들이 있었지. 잘 정리되어 대기 중인 실험 도구들이 있었지. 세부적으로 계획을 세우는 것 외에 어려운 일은 거의 남아 있지 않았네."

"조만간 모든 복잡한 과정에 대해서 켐프 자네에게 말해줄게. 하지만 지금은 그럴 시간이 없어. 내가 기억하는 일부 공백을 제외하고는 대부분 내용이 그 부랑자가 숨긴 책 안에 암호로 적혀 있어. 우린 그자를 뒤쫓아서 책을 되찾아야 해. 하지만 가장 중요한 단계는 에테르 성 진동의 두 방사 중심 사이에 굴절 지수를 낮춘 투명한 물체를 놓는 거였지. 나중에 더 자세하게 설명해줄게. 아니, 뢴트겐 진동 말고. 내가 말한 것들에 대한 내용이 언급된 적 있는지는 잘 모르겠군. 하지만 아주 명백해. 난 작은 발전기 두 대가 필요했고, 값싼 가스 엔진으로 작동시켰지. 첫 번째 실험은 소량의 흰색 모직물을 가지고 진행했어. 이 모직물이 은은한 흰색 섬광의 점멸 속에서 마치 연기 기둥처럼 희미해지다가 사라지는 모습을 지켜보는 건 세상에서 가장 묘한 일이었지."

"난 내가 해냈다는 걸 믿기 힘들었어. 빈 공간에 손을 넣었더니 단단한 물체가 느껴졌어. 난 서툰 손길로 그것을 느끼다가 바닥에 떨어뜨리고 말았어. 다시 찾느라 애를 좀 썼지."

"그 다음 신기한 경험을 했어. 내 뒤에서 야옹 하는 소리가 들려서 돌아보니 아주 더럽고 비쩍 마른 흰 고양이가 창 밖 물탱크 뚜껑 위에 앉아 있는 게 보였네. 한 가지 생각이 내 머리를 스치고 지나갔지. '모든 게 널 위해 준비되어 있어.' 난 이렇게 말하며 창가로 가서 창문을 열고는 고양이를 부드러운 목소리로 불렀지. 고양이가 가르랑거리면서 들어오더라고. 가엾은 것이 굶주렸던 모양이야. 그래서 우유를 좀 줬지. 내 음식은 모두 방구석 찬장 안에 들어 있었거든. 고양이가 방을 돌아다니며 냄새를 맡았는데, 아예 집으로 삼을 작정인 것 같았어. 보이지 않는 깔개가 고양이를 조금 당황하게 만들었지. 고양이가 그렇게 침 뱉는 모습을 자네도 봤어야 하는데! 하지만 난 바퀴 달린 침대에 놓인 베개 위에 편안하게 올려

줬어. 그리고 고양이가 스스로 털을 다듬을 수 있게 버터를 줬지."

"그런 다음 고양이한테 실험한 거야?"

"그랬지. 하지만 고양이한테 약을 먹이는 건 쉽지 않았다네, 켐프! 실험은 실패했어."

"실패했다고!"

"두 가지 때문에 말이야. 발톱이랑 색소, 뭔지 알겠어? 고양이의 눈 뒤쪽에. 뭐지?"

"타페텀."

"그래, 타페텀. 그게 사라지지 않았어. 혈액을 하얗게 표백시키려고 약을 먹이고 다른 조치도 취한 후 짐승용 아편을 투여했고, 베개 위에서 잠을 자던 모습 그대로 실험장치 위에 올려놨지. 얼마 안 있어 고양이가 희미해지더니 사라졌는데, 두 눈동자는 유령마냥 그대로 남아 있더군."

"희한하네!"

"나도 설명할 수가 없어. 난 당연히 고양이를 붕대로 싸고 죔쇠로 고정시켜서 안전하게 잡아놓았지. 근데 고양이가 아직 안개처럼 흐릿할 때 잠에서 깨더니 음울하게 야옹거리지 뭔가. 그러더니 누가 와서 문을 두드렸지. 아래층에 사는 노파였어. 내가 생체해부를 한다고 의심하고 있었지. 이 세상에서 흰 고양이 외에는 안중에도 없는, 술에 찌든 늙은 생명체였지. 난 급히 클로로포름을 조금 꺼내 고양이를 마취시키고 난 뒤 문으로 다가갔네. '고양이 소리를 들었는데?' 그녀가 물었지. '내 고양이 아냐?' '여기엔 없어요.' 난 아주 예의바르게 대답했지. 그녀는 조금 의심하면서 나를 지나쳐 방 안을 자세히 들여다보려고 애썼어. 빈 벽에 커튼이 달리지 않은 창문, 바퀴 달린 침대, 진동하는 가스 엔진과 방사점 분출, 공기 중에 희미하게 남아 코를 찌르는 지독한 클로로포름 냄새까지. 노파는 결국 만족하며 다시 집으로 돌아갔네."

"얼마나 걸렸나?" 켐프가 물었다.

"고양이는 서너 시간 걸렸어. 뼈랑 힘줄, 지방이 마지막에 이르러 사라졌고, 색소가 있는 털끝도 그때 사라졌어. 이미 말했지만, 눈 뒤쪽에 있는 억센 홍채는 조금도 사라지지 않았지."

"작업이 끝나기 훨씬 전에 밖은 이미 어둑어둑했고, 희미한 눈동자와 발톱 외에는 모두 사라져 보이지 않았네. 난 가스 엔진을 멈추고 아직 감각이 채 돌아오지 않은 이 짐승을 더듬어 찾아 어루만졌어. 그러다 피곤해져서 고양이는 보이지 않는 베개 위에 올려 둔 채 침대로 갔지. 쉬이 잠이 들지 않았어. 난 별 다른 목적 없는 것들을 생각하고, 실험을 몇 번이고 되짚어보기도 하고, 내 주변에 있는 것들이 희미해지면서 사라지다가 마침내 내가 선 땅 마저도 사라지는 상상에 열광하며, 진저리날 정도로 끝없이 추락하는 악몽에 빠져 들었지, 그렇게 잠이 들지 않은 상태로 침대에 누워 있었어. 두 시쯤 고양이가 야옹거리면서 방을 돌아다니기 시작했네. 난 고양이에게 말을 걸며 조용히 시키려다가, 그냥 밖에 내보내기로 결정했어. 성냥을 그었는데, 주위에는 아무 것도 없고 오로지 초록색 안광을 번뜩이는 동그란 두 눈 때문에 받은 충격이 아직도 남아 있다네. 우유를 주려고 했는데 남은 게 없더군. 고양이는 조용히 있질 못하고 문가에 앉아 야옹거렸어. 난 창 밖으로 던져버리자 라는 생각에 고양이를 잡으려고 했는데, 잡을 수가 없었어. 사라져 버렸거든. 그런데 다른 쪽에서 고양이 울음소리가 들리는 거야. 마침내 나는 창문을 열고 난리법석을 떨었지. 고양이는 결국 나갔을 거야. 그 뒤로 더 이상 볼 수 없었거든."

"그런 다음 – 하늘만이 그 연유를 알겠지 – 나는 아침이 오기까지 아버지의 장례식과 황량한 바람의 언덕을 떠올리며 생각에 잠겼다네. 잠들기는 틀린 것 같고 해서 문을 잠그고 아침거리를 돌아다녔지."

"투명고양이가 활개를 치며 돌아다니고 있다는 말은 아니겠지!" 켐프가 말했다.

"안 죽었다면." 투명인간이 말했다.

"안 될 건 또 뭐야?"

"안 될 건 뭐냐고?" 켐프가 말했다.

"자네 말을 끊을 생각은 아니었어."

"아마 누가 죽였을 거야." 투명인간이 말했다.

"내가 알기론 나흘이 지난 뒤에도 살아 있었어. 그레이트 티치필드 가의 쇠창살 아래 있었지. 사람들이 그 주변을 둥그렇게 에워싸고 고양이 울음소리가 어디서 나는 건지 알아내려고 애쓰고 있더라고."

투명인간은 거의 1분 동안 아무 말도 하지 않았다. 그러다가 불쑥 입을 열었다.

"나는 변화가 있기 전 그날 아침을 아주 생생하게 기억해. 나는 그레이트 포틀랜드 가를 걸어 올라가고 있었을 거야. 알베니 가의 막사도 기억나. 막사에서 기병들이 나오는 것도 봤지. 마침내 나는 프림로즈 언덕 정상에 올랐어. 1월의 어느 화창한 날, 올해 눈이 내리기 전 찾아온 그 맑고 얼어붙을 듯이 추운 날들 중 하루였지. 내

지친 두뇌는 행동 계획을 짜기 위해 현재 위치를 분명히 하려고 애썼어."

"이제 내가 받을 상금이 거의 손 안에 있는데, 손에 넣을 수 있는지 여부는 아직 결정된 게 없어서 놀랐지. 사실 난 완전 녹초가 되어 있었어. 거의 4년 동안 계속 연구를 진행하다 보니, 거기서 오는 스트레스가 쌓이면서 감정을 느낄 기운이 없었어. 나는 무감각했어. 내 첫 연구에 대한 열정, 발견에 대한 열정, 곧 아버지의 희끗희끗한 머리카락을 이해하게 만든 그 열정을 회복하려 했지만 헛수고였어. 아무 것도 중요해 보이지 않았어. 나는 이게 과로와 수면 부족 때문에 느끼는 일시적인 감정이고, 약이나 휴식을 취하면 다시 활력을 회복할 수 있다는 사실을 분명히 알 수 있었어."

"내가 분명히 생각할 수 있었던 것은 연구를 완수해야한다는 것이었지. 이 고정 관념은 여전히 나를 지배하고 있었고, 또 내가 가진 돈이 거의 바닥을 드러낸 상태였거든. 난 주위를 둘러봤어. 언덕에서 놀고 있는 아이들이 보였지, 어린 소녀들이 아이들을 지켜보고 있었네. 그러다 나는 투명인간이 이 세상에서 누릴 수 있는 환상적인 매력을 모두 생각해내려고 애썼어. 잠시 후 나는 집까지 기어와 음식을 좀 먹은 다음 스트리크닌을 다량 복용했고, 제대로 매만지지 않은 침대 위에 옷을 입은 채 잠들었지. 스트리크닌은 대단한 강장제야, 켐프. 무기력증을 없애주거든."

"그 약물은 악마야." 켐프가 말했다.

"병에 든 초기 구석기시대 유물이라고."

"나는 한층 활력을 얻고 좀 흥분한 상태로 잠에서 깼어. 알잖아?"

"나도 그 약이 어떤 건지 잘 알아."

"그런데 누가 문을 두드렸어. 협박과 질문으로 무장한 하숙집 주인이었지. 폴란드 계 유대인인 주인 영감은 긴 회색 코트 차림에 기름때가 번들거리는 슬리퍼를 신고 있었어. 영감은 내가 밤에 고양이를 학대했다고 확신 했어. 노파가 혀를 부지런히 놀렸던 거겠지. 영감은 이미 다 알고 있다고 주장했어. 이 나라 법은 생체 해부를 엄격히 금하고 있다면서, 그가 책임져야 할지도 모른다는 거야. 난 아니라고 잡아뗐지. 그랬더니 그는 작은 가스 엔진의 진동이 온 집안에서 느껴졌다고 말했어. 그건 사실이었네. 그는 내 옆을 슥 지나쳐 방으로 들어오더니, 독일제 은테 안경을 쓴 눈으로 방을 자세히 살펴보았어. 그가 내 비밀에 대해 뭔가 찾아낼지도 모른다는 생각이 들자 덜컥 겁이 나더군. 나는 진열해 놓은 농축기와 영감 사이를 막아섰고, 도리어 그자의 호기심을 부추기는 꼴이 되고 말았지. 뭘 하고 있었나? 왜 항상 혼자 비밀스럽게 있는 건가? 합법적인가? 위험한가? 자네는 일반방세밖에 내지 않는다. 우리 집은 평판이 안 좋은 이웃집들 중 가장 잘 나가는 집이다. 갑자기 짜증이 확 치밀어 오르더라고. 나는 나가라고 했어. 영감이 떡 버티고 서서는 방에 들어올 권리가 있다고 고집을 피웠지. 순간 나는 영감의 멱살을 잡았어. 무언가가 찢어졌고, 영감은 복도로 떼구르르 굴러나갔지. 난 문을 쾅 소리 나게 닫고 잠근 다음 부들부들 떨면서 주저앉았어."

"연구가 거의 막바지에 이른 시점에서 노출되거나 중단될 수도 있다고 생각하니 너무 화가 나서 행동을 개시했어. 나는 책 세 권과 수표장 – 지금은 그 부랑자가 모두 가지고 있지 – 를 들고 서둘러 집과 가장 가까우면서 그레이트 포틀랜드 가의 편지와 소포를 담당하는 우체국으로 갔어. 나는 소리 없이 나가려고 애썼어. 집으로 들어간 나는 우리 주인 영감이 조용히 위층으로 올라가고 있는 걸 발견했지. 아마 문이 닫히는 소리를 들었던 거겠지. 내가 그를 쫓아가자 영감은 층계참에서 옆으로 몸을 날려 피했어. 자네가 그 꼴을 보았다면 한참을 웃었을 거야. 영감은 옆을 지나가는 나를 쳐다봤고, 나는 집 전체가 진동할 만큼 방문을 쾅 닫았지. 영감이 발을 질질 끌면서 머뭇거리더니 내려가는 소리가 들렸어. 나는 당장 사라질 준비를 했지."

"일은 그날 저녁, 밤에 모두 끝났지. 내가 피를 표백하는 약의 부작용으로 구역질과 졸음에 시달리며 앉아있는데 계속 문을 두드리는 소리가 났어. 소리가 멈추더니, 말소리가 멀어졌다가 다시 돌아오고, 문 두드리는 소리가 다시 시작되었지. 그 사람은 문 밑으로 푸른색 종이 한 장을 밀어 넣으려했어. 짜증이 난 나는 일어나 문으로 다가가서 활짝 열었어. '뭡니까?' 내가 말했지."

"퇴거 통지서인지 뭔지를 손에 든 하숙집 주인이었어. 그가 내게 종이를 내밀고는 내 두 손에 뭔가 이상한 일이 일어난 것을 발견했지. 그가 눈을 들어 내 얼굴을 쳐다봤다네."

"주인은 잠시 입을 벌리고 멍하니 넋을 잃고 있더군. 그러다가 뭐라는지 모를 소리를 지르며 촛불과 통지서를 떨구고 어두운 복도를 지나 계단으로 허겁지겁 달려갔네. 나는 문을 닫고 잠근 다음 거울로 다가갔지. 그제야 난 그의 공포를 이해하게 되었네. 얼굴이 새하얗더군. 백돌처럼."

"하지만 정말 끔찍했어. 그렇게 고통스러우리라고 생각지 못했거든. 극심한 고통과 현기증이 밤새 이어졌지. 살은 타는 듯 뜨거웠고 온몸이 불붙는 듯 했지만 이를 악물었어. 그래도 나는 거기 누워서 죽을 동 살 동 버텼어. 클로로포름으로 마취될 때까지 왜 그렇게 고양이가 울부짖었는지를 이해할 수 있었지. 다행히도 난 혼자 살고 있었고 누구의 간호도 받지 않았어. 나는 때로는 흐느끼고 신음하고 혼잣말을 했지만 끝까지 버텼어. 난 이내 의식을 잃었고 어둠 속에서 무기력하게 깨어났지."

"고통은 지나갔어. 자살 행위나 마찬가지라는 생각이 들었지만 난 신경 쓰지 않았네. 그날 새벽을, 그리고 내 손이 희뿌연 유리처럼 변하더니 날이 갈수록 점점 맑아지고 엷어지는 것을 지켜보던 그 묘한 공포를 잊을 수 없을 거야. 결국에는 눈꺼풀을 닫았는데도 투명한 눈꺼풀을 통해 난잡한 방을 볼 수 있었지. 팔다리가 유리화되고, 뼈와 동맥이 희미해지다가 사라지고, 가느다란 흰색 신경이 마지막으로 사라졌네. 나는 이를 갈면서 끝까지 남아 있었어. 마침내 창백하고 하얀 죽은 손톱 끝과 어떤 산이 내 손가락에 남긴 갈색 얼룩만 남게 되었지."

"나는 겨우 몸을 일으켰어. 처음에 나는 강보에 싸인 갓난아기처럼 무력했어. 보이지 않는 발걸음을 옮겼지. 힘도 없고 배가 엄청 고팠어. 난 세면대에 걸려 있는 거울로 다가가서 들여다보았지만 아무것도 보이지 않았어. 내 눈의 망막 뒤에 아직 엷은 색소가 남아 있었지만, 그마저도 안개보다 더 희미했어. 나는 탁자에 몸을 기대고 거울에 이마를 눌러 댔다네."

"스스로 실험기구로 돌아가 연구를 끝내는 데에는 정말 광적인 노력이 필요했다."

"난 빛을 차단하기 위해 침대 시트를 눈 위로 끌어 올리며 오전 내내 잠을 잤고, 정오 무렵에 문 두드리는 소리를 듣고 다시 일어났지. 난 기력을 완전히 회복한 상태였어. 일어나 앉아 귀를 기울이니 속삭이는 소리가 들렸어. 나는 벌떡 일어나 가능한 한 소리 없이 내 실험기구를 해체해서 방 곳곳에 흩어놓기 시작했어. 기구가 원래 어떻게 정비되어 있었는지 모르게 하려고 말이야. 노크 소리가 다시 들렸고, 처음에는 하숙집 주인이, 그 다음에는 다른 두 사람이 나를 불렀어. 나는 시간을 벌기 위해서 대답을 하고 눈에 보이지 않는 깔개와 베개를 집어 들었지. 난 창문을 열고 물탱크 뚜껑 위로 깔개와 베개를 집어 던졌어. 창문이 열리자 문에서 요란한 소리가 났어. 누가 빗장을 부수려고 문을 공격한 거야. 하지만 내가 며칠 전에 나사못으로 고정시킨 탓에 빗장은 꿈쩍도 하지 않았어. 난 깜짝 놀라고 화가 났어. 난 부들부들 떨면서 일을 서둘렀지."

"난 흩어진 종이와 짚, 포장지 등을 방 한 가운데 던져놓고 가스를 틀었어. 세찬 공격이 문 위에 빗발처럼 쏟아졌지. 성냥을 찾을 수가 없었어. 화가 나서 두 손으로 벽을 때리다가 다시 가스를 끄고 창문을 통해 물탱크 뚜껑 위로 나와서, 창문을 조용히 내리고 상황을 지켜보려고 거기에 앉았지. 난 안전하고 아무한테도 보이지 않으니까. 하지만 난 분노로 조용히 떨고 있었어. 문짝 하나가 쪼개지는 게 보였어. 곧이어 그들이 빗장을 부수고 문을 열었어. 열린 문간에 서 있는 건 하숙집 주인 영감과 두 양아들이었지. 스물서너 살 쯤 된 건장한 청년들이었어. 그들 뒤에서는 아래층에서 올라온 노파가 신경질적인 표정으로 서성이고 있었지."

"난 그 바보 같은 면상을 갈겨주고 싶었지만 꽉 쥔 주먹을 애써 억눌렀다네. 녀석은 투명한 내 몸을 뚫고 앞을 똑바로 바라봤어. 다른 이들도 창가로 와서 내 몸을 통과해 어둠 속을 노려보았지. 주인 영감은 돌아가서 침대 밑을 살펴보고, 그러다 다들 벽장으로 달려갔어. 그들은 유대인 말씨와 런던 말씨로 한참 논쟁을 벌여야 했지. 그들은 내가 아무 대답도 하지 않았는데 들었다고 착각한 것이라는 결론을 내렸지. 창밖에 앉아 그들을 지켜보던 나는 분노가 가라앉고 기분이 우쭐해지는 걸 느꼈네. 노파는 의심스러운 듯 고양이마냥 주위를 힐끔거리며 내 행동의 수수께끼를 풀려고 애썼지."

"그의 억양을 이해한 바로는, 내가 생체 해부학자라는 노파의 말에 노인이 동의했던 것 같아. 아들들은 알아듣기 힘든 억양으로 내가 전기 기술자라 주장하면서 발전기와 방사기를 강조했어. 그들이 현관문에 빗장을 건 일은 나중에 알게 되었지만, 그들은 내가 돌아올까봐 염려하고 있었지. 노파는 벽장과 침대 밑을 들여다보았고, 젊은이 하나는 통풍 장치를 밀어 올리고 굴뚝을 살펴봤지. 푸줏간 주인과 함께 내 맞은편 방을 쓰고 있는, 행상인이기도 한 하숙인이 층계참에 모습을 드러냈고, 그는 그들에게 불려가 앞뒤가 안 맞는 이야기들을 들어야 했어."

"고도의 교육을 받은 날카로운 사람이 방사기를 손에 넣으면 나에 대해 너무 많은 것을 알려주는 셈이 될 것 같았어. 그래서 기회를 보다가 방에 들어가 작은 발전기들 중 하나를 다른 발전기 위에 넘어뜨려 둘 다 박살을 내버렸지. 그런 다음, 발전기가 갑자기 부서진 이유를 설명하려고 그들이 애쓰는 동안 재빨리 방에서 튀어나와 살금살금 아래층으로 내려갔다네."

"난 거실로 들어가 그들이 내려올 때까지 기다렸어. 여전히 추측하고 논쟁하면서 내려오는 그들은 모두 '무서운 것'을 전혀 발견하지 못해 조금 실망했고, 나에 대해 어떤 법적인 태도를 취해야 할지 몰라 당황하고 있었어. 난 성냥갑을 들고 다시 미끄러지듯이 위층으로 올라가서 방에 쌓아 둔 종이와 쓰레기에 불을 붙였고, 의자와 침구류를 그 근처에 놓아둔 다음 고무관을 이용해 가스가 새어나오도록 만들었어. 난 내 방에게 잘 있으라고 손을 흔든 다음 영원히 그곳을 떠났다네."

"집에 불을 질렀군!" 켐프가 외쳤다.

"불을 질렀지. 행적을 감추려면 그럴 수밖에 없었어. 그리고 그 집은 분명 보험에 들었을 거야. 나는 현관문 빗장을 조용히 풀고 거리로 나왔어. 난 투명인간이었고, 그 놀라운 장점을 이제 막 깨닫기 시작했을 때였지. 내 머릿속은 이미 처벌을 받지 않고 실행할 만한 온갖 맹랑하고 놀랄만한 계획들로 가득 차 있었어."

/

"처음으로 아래층에 내려갈 때, 난 내 발을 볼 수 없었기 때문에 예상치 못한 난관에 봉착하게 되었어. 실제로 두 번이나 발을 헛디뎠고, 빗장을 잡을 때도 나답지 않게 서툴렀어. 하지만 난 아래를 내려다보지 않고서도 평지에서 걷는데 곧 익숙해졌지."

"내 기분은 일종의 환희였어. 난 발바닥에 패드를 대고 소리 나지 않는 옷을 입은, 장님 나라에서 유일하게 볼 수 있는 사람이 된 것 같은 기분을 느꼈어. 난 사람들에게 장난치고, 놀라게 하며, 등을 때리고, 모자를 낚아채고 싶은 강한 충동을 경험했어. 내가 가진 비범한 장점에서는 별 것 아닌 수준의 행동이었지."

"하지만 그레이트 포틀랜드 가로 나간 나는 – 내가 살던 하숙집은 커다란 직물점과 가까운 곳에 있었네 – 요란한 소리와 함께 뒤통수를 호되게 후려 맞았지. 뒤를 돌아보니 사이펀 탄산수가 든 바구니를 나르는 남자가 놀란 눈으로 자기 짐을 쳐다보고 있었어. 바구니가 나에게 가한 타격은 실로 엄청났지만, 난 그가 놀라는 모습을 보고 한바탕 크게 웃음을 터뜨리고 말았지. '바구니에 악령이 씌었다.' 난 이렇게 말하며 갑자기 그의 손에서 바구니를 비틀어 빼앗았어. 그는 자제력을 잃었고, 난 허공에서 바구니를 흔들어댔지."

"그런데 선술집 밖에 서 있던 마부가 갑자기 달려와서는 손가락을 뻗어 귀 아래쪽을 아프게 찔렀어. 바구니는 마부에게 한 방 먹이며 내 손에서 떨어졌고, 그때 내 주변에서 비명소리와 발소리가 들렸지. 사람들은 가게에서 나오고, 마차들이 멈췄지. 난 내가 무슨 짓을 저질렀는지를 깨닫고 내 자신의 판단력 부족을 탓하면서 가게 진열창을 등지고 이 혼란 속에서 빠져나갈 준비를 했어. 난 군중 사이에 끼여 영락없이 발각될 찰나에 순간에 놓였지. 그래서 난 푸줏간에서 일하는 소년을 밀어 젖혔어. 다행히 그 애는 자기 곁을 지나간 뭔가를 확인하려고 등을 돌리지 않았다네. 난 군중을 빠져 나와 마부의 사륜마차 뒤로 몸을 숨겼어. 그들이 수습을 어떻게 했는지는 나도 잘 몰라. 난 황급히 길을 가로질렀어. 다행히 길은 비어 있었고 내가 가려는 방향에는 장애물이 없었어. 난 방금 일로 추격당할까봐 두려워서 옥스퍼드 가에 모인 오후 무리 속에 뛰어들었지."

"난 사람들 속에 섞이려고 했지만, 너무 밀집되어 있어서 사람들이 내 발뒤꿈치를 짓밟았어. 난 도랑으로 갔어. 그런데 땅이 울퉁불퉁해서 발이 아프더군. 이어 느릿느릿 다가오는 이륜마차의 채찍이 어깨뼈 아래로 파고들어 이미 심하게 멍든 곳을 다시 상기시켰네. 난 마차 길에서 비틀비틀 벗어났고, 반사적인 신경으로 유모차를 피했어. 어느 순간 내가 이륜마차 뒤에 서 있더군. 마침 떠오른 묘안이 나를 살렸어. 나는 내 모험이 이렇게 전환되는 것에 놀라 전율하면서, 천천히 굴러가는 마차를 즉각적으로 따라갔지. 전율하는 정도가 아니라 온 몸이 다 떨리더군.

그 날은 1월의 어느 화창한 날이었지만, 난 완전히 발가벗고 있는데다 길을 덮고 있는 진흙길이 꽁꽁 얼어 있었거든. 지금 생각하면 얼마나 멍청한 짓이었는지. 투명하든 그렇지 않든 간에, 내 몸은 여전히 날씨와 그 밖의 모든 결과에 순응해야 한다는 걸 인지하지 못했던 거지."

"그러다 갑자기 좋은 생각이 떠올랐네. 난 뛰다가 황급히 마차에 올라탔지. 와들와들 추위에 떨면서 겁에 질린 나는 감기 초기 증상으로 코를 훌쩍이며 그리고 자꾸 커지는 등의 작은 멍 자국을 단 채, 나는 천천히 옥스퍼드 가를 따라 토트넘 코트 로드를 지나쳤지. 내 기분은 10분 전 내가 상상했던 것과는 사뭇 달라져 있었지. 정말이지 이 투명함이란! 난 오로지 이 궁지에서 어떻게 빠져나갈까라는 생각에 사로잡혀 있었다네."

"천천히 무디스를 지나고 있을 때 노란 표식이 붙은 책 대여섯 권을 가진 키 큰 여성이 내가 탄 마차를 향해 손을 흔들었고, 난 그녀를 피해 때맞춰 뛰어내리다가 선로를 달리는 화물차에 거의 치일 뻔했지. 난 블룸즈버리 광장으로 이어지는 길로 달아났어. 박물관을 지나 북쪽으로 가면 한적한 지역이 나올 거라고 생각하면서 말이지. 난 극심한 추위를 느꼈고, 내가 처한 기묘한 상황에 덜컥 겁이 나 달리면서 흐느껴 울었다네. 광장의 북쪽 모퉁이 있던 작은 흰색 강아지 한 마리가 제약협회 사무실에서 달려오더니 코를 땅에 박고 곧장 나를 향해 다가오더군."

"전엔 생각지 못했던 일이었는데, 개의 코는 곧 보이는 사람의 눈이나 마찬가지야. 사람이 시각으로 감지하듯이 개들은 냄새로 사람을 감지하지. 이놈의 개가 마치 내가 보인다는 듯이 짖고 뛰어오르며 난리를 치는데, 나를 인식했다는 게 너무나도 명백해 보이는 행동이었어. 난 뒤를 흘깃거리며 그레이트 러셀 가를 가로질러 몬태규 가를 따라 걷다가 내가 어딜 향해 달아나고 있는지 알게 되었다네."

"어디서 요란한 음악 소리가 들려왔어. 길을 쭉 따라 앞을 보니까 러셀 광장에서 붉은 셔츠를 입은 사람들이 와르르 쏟아져 나오고 있었지. 구세군 깃발을 선두로 말이야. 도로에는 노래를 부르는 사람들, 인도에는 야유를 보내는 사람들로 가득했고, 빠져나갈 수 있는 가망은 없었어. 저 멀리 있는 집으로 다시 돌아가는 건 무섭고. 난 얼떨결에 결론을 내리고 박물관 철책 맞은편 집의 하얀색 계단에 뛰어 올라가 있다가 사람들이 지나갈 때까지 서 있었어. 천만다행으로 그 개는 악단이 만들어내는 소음에 멈춰 서서 머뭇거리더니 다시 블룸즈버리 광장으로 꽁지가 빠져라 도망가더군."

"악단이 '언제 그분의 얼굴 뵐 수 있을까?'라는 찬송을 부르며 다가오는데, 무의식중에 비꼬는 노래인 셈이었지. 군중의 물결이 내 옆의 도보를 흐르듯이 지나가는 그 시간이 영영 계속될 것처럼 느껴졌네. 쿵, 쿵, 쿵, 소리가 파르르 울리는 드럼이 다가왔고, 잠시 동안 난 내 바로 옆 철책에 서 있는 두 부랑아들을 알아차리지 못했네. '저거 봐.' 그들 중 한 사람이 이렇게 말했어. '뭘 봐?' 다른 사람이 물었지. '왜 발자국이 맨발인 거지. 진흙에 들어갔을 때처럼 말이야.'"

"난 아래를 내려다보았고, 두 젊은이들이 멈춰 서서 새로 하얗게 칠한 계단에 내가 남긴 진흙투성이 발자국을 쳐다보며 입을 떡 벌리고 있는 것을 보게 되었네. 지나가던 사람들이 그들을 팔꿈치로 찌르고 거칠게 떠밀었지만, 그들의 빌어먹을 지성은 여전히 내 발자국에 사로잡혀 있었지. '쿵, 쿵, 쿵, 언제, 쿵, 우리 뵐 수 있나, 쿵, 그분의 얼굴을, 쿵, 쿵.' '여기 계단을 오른 맨발의 사나이가 있는데, 어떻게 된 건지 모르겠어.' 한 젊은이가 말했다. '그리고 다시 내려오지 않았어. 발에 피가 나고 있었어.'"

"그 많던 군중은 이미 지나간 후였네. '저기 좀 봐, 테드.' 두 명의 탐정 중 나이가 더 적은 젊은이가 놀라움을 담아 새된 소리를 내며 내 발을 곧장 가리켰어. 난 아래를 내려다보았고, 순간 진흙이 튄 자국 속에 어렴풋이 나타난 내 발의 윤곽을 보게 되었다네. 그 순간 몸이 뻣뻣하게 굳어버렸지."

"'진짜 이상하다.' 나이가 더 많은 젊은이가 말했네. '엄청 이상해! 꼭 유령이 남긴 자국 같지 않아?' 그가 주저하다가 다가와서 손을 뻗었어. 그 젊은이가 뭘 잡고 있는지 보려고 한 남자가 다가와 걸음을 멈췄고, 한 소녀도 걸음을 멈췄지. 다음 순간 그가 나를 만졌다네. 그래서 난 어떻게 해야 할지 깨달았어. 내가 걸음을 옮기자 젊은이가 뒤로 물러나며 고함을 질렀지. 난 이웃 집 현관 지붕 속으로 신속하게 뛰어 들었어. 하지만 좀 더 몸집이 작은 젊은이가 예리한 눈으로 내 움직임을 뒤쫓았고, 내가 계단에 발을 디뎌 도보로 올라서기도 전에 이미 일시적인 충격에서 벗어나 발이 담을 넘어갔다고 소리쳤지."

"달려온 그들은 새로운 발자국이 아래 계단과 도보에 갑자기 생기는 것을 목격했네. '무슨 일이야?' 누군가가 물었지. '발이에요! 저것 봐요! 달리고 있어!' 나를 추격하는 세 사람을 제외하고, 길에 있던 모든 사람들은 모두 구세군을 따라 흘러가고 있었고, 이 물결은 나 뿐 아니라 세 추격자에게도 방해가 되었지. 놀람과 질문이 소용돌이쳤어. 난 한 젊은 친구와 부딪쳐 그를 넘어뜨렸고, 다음 순간 러셀 광장 순회로를 향해 득달같이 달렸지. 이 일에 놀란 예닐곱 명의 사람들이 내 발자국을 따라 왔어. 설명할 시간은 없었네, 아님 사람들 전부가 나를 뒤쫓았겠지."

"나는 모퉁이를 두 번 돌았고, 세 번 길을 건너 내가 걸었던 길을 다시 되돌아 왔어. 그러자 발바닥에서 열이 나고 건조해지면서 축축한 발자국이 희미해지기 시작했어. 마침내 나는 한숨 돌리고 두 손으로 발을 문질러 닦았네. 내가 본 마지막 추격자는 열두 명 쯤 되는 소규모 무리였어. 그들은 태비스톡 광장의 흙탕물 속에 들어가면서 생긴, 크루소의 단독 발견만큼이나 독립적이고 불가사의한 내 발자국이 천천히 말라 가는 것을 당혹스러운 눈으로 주시하고 있었지."

"뜀박질을 하면서 몸이 따뜻해졌고, 나는 더 대담하게 근방으로 뻗은, 미로처럼 얽힌 한적한 길을 돌아다녔어. 등은 이제 뻣뻣해져서 아려왔지. 마부의 손가락 때문에 편도선에도 통증이 있었고, 목 피부에는 그의 손톱에 긁힌 흔적이 남아 있었어. 발바닥도 너무 아프고 한쪽 발에는 살짝 베인 상처가 있어서 절룩거렸지. 나는 맹인 한 사람이 다가오는 것을 제때 발견하고, 그의 미묘한 직관력이 무서워서 다리를 절룩이며 달아났네. 사람들과 한두 번 우연히 부딪치기도 했는데, 입에 차마 담을 수 없는 욕설을 귀에다 속삭였지."

"그때 뭔가 조용하고 고요한 것이 내 얼굴에 닿았어. 천천히 나리는 눈송이가 광장에 얇은 베일을 드리우고 있었지. 난 감기에 걸려서 가끔 재채기가 터져 나오는 걸 피할 수 없었다네. 내 쪽으로 코를 향하고 호기심에 가득한 모습으로 킁킁거리는 개를 포함해 눈에 보이는 개는 모두 나에게 공포의 대상이었지."

"그 때 남자들과 소년들이 달려왔어. 한 사람이 앞장서고 다른 사람들이 그 뒤를 좇아 달리면서 소리를 질렀어. 화재가 난거야.

그들이 내 하숙집 방향으로 달려가기에 뒤를 돌아보니 거대한 검은 연기가 지붕과 전선 위로 뭉게뭉게 피어오르는 것이 보였네. 내 하숙집이 불타고 있었어. 내 옷, 내 장비, 사실 내가 가진 모든 자원이 거기 있었지. 남은 거라고는 그레이트 포틀랜드 가에서 나를 기다리고 있는 수표장과 책 세 권이 전부였어. 불이야! 난 내 배를 불태운 거지. 누가 이미 한 방법이지만! 집이 화염에 휩싸였지."

투명인간은 입을 다물고 생각에 잠겼다. 켐프는 신경질적으로 창밖을 힐끔거렸다.

"그래서?" 그가 말했다.

"계속 하게."

/

지난 1월, 내 주위에 눈보라가 치기 시작 했어. 눈이 내 위에 쌓이면 모습이 드러나잖아! 지치고, 춥고, 고통스럽고, 이루 말할 수 없을 만큼 비참했어. 내가 가진 투명성이 어떤 것인지 아직 절반도 채 파악하지 못한 상태에서 이 새로운 삶을 저질러 버린 거지. 난 이 세상에 피난처도 없었고, 기구도 없었으며, 마음을 털어놓을 수 있는 사람도 없었어. 내 비밀을 털어놓는 건 스스로 포기하는 것과 다를 바 없었지. 나 자신을 구경거리로 전락시키고 희귀한 생명체로 만드는 꼴이었지. 그럼에도 불구하고, 난 지나가는 사람에게 다가가 말을 붙이고 그의 자비를 구하고 싶다는 생각이 반 정도는 있었어. 하지만 내 접근이 불러일으킬 공포와 야만적인 잔학 행위를 너무나 명확히 알고 있었지. 나는 그 거리에선 어떤 계획도 세울 수 없었어. 내 유일한 목적은 눈을 피할 수 있는 안식처를 얻고, 내 몸을 따뜻하게 가리는 것이었지. 그런 다음에야 계획을 세울 수 있으리라 소망했지. 그러나 투명인간인 나에게도 런던 거리에 늘어선 집들은 굳건하게 자물쇠를 걸고 빗장을 지른 철옹성 같았어.

눈앞에 제대로 볼 수 있는 것이라고는 눈보라와 밤의 싸늘함과 비참함뿐이었어. 그러다 문득 기발한 생각이 떠올랐어. 나는 고워 가에서 토트넘 코트 로드로 이어진 길들 가운데 하나로 내려가서 모든 것을 살 수 있는 거대한 옴니엄 백화점 밖에 서 있었지. 자네도 그곳을 알 거야. 고기, 잡화, 리넨, 가구, 옷, 유화 등 상점이라기보다는 상점들이 모여 이루는 거대한 꼬부랑길이라고 할 수 있네.

난 백화점 문이 열려 있을 것이라고 생각했지만 닫혀 있었어. 그래서 커다란 출입구 앞에 서 있었는데 마차 한 대가 멈춰 서더군. 그리고 '옴니엄'이라는 표시가 있는 모자를 쓴 유니폼 입은 한 남자가 문을 열었어. 나는 가까스로 안에 들어가 가게를 걸어 다녔지. 그곳은 리본, 장갑, 스타킹 같은 물건을 판매하는 매장이었어. 좀 더 들어가 보니, 소풍용 바구니와 고리버들로 만든 가구를 전문적으로 판매하는 훨씬 더 널찍한 공간이 있었어.

하지만 그곳은 안전하게 느껴지지 않았어. 사람들이 왕래하는 곳이었거든. 난 불안한 마음으로 이리저리 헤매다 위층에 있는 한 커다란 매장에 이르렀지. 침대 틀이 셀 수 없을 만큼 많이 진열되어 있었고, 나는 그 위로 기어 올라가 포갠 솜 매트리스가 이루는 거대한 더미 속에서 쉴 만한 곳을 찾게 되었네. 매장은 이미 불을 밝히고 있었고 아주 따뜻했어. 나는 여기에 머물기로 했어. 폐점 시간이 되기 전까지 두세 명씩 돌아다니는 점원과 고객 무리를 예의주시하면서 말이지. 내 생각에는 음식과 옷을 훔칠 수도 있고, 변장을 할 수도 있을 것 같았어. 여기저기 돌아다니면서 물품을 살펴보기도 하고 침구에서 잠을 청할 수도 있겠다는 생각이 들었지. 그 계획은 상당히 그럴 듯 했어. 내 계획은 이랬어. 사람들이 받아들일 수 있을 만한 선에서 옷으로 몸을 감싸고 돈을 마련한 다음, 나를 기다리고 있는 책들과 소포들을 되찾고, 그 다음엔 어딘가에 하숙집을 구하고 사람들이 생각하지 못하는 초월한 이점 – 남의 눈에 보이지 않아 다른 사람들보다 유리할 것이라고 여전히 상상 중이었지만 – 을 완벽하게 현실화 할 계획을 세세하게 다듬을 생각이었지.

폐점 시간은 상당히 빨리 찾아왔어. 내가 매트리스 위에 자리를 잡고 한 시간도 채 지나기 전에 창문 블라인드가 내려오고 고객들이 출입문을 나갔지. 이어서 팔팔한 젊은이들이 우르르 들어와 어지럽혀진 상품들을 민첩하게 정리했어. 나는 사람들 수가 줄자 조심스럽게 덜 적막한 매장을 찾아 헤맸어. 나는 그날 판매를 위해 진열해놓은 상품들을 젊은이들이 얼마나 신속하게 치우는지 보면서 정말 놀랐어. 모든 상품 상자, 걸려 있는 직물, 레이스로 만든 꽃 줄 장식, 식료품 매장에 진열된 제과 상자들, 이곳저곳에 진열된 다양한 상품들이 끌어내려져 접히고, 정돈함에 넣어졌고, 이런 방식으로 정리할 수 없는 물건들은 모두 마대처럼 올이 굵은 직물 덮개에 덮였어.

마지막으로 모든 의자가 뒤집혀 계산대 위에 얹어졌고 바닥에는 아무 것도 남지 않았지. 남녀 젊은이들은 각각 제 일을 끝내자마자 서둘러 출입구로 향했네. 전에는 볼 수 없었던 생기가 가득 넘치는 표정으로 말이지. 곧이어 들통과 빗자루를 든 많은 젊은이들의 톱밥을 흩뿌리며 나타났어. 나는 그 길에서 벗어나야 했지. 그런데 발목이 톱밥에 찔리고 말았네. 나는 한동안 천으로 뒤덮이고 어둑어둑해진 매장들을 떠돌아다니면서 빗자루 질 하는 소리를 들을 수 있었지. 그리고 마침내, 폐점한 지 한 시간은 넘어서야 문을 잠그는 소리가 들렸어. 백화점에 침묵이 내려앉았고, 홀로 남은 나는 커다랗고 복잡한 매장과 화랑, 진열실을 여기저기 돌아다녔다네. 아주 고요했지. 토트넘 코트 로드로 통하는 입구 근처를 지나면서 행인들의 구두 뒤꿈치 소리에 귀를 기울였던 일이 생각나는군.

맨 처음 찾아간 곳은 이미 보았던 양말과 장갑을 판매하는 곳이었어. 그곳은 어두웠고, 난 성냥을 찾으려고 애쓴 끝에 작은 계산대 서랍에서 찾아냈다네. 그 다음엔 양초가 필요했지. 난 포장지를 찢고 수많은 상자와 서랍을 샅샅이 뒤지는 고생 끝에 내가 찾던 것을 발견했어. 그건 바로 양모 속바지와 양모 속옷 상표가 붙은 상자였지. 그 다음으로는 양말, 두터운 털목도리를 찾은 다음 의류 매장에 가서 바지, 라운지 재킷, 외투, 소프트 모자를 찾았지. 챙이 아래로 접힌 성직자용 모자의 일종이었어. 난 다시 인간이 된 기분이 들기 시작했어. 이번에는 음식 차례였지.

위층은 식당이었어. 나는 거기서 식은 고기를 구했지. 커피주전자 안에 커피가 아직 남아 있어서 가스를 켜고 다시 데웠지. 맛이 나쁘지는 않았어. 음식을 먹은 후 담요를 찾으려고 매장을 헤맸고, 결국 오리털 이불로 만족해야 했어. 그 와중에 우연히 식품점을 발견했는데, 초콜릿과 과일 통조림이 엄청나게 쌓여 있더군. 내게는 더할 나위 없이 좋은 음식이었지. 게다가 부르고뉴산 백포도주도 있었어. 근처에는 완구 매장이 있었는데, 갑자기 좋은 생각이 떠올랐어. 인조 코를 찾아낸 거지. 가짜 코 말이야. 그러고 검은 선글라스가 떠올랐어. 하지만 옴니엄에는 안경 매장이 없었지. 코가 항상 문제였기 때문에 페인트칠도 생각해봤어. 하지만 인조 코를 보니 가발과 마스크를 이용하는 방향으로 이미 정해지게 되었네. 나는 마침내 잠을 자려고 따뜻하고 안락한 오리털 이불 더미로 향했어.

잠들기 전에 마지막으로 한 생각은 내가 이렇게 변한 이후에 가진 것 중 가장 유쾌한 생각이었어. 나는 육체적으로 평온한 상태에 있었고, 그것이 내 마음에 반영되었던 게지. 아침이 오면 옷을 입고 흰 목도리로 얼굴을 감싼 다음, 미끄러지듯이 빠져나와 내 변장을 완성시켜줄 안경을 훔친 돈으로 살 수 있으리라 생각했지. 난 지난 며칠 동안 일어났던 온갖 환상적인 일들이 어지럽게 뒤섞인 꿈속으로 빠져들었어. 자기 방에서 고함치는, 못생기고 땅딸막한 유대인 집주인을 봤어. 깜짝 놀란 두 아들도 봤지. 자신의 고양이를 찾으며 오만상을 찌푸리는 주름살투성이 노파의 얼굴도 봤어.

나는 천 조각이 사라지는 것을 봤을 때 느꼈던 기이한 감정을 다시 겪은 뒤, 어느 새 바람의 언덕에 돌아가 있었어. 코를 훌쩍거리는 나이 든 목사가 우리 아버지의 열린 무덤 앞에서 '흙은 흙으로, 재는 재로, 티끌은 티끌로'라고 중얼거리고 있었지. '너도 들어가라.' 목소리가 들렸어. 나는 별안간 무덤 쪽으로 강제로 떠밀렸어. 난 안간힘을 쓰며 소리를 지르고 조문객들에게 애원했지만, 그들은 무표정한 표정으로 장례 의식을 진행했어. 나이 든 목사 또한 더듬거리지 않고 단조로운 목소리로 의식을 치르며 내내 코를 훌쩍거렸어. 나는 그들에게 보이지도 않고 들리지도 않는다는 사실을 깨달았지. 압도적인 힘이 나를 꽉 붙잡고 있었어. 안간힘을 써 봤지만 다 헛수고였어. 난 가장자리에서 관 속으로 떨어졌고, 텅 빈 내가 떨어지자 텅 빈 관이 울리는 소리가 났지. 흙이 한 삽씩 날아왔어. 아무도 날 신경 쓰지 않았고 알아차리지 못했어. 나는 미친 듯이 몸부림치다가 깨어났지.

창백한 런던의 새벽동이 텄고 백화점은 창문 블라인드 가장자리로 스며든 쌀쌀한 회색빛으로 가득 찼어. 나는 일어나 앉은 채 한동안 이 드넓은 저택이 어딘지 생각나지 않았어. 계산대, 산더미 같이 쌓인 물건, 누비이불과 방석, 쇠기둥이 있는 곳이라니. 잠시 후 기억이 돌아왔고, 대화를 나누는 목소리가 들렸어.

저 아래 블라인드를 올려 한층 밝은 빛이 스며드는 매장에 다가오는 두 사람이 보였어. 난 겨우 일어나서 도망칠 길을 찾았고, 그러다 소리를 내는 바람에 그들에게 인기척을 들키고 말았어. 그들은 조용하고도 신속하게 시야를 스쳐 지나간 형체를 본 것 같았어. '거기 누구야?' 한 사람이 소리쳤지. '꼼짝 마!'하고 다른 사람이 소리쳤어. 나는 모퉁이를 돌아서 달음박질하다가 열다섯 살쯤 정도 된 호리호리한 체격의 소년과 정통으로 부딪혔어. 얼굴이 없는 형체라고 생각해 봐! 소년이 비명을 질렀지. 나는 소년을 때려눕히고 그대로 지나쳐 다른 모퉁이를 돌았어. 마침 좋은 영감이 떠오른 나는 계산대 뒤에 납작하게 엎드렸지. 다음 순간, 달려오는 발소리가 내 옆을 지나가고 고함 소리가 들렸어. '모두 문을 지켜!' 위쪽에 뭐가 있는지 묻는 소리, 또 나를 어떻게 잡을지 의논하는 소리."

"바닥에 엎드린 나는 겁에 질려 아무 생각도 나지 않았어. 하지만, 정말 이상하게도 그 순간에는 옷을 벗으면 된다는 생각을 조금도 하지 못했어. 벗었어야 했는데. 내가 생각하기론 내 자신이 옷을 입은 채 도주하기로 마음먹었던 것 같아. 바로 그런 생각이 나를 지배했던 거지. 바로 그때 계산대 저편에서 고함 소리가 들려왔어. '놈이 여기 있다!' 난 재빨리 몸을 일으켰고, 계산대에서 의자를 잡아채 소리를 지르던 멍청이에게 던졌어. 그리고는 몸을 돌려 다른 모퉁이를 돌아서 녀석에게 주먹을 날리고 계단을 뛰어올랐어.

그는 발을 딛고 선 채 '이봐!' 하고 소리치면서 나를 바짝 뒤쫓아 계단을 뛰어 올라왔어. 계단 위에는 선명한 빛깔의 도자기가 많이 쌓여 있었는데. 그게 뭐더라?"

"예술 도자기." 캠프가 말했다.

"맞아, 그거야! 예술 도자기. 음.. 나는 계단 꼭대기에 올라 몸을 홱 돌렸어. 그리고는 쌓여 있던 도자기 가운데 하나를 집어 들고 나에게 다가오던 녀석의 멍청한 머리통에 내리쳤어. 산더미처럼 쌓인 도자기가 무너져 내렸고, 사방에서 달려오는 발소리와 고함 소리가 들렸지. 난 미친 듯이 식당으로 달려갔어. 그곳에 요리사로 보이는 흰 가운을 입은 남자가 있었고, 그자도 나를 추격하기 시작했네. 나는 필사적으로 돌아서 도주했고 결국 등불과 철물을 파는 가게들 사이에 있게 됐지. 난 매장 계산대 뒤로 들어가서 나를 쫓아오는 요리사를 기다렸어. 놈이 선두에서 추격해 왔을 때, 난 등불로 놈을 후려쳤어. 남자가 쓰러지고 난 뒤, 난 계산대 뒤에서 몸을 웅크리고 최대한 빨리 옷을 벗어 던졌어. 외투, 재킷, 바지, 구두는 별 문제가 되지 않았지. 그런데 양모 내의가 피부마냥 너무 찰싹 달라붙어 있었다네. 하지만 어느 순간, 사람들이 다가오는 소리가 들렸어. 요리사는 계산대의 반대쪽에 조용히 누워 있었는데, 기절했거나 아님 무서워서 할 말을 잃었거나 둘 중 하나였을 거야. 나는 장작더미로 몰린 토끼가 뛰쳐나오듯 계산대 뒤에서 뛰쳐나와 도망쳤어.

'이쪽입니다 경관님!' 누군가 외치는 소리가 들렸어. 나는 내가 다시 침대 틀 창고로 돌아와 많은 옷장들이 널린 그 끝에 도착했네. 난 옷장 사이로 뛰어 들어가 납작 엎드렸고, 몸부림치면서 결국 내의를 벗었어. 나는 다시 자유의 몸이 되었지. 그들은 내의와 속바지, 그리고 둘둘 만 바지를 향해 덤벼들었어. '훔친 물건을 떨어뜨린 거야.' 젊은이들 중 하나가 말했어. '어딘가에 놈이 있겠군.' 하지만 그들 모두 날 찾지 못했네. 한동안 나는 나를 추격하던 그들을 지켜보며 서 있었어. 옷을 잃어버린 내 불행을 저주했지. 그러곤 다시 식당에 가서 우유를 좀 마시고 난로 옆에 앉아 내가 처한 상황에 대해 고심했네."

"얼마 지나지 않아 점원 두 명이 들어오더니 멍청이가 된 듯 매우 흥분한 어조로 그 사건에 대해 떠들었어. 나는 그들이 나의 절도 행각을 이야기하고, 내 행방을 추측하는 것에 귀를 기울였어. 그리고는 다시 앞으로의 계획을 세우기 시작했어. 이렇게 엄격한 경계태세가 발동된 상황에서 물건을 슬쩍 하는 것은 어려워졌지. 나는 창고로 내려가서는 혹시 물건을 꾸려 소포로 발송할 수 있는지 생각해 봤어. 하지만 검사 체계를 이해할 수 없었지. 열한 시쯤 되었을 때 밖을 보니 눈이 내리는 대로 곧바로 녹기 시작했어. 전날보다 날씨가 풀려서 따뜻해진 거야. 이제 백화점은 희망이 없다고 판단한 나는 밖으로 나왔지. 그때 나는 계획이 실패한 것에 화가 치밀었지만 머릿속으로는 아주 막연하게나마 다시 행동으로 옮길 계획을 구상했어."

"하지만 자네도 이제 깨닫기 시작했을 거야."

투명인간이 말했다.

"내가 얼마나 불리한 입장인지 말이야. 난 쉴 곳이 없어. 옷도 없고 옷을 입으면 내가 가진 장점을 포기하고 스스로 무시무시하면서도 기묘한 존재가 되어야 했지. 난 굶주리고 있었어. 먹게 되면 내 몸과 동화되지 않는 물질로 몸을 채우게 되는 셈이고, 그렇게 되면 난 또 다시 기괴한 모습으로 변할 테니까."

"그런 생각은 해본 적도 없어." 켐프가 말했다.

"나도 마찬가지야. 눈은 나에게 또 다른 위험을 경고했어. 난 눈이 오는 날이면 밖에 나갈 수가 없었어. 눈이 몸에 쌓이면 정체가 드러날 테니까. 마찬가지로 비가 오는 날에는 비에 젖은 윤곽이 드러나겠지. 거품처럼 반짝이는 사람 형체로 보일 거야. 그리고 안개 속에서는 더 희미한 거품처럼 보이겠지. 사람모양으로 번들거리는 표면이 보일 거라고. 게다가 밖에 나가면 런던 공기 속에서는 발목에 먼지가 묻고, 떠다니는 검댕과 먼지가 피부에 내려앉지. 그러니 이런 이유로 내가 다시 눈에 보이게 되는데 걸리는 시간을 알 수 없었어. 하지만 얼마 걸리지 않는다는 건 분명했어."

"어쨌든 런던에서는 그렇겠군."

"난 그레이트 포틀렌드 가를 향해 빈민가로 걸어 들어갔다가 내가 묵었던 길 끝에 이르렀어. 난 그 길로 가지는 않았어. 길 중간쯤, 맞은편에서 내가 불을 지른 집이 폐허가 되어 내뿜는 연기를 보며 사람들이 모여 있었거든. 나에게 당장 닥친 문제는 옷을 구하는 거였어. 얼굴은 어떻게 해야 할지도 곤란한 상황이었지. 그러다 신문, 과자, 장난감, 문구, 철지난 크리스마스 장식 등 잡화점에 마스크와 가짜 코가 진열되어 있는 것을 봤어. 난 문제가 해결된 것을 깨달았고, 무슨 일을 해야 할지 금방 떠올랐네. 나는 더 이상 갈팡질팡하지 않고 뒤돌아서서 걸어갔지. 붐비는 길은 피해서 에둘러 가기 위해 스트랜드의 북쪽에 있는 뒷골목으로 향했지. 어디였는지 정확하게 기억나지는 않았지만, 무대 의상을 취급하는 가게가 그 구역에 있었던 것이 기억났거든."

"그날은 추웠어. 북쪽으로 뻗은 거리에는 살을 에는 바람이 불고 있었지. 나는 다른 사람들에게 추월당하지 않기 위해 빠르게 걸었네. 모든 교차로에 위험이 도사리고 있었고, 모든 행인들은 경계하며 지켜보아야 할 대상이었지. 베드포드가 끝에서 한 남자를 지나쳐 가려는데, 그가 갑자기 내 쪽으로 돌아서는 바람에 도로로 밀려나가 지나가던 마차 바퀴에 깔릴 뻔했지. 마부는 뭔가 충격을 받았거니 하고 생각한 것 같더라고. 나는 이 일 때문에 너무 긴장한 나머지 코벤트 가든 시장으로 들어가 제비꽃 매대 근처 한적한 모퉁이에서 숨을 몰아쉬고 헐떡이며 앉아 있었네. 난 다시 새롭게 감기에 걸린 것을 알고 재채기가 이목을 끌지 않도록 그곳을 벗어나야 했어."

"마침내 나는 내 목적지에 도착했지. 드루리 레인 근처에 있는 더럽고, 파리만 날리는 작은 가게였지만, 진열창만큼은 반짝이는 예복과 가짜 보석, 가발, 슬리퍼, 도미노, 연극 사진으로 가득 차 있었어. 가게는 구식에다가 천장이 낮고 내부가 어두웠지. 가게는 4층짜리 건물이었는데 하나같이 어둡고 음울한 기운이 감돌았다네. 난 안에 아무도 없는 것을 창문을 통해 확인하고 들어갔어. 문에 달린 종이 짤랑거렸지. 나는 문을 열어 둔 채 텅 빈 옷걸이를 돌아 전신거울 뒤 구석에 들어갔어. 잠시 동안 아무도 오지 않았지. 그런데 방을 가로질러 성큼성큼 걷는 무거운 발걸음 소리가 들렸어. 남자가 길을 내려와 가게에 나타났지."

"내 계획은 이제 완벽하게 정해져 있었어. 집안으로 들어가 위층에 몰래 숨어 있어 기회를 엿보다가, 모든 것이 조용해지면 가발, 마스크, 안경, 옷을 찾아 가지고 나갈 생각이었네. 기괴해 보일지는 몰라도 현실에 존재 가능한 모습 아니겠는가. 물론 우연찮게 현금을 빼낼 수 있다면 그것도 훔쳐오고."

"막 가게에 들어선 남자는 키가 작고 말랐으며, 구부정한 자세에 찌푸린 눈썹을 한 사내였지. 팔은 긴데 다리는 아주 짧고 굽어 있었어. 내가 식사를 방해한 것이 분명했어. 그는 기대에 찬 표정으로 가게를 둘러보았지. 텅 빈 가게를 보는 그의 표정은 놀라움으로, 그리고 분노로 변했어. '망할 녀석들!' 그가 말했지. 그는 가게를 나가 거리를 위아래로 훑어본 다음 곧 돌아와서는 심술궂게 문을 걷어찼어. 그리고는 뭐라고 중얼거리면서 뒤에 있는 집 문으로 되돌아갔지."

"난 그를 따라 나섰고, 내 인기척을 느낀 그가 죽은 듯이 멈춰 섰네. 나 또한 그의 예민한 귀에 놀라면서 죽은 듯이 멈춰 섰지. 그런데 그가 내 면전에서 집 문을 쾅 하고 닫았어."

"난 머뭇거리면서 서 있었어. 갑자기 그가 빠른 속도로 되돌아오는 소리가 들리더니 문이 다시 열렸어. 그는 아직 만족하지 못한 듯 가게를 둘러보며 서 있었네. 그러다 혼잣말을 중얼거리며 계산대 뒤쪽을 살펴보고 몇몇 가구 뒤를 샅샅이 훑어보더군. 그리고 미심쩍다는 표정을 지으며 다시 일어났네. 그가 문을 열어 둔 덕에 난 슬그머니 안쪽 방에 들어갔지."

"그 방은 기묘하고 작은 방이었어. 가구가 별로 없고 구석에 커다란 가면이 엄청 많았지. 탁자 위에는 늦은 아침식사가 차려져 있었는데, 내게 이것은 끔찍이도 짜증나는 일이었다네, 켐프. 그가 방에 들어와 식사를 계속하는 동안 그의 커피 냄새를 킁킁거리고 그를 지켜보며 서있어야 한다는 거 말이야. 그리고 그의 식사예절은 정말 엉망진창이었어. 작은 방에는 문이 세 개 있었는데, 하나는 위층, 또 하나는 아래층으로 연결되는 방이었지만 모두 닫혀 있었다네. 그가 방에 있는 동안은 나도 나갈 수가 없었지. 그가 경계태세를 늦추지 않아서 거의 움직일 수도 없었어. 난 재채기가 나올 뻔한 상황을 간신히 두 번 넘겼지."

"내 감각 기능의 극적인 성질은 기묘하고 참신했지만, 나는 그가 식사를 끝내기 오래 전부터 지치고 화가 났어. 하지만 마침내 그는 식사를 끝냈고, 형편없이 낡은 그릇를 주전자가 놓여 있는 검은 양철 쟁반에 올려놓고, 겨자 얼룩이 묻은 식탁보에 먹고 남은 부스러기를 모두 모아서 쟁반과 함께 뒤쪽으로 가져갔네. 짐이 없었다면 문을 닫았겠지만 쟁반을 들고 있어 그럴 수가 없었지. 문 닫는 것을 그렇게 좋아하는 사람은 이제껏 본 적이 없네. 나는 그를 따라서 엄청 더러운 지하 식당과 부엌실로 들어갔지. 나는 그가 설거지를 시작하는 것을 보고, 지하실에 계속 있어 봤자 전혀 좋을 게 없다는 것을 알았지. 벽돌 바닥이 내 발을 차갑게 만들었기 때문에 나는 위층으로 돌아가서 난롯가에 놓인 의자에 앉았다네. 그리고 무심코 석탄을 난로에 조금 넣었지. 이 소리에 그는 당장 위층으로 올라오더니, 눈을 부릅뜨고 노려보며 서 있었어. 그는 방을 여기저기 살펴보다가 내 몸에 거의 닿을 뻔했어. 면밀히 살펴본 뒤에도, 그는 만족한 것 같지 않았네. 그는 문간에 서서 마지막으로 방을 점검한 후 지하실로 내려갔네."

"나는 그 작은 방에서 오랫동안 기다렸네. 마침내 그가 올라와서 위층 문을 열었지. 나는 간신히 그 곁을 지나갔네."

"계단에서 그가 갑자기 멈춰 서는 바람에 거의 부딪칠 뻔했어. 그는 고개를 돌려 내 얼굴을 똑바로 쳐다보면서 귀를 기울이더군. '맹세할 수 있어.' 그가 말했지. 그리고 긴 털투성이 손으로 아랫입술을 잡아당겼어. 그의 두 눈은 계단을 위아래로 훑어보았지. 그는 투덜거리며 다시 위로 올라갔어."

"그는 문손잡이를 잡았지만 또다시 당혹감과 분노가 뒤섞인 얼굴로 멈춰 섰어. 내가 움직일 때 내는 희미한 소리를 알아차리게 된 거야. 악마처럼 예민한 청각을 가진 것이 분명했지. 그의 분노가 갑자기 폭발했어. '만일 이 집에 누군가가 있다면' 그는 맹세조로 이렇게 외쳤지만, 협박조의 말을 제대로 끝맺지 못했지. 그는 손을 주머니에 집어넣었어. 원하는 것을 찾지 못한 그는 내 옆을 지나 요란하게 소리를 내며 아래층으로 내려가더군. 하지만 나는 따라가지 않았어. 그가 돌아올 때까지 계단 꼭대기에 앉아 있었지."

"그는 여전히 투덜거리면서 곧바로 다시 올라왔어. 그는 문을 열었고, 내가 안으로 들어가기도 전에 내 면전에서 문을 쾅 닫아 버렸지."

“난 집안을 둘러보기로 마음먹고, 최대한 소리를 내지 않고 돌아다니며 시간을 보냈어. 집이 엄청 오래 되서 금방 무너질 것 같았고, 눅눅해서 다락방 벽지가 벗겨질 정도였고, 쥐가 들끓었어. 문손잡이는 잘 돌아가지 않고 뻑뻑해서 돌리기 겁났지. 내가 살펴본 방 중에는 가구가 전혀 없는 방도 몇 개 있었고, 다른 방에는 중고로 산 듯 보이는 연극 소품이 흩어져 있었어. 그의 방과 붙어 있는 옆방에서 나는 낡은 옷을 많이 발견했지. 그래서 옷을 뒤지기 시작했는데 너무 열중한 나머지 그의 귀가 예민하다는 걸 잊어버렸지 뭔가. 몰래 다가오는 발소리를 듣고 제때 고개를 들어 보니, 그가 구식 권총을 손에 들고 무너진 옷 더미를 살피는 모습이 눈에 들어왔어. 그가 입을 딱 벌리고 의심스러운 눈으로 여기저기 살피는 동안 나는 그야말로 가만히 서 있었지. ‘그 여자야 분명!’ 그가 천천히 말하더군. ‘망할 년!’”

“그는 조용히 문을 닫았고 곧 자물쇠 안에서 열쇠가 돌아가는 소리가 들렸어. 그의 발소리가 멀어졌지. 나는 방에 갇혔다는 것을 갑자기 깨달았어. 잠시 동안 뭘 해야 할지 알 수가 없었지. 나는 문에서 창문으로 걸어갔다가 다시 몸을 돌려 당혹스러움을 감추지 못하며 서 있었지. 격렬한 분노가 나를 덮쳤네. 하지만 일단 옷을 살펴보기로 마음먹고 선반에 쌓인 옷을 내리려고 했지. 그런데 그 소릴 듣고 그가 아까보다 더 심술 맞은 태도로 돌아왔어. 이번엔 그가 실제로 나에게 닿았지. 그는 깜짝 놀라 뒤로 펄쩍 뛰더니 방 중앙에 놀란 얼굴로 서 있었네.”

“이내 그는 조금 진정이 되었어. ‘쥐새끼군.’ 그는 손가락을 입술에 대고 낮은 소리로 말했어. 조금 겁을 먹은 게 분명했지. 나는 조용히 방을 나가려 했지만 널빤지 하나가 삐걱대는 소리가 났고, 작은 짐승 같은 놈이 손에 권총을 들고 집안을 돌아다니며 문이란 문은 모두 잠그고 열쇠를 주머니에 집어넣었네. 그가 무슨 꿍꿍이를 꾸미고 있는지 깨닫고 나는 격렬한 분노에 사로잡혔지. 기회가 오기를 마냥 기다리면서 가만히 있을 수 없었어. 이때쯤에는 집에 혼자 있다는 걸 알았기 때문에, 나는 더 이상 소동을 일으키지 않고 그의 머리를 때렸다네."

"머리를 때려?" 켐프가 외쳤다.

"그래. 기절시켰지. 그가 아래층으로 내려가고 있을 때 말야. 층계참에 있던 의자로 뒤에서 내려쳤어. 그놈은 낡은 장화를 넣은 자루처럼 아래층으로 굴러떨어졌지."

"하지만…… 이보게! 인간성의 기본 관습이란 게.."

"보통 인간에게는 참 좋은 단어지. 켐프, 문제는 내가 변장하고 그자 몰래 집에서 나가야 한다는 것이었어. 다른 방법은 생각해낼 수 없었지. 난 그를 기절시킨 다음 루이 14세 조끼로 재갈을 물리고 시트로 몸을 묶었다네."

"시트로 묶었다고?"

"시트로 일종의 자루를 만들었지. 그 얼간이가 겁을 먹고 조용히 있게 하려면 그게 제일 나은 방법이었지. 빠져나오는 게 힘들도록 머리가 자루를 묶은 끈과는 반대 방향에 있었으니까, 켐프, 내가 살인자라도 되는 양 거기 그렇게 앉아서 나를 쳐다봐도 소용없어. 나는 그렇게 할 수 밖에 없었으니까. 그놈은 권총을 갖고 있었다고. 게다가 변장한 나를 보면 내 인상착의를 묘사할 수 있을 테고."

"하지만 그래도." 켐프가 말했다.

"여기는 영국이라고. 게다가 그 사람은 자기 집에 있었는데 자네는 말하자면 강도짓을 하고 있었어."

"강도라고! 제기랄! 다음엔 도둑놈이라고 부르겠군! 켐프, 설마, 자네가 그런 낡은 악기에 맞춰 춤을 출 만큼 바보는 아니겠지. 내 처지를 모르겠나?"

"그 사람의 처지도 이해하지." 켐프가 말했다.

투명인간이 벌떡 일어났다.

"도대체 무슨 말이 하고 싶은 거야?"

켐프의 얼굴이 딱딱하게 굳었다. 그는 무슨 말을 하려다 다시 한 번 되뇌어보았다.

"그럴 수밖에 없었겠지." 그가 갑자기 태도를 바꾸며 말했다.

"상황이 그랬지. 자넨 곤경에 빠져 있었으니까. 하지만……"

"물론 나는 아주 지독한 곤경에 빠져 있었어. 그리고 내가 거칠게 행동한 것은 그자 탓도 있어. 날 잡겠다고 권총을 함부로 휘두르고, 문을 잠갔다 열었다 하고 그러니깐 말일세. 한마디로 정말 성가신 놈이었어. 나를 탓하는 건 아니겠지? 설마 날 나무라진 않겠지?"

"난 아무도 책망하지 않아." 켐프가 말했다.

"그건 시대랑 맞지 않는 방식이지. 다음에는 뭘 했나?"

"나는 배가 고팠어. 아래층에서 빵 하나와 고약한 냄새가 코를 찌르는 치즈를 발견했지. 허기를 채우기에는 충분했어. 나는 브랜디와 물을 마신 다음, 즉석 자루 옆을 지나 – 그놈은 조용히 누워 있었지 – 낡은 옷이 있는 방으로 갔다네. 이 방에서는 길거리가 내다보였고, 때가 묻어 갈색을 띤 레이스 커튼 두 장이 창문을 가리고 있었어. 나는 창가로 다가가서 커튼 사이로 창밖을 살폈어. 밖은 환했어. 음침한 집 안에 도사리는 퇴색된 어둠과는 대조적으로 눈부시게 밝았지. 마차와 사람들이 활기차게 오가고 있었어. 과일 수레, 이륜마차, 상자를 가득 실은 사륜마차, 생선 장수의 수레. 뒤에 있는 그늘진 가구로 눈길을 돌리자, 눈앞에서 울긋불긋한 반점들이 헤엄을 치더군. 흥분이 가라앉자 내 처지를 다시 알게 되었지. 방은 희미한 벤졸린 냄새로 가득 차 있었는데, 옷을 세탁할 때 쓴 것 같더군."

"나는 체계적으로 수색하기 시작했어. 그 꼽추는 이 집에서 오래도록 혼자 살았던 것 같아. 정말 이상한 사람이었어. 나는 나한테 쓸 만한 물건은 모두 옷 방에 모아 놓고 신중하게 골랐지. 나는 들고 다니기 알맞은 손가방을 찾아냈고, 가루분과 입술연지와 반창고도 찾아냈지."

"나는 얼굴 및 눈에 보이는 모든 곳에 물감을 칠하고 분을 칠하기로 했어. 눈에 보이게 하기 위해서. 하지만 다시 사라지려면 테레빈유와 다른 물품과 상당한 시간이 필요하다는 사실이 문제였어. 결국 나는 가면을 쓰기로 했지. 좀 괴이하긴 하지만 그보다 더 괴상하게 생긴 사람도 많으니까. 나는 그런대로 괜찮은 가면을 골랐고, 검은 안경, 회색 구레나룻, 그리고 가발을 골랐네. 속옷은 찾을 수 없었지만 그건 나중에 살 수 있고. 한동안 캘리코 도미노와 하얀 캐시미어 스카프로 몸을 감쌌지. 양말을 찾을 수 없었지만 꼽추의 장화는 내 발에 좀 헐렁하게 맞았으니 그걸로 충분했어. 가게 책상 속에는 금화 세 닢과 은화 30실링 정도가 들어 있었고, 안

방에서 자물쇠가 잠긴 벽장문을 억지로 열어 보니 금화 8파운드가 있더군. 나는 다시 장비를 갖추고 세상으로 나갈 수 있었네."

"그런데 그때 기묘한 망설임이 찾아왔지. 내 겉모습이 정말 그럴싸해 보일까? 나는 침실의 작은 거울에 내 모습을 비추어 보면서 내가 깜박 잊은 허점을 발견하려고 이렇게 저렇게 살펴보았지만 완벽한 것 같았어. 나는 부자연스러울 만큼 괴상했고, 연극에 등장하는 수전노 같았지만, 물리적으로 도저히 있을 수 없는 존재는 아니었어. 자신감을 얻은 나는 안경을 쓰고 가게로 내려가서 블라인드를 내리고, 구석에 있는 전신 거울의 도움을 얻어 모든 각도에서 나를 살펴보았지."

"나는 몇 분 동안 용기를 쥐어짠 다음, 가게 문을 열고 당당히 거리에 나왔어. 작은 남자는 자기가 원할 때 다시 시트 밖으로 나오도록 내버려 두고서 말이야. 무대 의상 가게를 나온 지 5분도 지나지 않아 열 두 개의 모퉁이를 돌았는데 아무도 나를 주목해서 쳐다보지 않더라고. 내 마지막 난관이 해결된 것 같았어."

그는 다시 말을 멈추었다.

"꼽추에 대해선 별 걱정은 안 됐고?" 켐프가 물었다.

"그래." 투명인간이 말했다.

"그놈이 어찌 됐는지 듣지 못했어. 결박을 풀었거나 자루를 박차고 나왔겠지. 끈은 아주 단단히 잡아매 두었지만."

그는 침묵하며 창가로 걸어가서 밖을 내다보았다.

"스트랜드가로 나갔을 때는 무슨 일이 일어났나?"

"오오! 다시 환멸이었지. 난 고생이 끝난 줄 알았어. 난 내가 선택한 건 뭐든지 해도 된다고 – 비밀을 밝히는 것만 빼고 뭘 해도

면제받을 거라고 – 생각했어. 내가 무슨 짓을 하든, 그 결과가 어떻든지 나와는 상관없는 일이었지. 나는 옷을 내던지고 사라지면 되니까. 아무도 나를 잡을 수 없었지. 아무 데서나 돈이 보이면 마음대로 차지할 수 있었어. 나는 호화로운 식사를 즐긴 다음 고급 호텔에 묵고 새 옷들을 모으기로 마음먹었어. 나는 놀랄 만큼 자신만만했어. 내가 바보였던 때를 회상하는 건 별로 즐거운 일이 아니야. 어디엔가 들어가서 점심을 주문하고 있을 때, 투명한 얼굴을 드러내지 않고는 음식을 먹을 수 없다는 생각이 문득 떠올랐지. 나는 식사 주문을 마치고, 10분 뒤에 돌아오겠다고 말하고는 화가 나서 밖으로 나왔네. 자네도 이렇게 못 먹어서 낙담한 적이 있는지 모르겠군."

"그렇게 끔찍한 일은 경험한 적 없지만." 켐프가 말했다.

"상상할 수는 있네."

"멍청한 악마들을 뭉개버릴 수 있을 정도의 허기였지. 마침내 나는 맛있는 음식을 먹고 싶은 욕망으로 현기증이 나서 다른 식당에 들어가 개인실을 달라고 했지. '얼굴이 추하게 다쳐서요.' 난 이렇게 말했어. 사람들은 호기심에 찬 눈으로 나를 바라보지만, 물론 그것은 그들이 상관한 일은 아니었지. 그래서 나는 결국 점심을 먹을 수 있었지. 서비스가 훌륭했다든가 한 것은 아니지만 그 정도면 충분했어. 점심을 먹은 뒤, 나는 시가를 피우면서 어떻게 움직일지 계획을 짜려고 했어. 그런데 밖에 눈보라가 치기 시작했지."

"켐프, 생각하면 할수록, 춥고 더러운 날씨와 북적거리는 문명사회에서 투명인간이 되는 것이 얼마나 무력하고 멍청한 짓인지를 더욱 절실히 깨달았다네. 이 미친 실험을 하기 전에는 수많은 이점을 꿈꾸었지. 그런데 그날 오후에는 완전히 절망스러웠어. 나는 사람이 갈망하는 것을 꼽아 보았네. 눈에 보이지 않으면 확실히 그것들을 손에 넣을 수는 있겠지만, 손에 넣은 것을 즐길 수는 없어. 높은 자리에 올라도 거기 나타날 수 없다면 그게 무슨 소용이 있겠는가? 여자의 이름이 들릴라여야 한다면, 그 여자의 사랑이 다 무슨 소용인가? 나는 정치에는 전혀 취미가 없고 유명한 망나니짓이나 자선 활동이나 운동에도 전혀 취미가 없네. 나는 어떻게 하면 좋았을까? 그 때문에 나는 몸을 완전히 감싼 수수께끼, 몸을 감싸고 붕대로 감은 괴물이 되어버렸어!"

그는 말을 멈추었다. 그의 태도로 보아 눈이 이리저리 헤매다가 창문 쪽을 힐끔거리는 것 같았다.

"하지만 아이핑에는 어쩌다 가게 되었나?"

켐프는 손님이 이야기에 열중하도록 하고 싶어서 말했다.

"그곳엔 일하러 갔어. 나는 한 가지 희망을 갖고 있었지. 아직 절반짜리 발상이지만 말이야! 나는 아직도 그걸 갖고 있는데. 지금은 완전한 발상이 되었지. 그건 바로 되돌아가는 방법이야. 내가 한 일을 원래 상태로 되돌리는 방법. 내가 원할 때, 내가 투명인간으로서 하고 싶은 일을 모두 한 다음에 지금 내가 자네에게 주로 말하고 싶은 것은 바로 그거라네."

"아이핑으로 곧장 갔나?"

"그래. 책 세 권과 수표장, 수화물과 속옷을 챙기고, 나의 발상을 실험하는 데 필요한 화학 약품을 주문했지. 책을 되찾으면…… 계산 결과를 보여 줄게. 어이쿠! 지금도 그때의 눈보라가 생각나는군.

판지로 만든 가짜 코가 눈에 젖지 않도록 하는 게 얼마나 성가시고 귀찮은 일인지 생각나는군."

"결국." 켐프가 말했다.

"그저께 사람들이 자네를 찾아냈을 때, 자네는 신문 기사로 판단하면……"

"그래, 좀 그랬지. 내가 그 바보 같은 순경을 죽였던가?"

"아니." 켐프가 말했다.

"회복 중에 있다는 군."

"그럼 운이 좋았던 걸세. 나는 완전히 냉정을 잃었었거든. 그 바보들! 왜 나를 가만 내버려 두지 못했을까? 그리고 그 식료품 가게의 놈팡이는?"

"아무도 죽지는 않을 것 같네." 켐프가 말했다.

"그 부랑자가 어떻게 되었는지는 나도 잘 몰라."

투명인간이 불쾌하게 웃으면서 말했다.

"맙소사, 켐프, 진정한 분노가 뭔지 자네는 몰라! 오랫동안 연구에 몰두했고, 계획을 세우고 구상해 두었는데, 서투른 짓을 하는 멍청이가 그걸 망치고 진로를 방해하다니! 세상에 창조된 온갖 어리석은 생물들, 우리가 상상할 수 있는 어리석은 생물들이 모두 나를 방해하도록 보내진 것 같아."

"더 이상 이런 일을 당하면, 나는 미쳐 버릴 거야. 닥치는 대로 휩쓸어버리기 시작할 거야."

"그 바보들 때문에 일이 몇 배는 더 어려워졌어."

"화가 날 만하군." 켐프가 무미건조하게 말했다.

/

"하지만 이제……" 켐프가 창밖을 곁눈질하면서 물었다.

"우리는 뭘 해야 하지?"

그는 이렇게 말하면서 언덕길을 올라오고 있는 세 남자가 눈에 보이지 않도록 친구 가까이로 이동했다. 세 남자가 참을 수 없을 만큼 느릿느릿 다가오는 것처럼 보였다.

"포트 버독으로 가고 있을 때는 어떻게 할 계획이었나? 계획이 있었나?"

"이 나라를 떠날 작정이었네. 하지만 자네를 만난 뒤 계획을 바꿨지. 남쪽은 날씨가 더워서 알몸으로도 살 수 있으니까, 거기로 가는 게 현명할 거라고 생각했어. 특히 내 비밀이 알려져 있어서 모든 사람이 가면을 쓰고 머플러를 두른 남자를 경계할 테니까. 여기서 프랑스로 가는 정기 연락선이 있어. 항해의 위험을 무릅쓰고 그 배를 탈 생각이었지. 그런 다음 기차를 타고 스페인으로 가거나, 아니면 알제리로 갈 수도 있어. 그건 어렵지 않을 거야. 거기서는 늘 눈에 보이지 않는 투명 인간으로 지낼 수도 있고 충분히 살 수 있어. 게다가 일도 할 수 있지. 나는 그 부랑자를 금고 겸 짐꾼으로 쓰고 있었어. 내 앞으로 보낸 책과 그 밖의 물건의 어떻게 손에 넣을 것인가를 결정할 때까지."

"그건 그래."

"그런데 그 더러운 놈이 내 것을 훔쳤어! 녀석은 내 책을 감추고, 숨겼어! 놈을 잡을 수만 있다면!"

"먼저 그를 찾아내서 책을 되찾아야겠군."

"그런데 놈은 어디 있나? 자네가 알고 있나?"

"읍내 경찰서에 갇혀 있어. 그놈이 그렇게 해달라고 요구했다는군. 경찰서 유치장에서 가장 견고한 감방이지."

"망할!" 투명인간이 말했다.

"하지만 그 때문에 자네 계획이 조금 지연되겠군."

"책을 찾아야 돼. 중요한 책들이라고."

"물론 그렇겠지."

켐프는 밖에서 발소리가 났었는지 생각하면서 조금 긴장한 목소리로 말했다.

"물론 그 책을 손에 넣어야 돼. 하지만 어렵지 않을 거야. 그게 자네에게 얼마나 중요한지를 그자가 모르고 있다면."

"그래."

투명인간이 이렇게 말하고 생각에 잠겼다. 켐프는 그가 계속 이야기를 하도록 무슨 주제라도 생각해 내려고 애썼지만, 투명인간이 알아서 다시 시작했다.

"켐프, 자네 집에 잘못 들어온 덕에……" 그가 말했다.

"내 계획이 모두 바뀌었어. 자네는 나를 이해할 수 있는 사람이니까. 지금까지 일어난 모든 일에도 불구하고, 이렇게 널리 알려졌음에도 불구하고, 또 책을 잃어버리고 온갖 고초를 겪었는데도 불구하고, 가능성은 여전해. 아주 큰 가능성이……"

"내가 여기 있다는 말은 아무에게도 안 했겠지?"

그는 불쑥 물었다. 켐프는 머뭇거렸다.

"그야 당연하지." 그가 대답했다.

"아무한테도?" 그리핀이 다시 한 번 물었다.

"아무한테도."

"아! 이제……"

투명인간은 벌떡 일어나 두 팔을 구부려 손을 허리에 대고 서재를 서성이기 시작했다.

"내가 실수를 했어, 켐프. 이 일을 혼자 감당하려고 한 아주 큰 실수 말이네. 난 힘, 시간, 기회를 낭비했네. 사람이 혼자 해낼 수 있는 일이 이 얼마나 작은가! 조금 빼앗고, 조금 상처를 입히고, 그게 다야."

"나에게 필요한 건 골키퍼, 조수, 은신처라네. 켐프. 그것만 갖추어지면 나는 의심받지 않고 편안히 먹고 자고 쉴 수 있어. 나는 동료가 있어야 돼. 동료가 있으면 음식을 먹고 휴식을 취할 수 있고, 수많은 일을 해낼 수 있지."

"지금까지 내 방침은 막연했어. 우리는 투명성이 의미하는 것과 의미하지 않는 것을 모두 고려해야 돼. 남의 눈에 보이지 않는 것은 남의 말을 엿듣거나 할 때는 거의 이점이 되지 않지. 소리는 내니까. 남의 집에 침입하거나 할 때도 진짜 별로 도움이 되지 않아. 조금은 도움이 되겠지. 일단 자네가 나를 붙잡으면 나를 감옥에 넣기는 쉬울 거야. 하지만 다른 한편으로는 나를 붙잡기가 쉽지 않지. 사실 이 투명성은 두 가지 경우에만 도움이 된다네. 도망칠 때 유용하고, 누군가에게 접근할 때 유용하지. 따라서 사람을 죽일 때 특히 쓸모가 있어. 나는 상대가 어떤 무기를 갖고 있든 간에 그 사람을 간단히 이길 수 있어. 목표를 선택하고, 내 마음대로 공격할 수 있지. 내 마음대로 피할 수 있고 달아날 수 있어."

켐프의 손이 콧수염으로 올라갔다.

"아래층에서 사람이 움직이는 소리였나?"

"우리가 해야 할 일은 살인이야, 켐프."

"우리가 해야 할 일이 살인이라고?" 켐프가 되풀이했다.

"그리핀. 난 자네 계획을 듣고 있는 거지 동의하지는 않아. 명심해. 왜 살인이지?"

"무자비한 살인이 아니라 현명한 살인이야. 문제는 투명인간이 존재한다는 것을 우리 뿐 아니라 다른 사람들도 알고 있다는 거야. 그리고 그 투명인간은 지금 '공포정치'를 수립해야 해. 켐프. 그래.. 깜짝 놀랄 일이라는 것에는 의심의 여지가 없지. 하지만 나는 진심이야. '공포정치' 투명인간은 버독 같은 도시를 점령해서 사람들을 겁주고 지배해야 해. 그리고 명령을 내려야 하지. 명령을 내릴 방법은 수천 가지나 되지. 종이쪽지를 문 밑으로 넣기만 해도 충분할 거야. 명령에 따르지 않는 사람은 모조리 죽여야 해. 명령에 따르지 않는 사람을 보호하려 하는 자도 모조리 죽여야 해."

"허허!"

켐프는 그리핀의 말이 아닌 현관문이 열렸다 닫히는 소리에 귀를 기울이며 말했다.

"그리핀. 내가 볼 때."

켐프는 자신이 다른 데 관심이 빼앗긴 것을 숨기려 말했다.

"자네 동료는 어려운 처지에 놓이겠군."

"그 사람이 투명인간의 동료라는 건 아무도 모를 거야."

투명인간은 열정적으로 설명했다. 그러다가 갑자기 "쉿! 아래층에 저건 뭐지?" 하고 물었다.

"아무 것도 아니야."

켐프는 이렇게 대답하며 갑자기 큰 소리로 빠르게 말하기 시작했다.

"난 그 계획에 동의하지 않아. 그리핀." 그가 말했다.

"나를 이해해 주게. 나는 그 계획에 동의하지 않아. 왜 인류와 맞서 싸울 꿈을 꾸고 있나? 그러면서 어떻게 행복하기를 바라나? 외로운 늑대가 되지 말라고. 자네의 연구 결과를 발표해. 세계에 적어도 이 나라에라도 비밀을 털어놓게. 수백만 명이 도와주면 어떤 일을 할 수 있을지 생각해 보게."

투명인간이 켐프의 말을 가로막으며 팔을 뻗었다.

"위층으로 올라오는 발소리야." 그가 낮은 목소리로 말했다.

"말도 안 돼." 켐프가 말했다.

"어디 보자." 투명인간은 팔을 뻗으면서 문으로 다가갔다.

모든 일들이 아주 빠르게 일어났다. 켐프는 잠시 망설이다가 그를 가로막으려고 다가갔다. 투명인간은 놀라서 멈춰 섰다.

"배신자!" 라고 '목소리'가 외치더니, 갑자기 실내복 앞자락이 열리고, 앉아서 옷을 벗기 시작했다. 켐프는 빠른 걸음으로 세 걸음만에 문에 이르렀고, 투명인간 – 그의 다리는 이미 사라지고 없었다 – 은 소리를 지르며 벌떡 일어났다. 켐프가 문을 활짝 열었다. 문이 열리자, 아래층에서 서둘러 달려오는 발소리와 목소리가 들렸다.

켐프는 재빨리 투명인간을 뒤로 떠밀고, 옆으로 펄쩍 뛰어 나와 문을 쾅 닫았다. 열쇠는 밖에 준비되어 있었다. 잠시 후면 그리핀은 전망대 서재에 혼자 있게 될 것이다. 한 가지 사소한 문제만 아니었다면 그렇게 되었을 테지만. 열쇠는 그날 아침에 서둘러 열쇠

구멍에 꽂아둔 것이었다. 켐프가 문을 닫자 열쇠가 덜컥 소리를 내며 카펫 위에 떨어졌다.

켐프의 얼굴이 창백해졌다. 그는 두 손으로 문손잡이를 잡으려고 애썼다. 잠시 동안 그는 문을 힘껏 잡아당기며 서 있었다. 그러다가 문이 6인치 쯤 열렸다. 하지만 켐프는 문을 잡아당겨 다시 닫았다. 두 번째에는 1피트 쯤 열리면서 실내복이 열린 문틈으로 끼어들었다. 보이지 않는 손가락이 켐프의 멱살을 잡았다. 켐프는 자신을 방어하려고 손잡이에서 손을 떼었다. 그 바람에 뒤로 밀쳐져 비틀거리다가 층계참 구석에 쓰러졌다. 빈 실내복이 그의 몸 위로 내던져졌다.

켐프의 편지를 받은 버독 경찰서장 애다이가 계단을 반쯤 올라왔다. 그는 켐프가 갑자기 층계참에 나타나고 뒤이어 공중에 빈 옷이 던져지는 이상한 광경을 보고 깜짝 놀랐다. 서장은 켐프가 넘어지고, 힘들게 몸을 일으키는 것도 보았다. 그는 켐프가 비틀거리며 앞으로 돌진했다가 다시 내려와 황소처럼 육중하게 쓰러지는 것도 보았다. 그때 갑자기 그는 뭔가에 호되게 얻어맞았다. 아무것도 없는데! 엄청나게 무거운 것이 그에게 덤벼든 것 같았다. 그리고 누군가가 그의 멱살을 잡고 사타구니에 무릎을 대고는 계단 아래를 향해 거꾸로 내던졌다. 눈에 보이지 않는 발이 그의 등을 짓밟았다, 타닥거리는 희미한 발소리가 아래층을 지나갔다. 두 경찰관이 현관홀에서 소리를 지르며 뛰어가는 소리가 들렸다. 현관문이 쾅 소리를 내며 난폭하게 닫혔다.

그는 몸을 굴려 일어나 앉아서 주위를 둘러보았다. 머리는 헝클어지고 몸이 먼지투성이가 된 켐프가 비틀거리며 계단을 내려오는 것이 보였다. 켐프는 한쪽 얼굴이 맞아서 퍼렇게 멍이 들었고, 입술에서 피를 흘리고 있었다. 켐프는 분홍색 실내복과 속옷을 팔에 안고 있었다.

"이런!" 켐프가 외쳤다.

"다 끝났어요! 놈은 사라졌어요!"

/

켐프는 방금 일어난 갑작스러운 일들을 애다이에게 설명하려 했지만 흥분한 나머지 발음이 잘 들리지 않았다. 그들은 층계참에서 있었다. 켐프는 그리핀의 기괴한 옷가지들을 여전히 팔에 안은 채 빠르게 이야기했다. 하지만 곧 애다이는 상황을 일부 파악하기 시작했다.

"놈은 미쳤어요." 켐프가 말했다.

"인간이 아니에요. 자기밖에 모르죠. 자기 이익과 안전 외에는 관심이 없어요. 오늘 아침에 끔찍이도 자기중심적인 이야기를 들었습니다... 놈은 사람들을 해쳤어요. 우리가 막지 않는 한 계속해서 사람들을 죽일 거예요. 놈은 공황상태를 만들어내려고 할 겁니다. 아무것도 놈을 막을 수 없죠. 놈은 지금 분노로 날뛰고 있어요!"

"놈을 잡아야 합니다." 애다이가 말했다.

"그건 확실합니다."

"하지만 어떻게 말입니까?" 켐프가 외쳤다.

그러다가 갑자기 좋은 생각이 떠올랐다.

"지금 당장 시작해야 합니다. 동원할 수 있는 인력을 총동원하세요. 이 지역을 떠나는 걸 막아야 해요. 일단 여기서 도망치고 나면 시골을 마음껏 활개치고 다니면서 사람들을 죽이고 해칠 겁니다. 놈은 '공포정치'를 꿈꾸고 있어요! '공포정치'요. 열차, 도로, 선박 모두 감시해야 합니다. 수비대의 협조를 요구하시고, 전보를 쳐서 도움을 요청하세요. 놈을 여기 묶어 두고 있는 것은 그토록 귀중하게 여기는 책을 되찾을 수 있다는 생각뿐입니다. 설명해드리겠습니다. 경찰서에 사람이 하나 갇혀 있을 텐데.. 마블이라고."

"나도 알고 있습니다." 애다이가 말했다.

"알아요. 네…… 그 책…… 하지만 부랑자가……"

"책은 마블에게 없다고 소문을 퍼뜨리세요. 어차피 놈은 그 부랑자에게 책이 있다고 생각할 테지만요. 그리고 놈이 먹거나 자지 못하게 해야 합니다. 마을 사람들 모두 밤낮으로 분주하게 움직여야 해요. 음식은 모두 자물쇠를 채워 안전하게 보관해야 합니다. 그러면 음식을 얻을 보급로가 차단되겠죠. 집집마다 문단속을 철저히 해야 돼요. 하늘이 우리에게 추운 밤과 비를 보내주고 있습니다! 마을 전체가 수색을 시작하고 잡힐 때까지 계속해야 합니다. 분명히 말하지만, 서장님, 놈은 위험 그 자체입니다. 재난이에요. 놈을 꼼짝 못 하게 감금하지 않으면, 무슨 일이 일어날지 생각만 해도 끔찍합니다."

"당장 내려가서 수색대를 조직해야겠어요. 함께 가시는 건 어떠십니까? 그래요. 박사님도 함께 가시죠! 그리고 일종의 작전 회의를 열어야 합니다. 홉스의 도움을 받기로 하죠. 그리고 철도 회사 경영자들. 이런! 서둘러야겠어요. 갑시다. 가는 길에 말씀해주세요. 우리가 할 수 있는 일이 그것 말고도 또 뭐가 있죠? 그건 내려놓으시고요."

다음 순간, 애다이는 앞장서서 아래층으로 내려가고 있었다. 그들은 현관문이 열려 있고, 경찰관들이 밖에 서서 허공을 응시하고 있는 것을 발견했다.

"놈이 달아났습니다. 서장님." 한 경찰관이 말했다.

"당장 중앙 경찰서로 가야 돼." 애다이가 말했다.

"자네들 가운데 한 사람이 내려가서 마차를 잡고, 마부에게 올라와서 우릴 데려가라고 말해 주게. 서둘러. 켐프 박사님, 또 뭘 하면 됩니까?"

"개." 켐프가 말했다.

"개들을 데려와요. 개는 놈을 보지 않고 냄새로 찾아냅니다. 개를 데려오세요."

"좋습니다." 애다이가 말했다.

"널리 알려져 있진 않지만, 헐스테드의 교도관들이 블러드하운드들을 키우는 남자를 알고 있어요. 또 뭐가 있을까요?"

"명심하세요." 켐프가 말했다.

"놈이 음식을 먹으면 보입니다. 음식을 먹고 나서 완전히 소화시킬 때까지 보이죠. 그래서 음식을 먹은 뒤에는 그놈도 숨어 있어야 합니다. 그럴 때 놈을 계속 압박해야 합니다. 모든 덤불과 인적 없는 모퉁이까지 빠짐없이 수색해야 합니다. 그리고 무기는 치워 놓으세요. 무기가 될 수 있는 도구도 모두 치우세요. 놈은 그런 것들을 오랫동안 지니고 다닐 수 없습니다. 그리고 놈이 낚아채어 사람을 가격할 수 있는 도구는 잘 감춰야 합니다."

"좋습니다." 애다이가 말했다.

"곧 놈을 잡을 수 있을 겁니다!"

"그리고 길바닥에……" 켐프가 말하다 말고 머뭇거렸다.

"뭡니까?" 애다이가 말했다.

"잘게 부서진 유리 조각을……" 켐프가 말했다.

"잔인하다는 건 알지만. 그래도 놈이 무슨 짓을 할 수 있는지 생각해 보세요!"

애다이는 이 사이로 날카롭게 공기를 들이마셨다.

"그건 정정당당한 방법은 아니군요. 잘 모르겠습니다. 하지만 잘게 부서진 유리 조각을 준비해두겠습니다. 놈이 너무 나간다 싶으면……"

"분명히 말해두는데 놈은 인간이 아니에요." 켐프가 말했다.

"틀림없이 공포정치를 수립할 겁니다. 그만큼 확신하니까 말씀드리는 겁니다. 선수를 치는 수밖에 없어요. 놈은 스스로 인간과의 관계를 단절했습니다. 그자의 머릿속은 피로 들끓고 있어요."

/

투명인간은 맹목적인 분노에 사로잡힌 채 켐프의 집에서 뛰쳐 나온 듯 보인다. 그는 켐프의 집 현관 가까이에서 놀던 어린 아이를 난폭하게 잡아채서 내던졌고 아이는 발목이 부러졌다. 그 후로 몇 시간 동안 투명인간의 행방은 묘연했다. 그 누구도 그가 어디로 갔는지, 무슨 짓을 했는지 알지 못했다. 하지만 사람들은 그가 자신의 참을 수 없는 운명 때문에 분노하고 절망하며, 뜨거운 6월의 오전 햇살 아래 언덕을 올라 포트 버독 뒤로 펼쳐진 초원을 재빨리 지나쳤을 거라고 짐작했다. 그는 힌턴딘 잡목림 속에서 더위와 피로에 지친 심신을 위한 쉼터를 찾았을 것이다. 인류를 상대로 한 자신의 무너진 계획을 되살려보려 한 것이다. 그곳이 그에게는 가장 알맞은 은신처였던 것으로 보인다. 왜냐하면 오후 두 시경, 그 근방에서 그는 소름 끼칠 정도로 참혹한 수법으로 거듭해서 사람들의 이목을 끌었기 때문이다.

그동안 그의 심경이 어땠을지, 또 어떤 계획을 구상했을지 사람들은 궁금해 한다. 켐프의 배신행각에 미쳐버릴 정도로 분노했으리라는 것은 의심의 여지가 없으며, 켐프가 속임수를 썼던 동기를 이해할 수 있으면서도 적의 의도된 기습에 투명인간이 얼마나 분노했을지 상상이 가고, 또한 그처럼 분노한 투명인간에게 조금은 동정심도 생긴다. 어쩌면 옥스퍼드가에서 겪은 엄청난 충격에 되살아났는지도 모를 일이다. 그가 공포의 세계를 실현하겠다는 자신의 잔인한 꿈에 켐프의 협력을 기대했던 것은 명백한 사실이었다. 어쨌든 그는 대낮이 될 때까지 행방이 묘연했다. 때문에 두시

반이 될 때까지 그가 무슨 짓을 했는지 말할 수 있는 목격자는 아무도 없었다. 그때까지 투명인간이 별다른 행동을 보이지 않은 것은 인류를 위해선 다행스런 일이었지만, 투명인간 자신으로서는 파멸을 재촉하는 길이었다.

그동안 많은 사람들이 곳곳에 흩어졌다. 아침까지만 해도 투명인간은 하나의 전설이자 공포의 대상이었을 뿐이다. 오후가 되면서 켐프가 작성한 간결한 문구의 포고문 덕분에 투명인간은 위해를 가하거나 잡거나 제압해야 할 실체를 지닌 적으로 인식되었고, 마을은 놀라울 만큼 빠르게 수색대를 조직하기 시작했다. 두 시까지만 해도 그는 기차를 타고 이 지역을 벗어날 수 있었겠지만, 두 시가 넘어서면서 그것은 불가능해졌다. 사우샘프턴, 맨체스터, 브라이튼, 호르셈 사이의 거대한 평행사변형에 놓인 선로를 달리는 모든 여객 열차는 문이란 문은 모조리 잠근 채 운행했고, 화물열차의 운행은 완전히 중지되었다. 또한 포트 버독을 중심으로 20마일 반경 안에는 총과 몽둥이로 무장한 사람들이 서너 명씩 짝을 지어 개와 함께 도로와 들판을 수색했다.

기마경찰들은 시골길을 돌아다니며 집집마다 들러 무기가 없다면 문을 걸어 잠그고 집 안에 있으라고 권유했다. 또한 모든 학교가 세 시 전에 수업을 끝냈고, 겁에 질린 학생들은 무리지어 다니며 서둘러 집으로 돌아갔다. 당국의 조치는 매우 신속하고 결단력이 있었으며, 괴물에 대한 사람들의 믿음이 신속하게 잘 퍼진 덕분에 어둠이 내려앉기 전 몇 백 마일 일대가 삼엄한 경계 상태로 변했다. 그리고 땅거미가 지기 전까지 경계에 여념이 없는, 불안이 감도는 마을 전체에 공포의 전율이 퍼졌다. 곳곳마다 윅스티드가 살해되었다는 소문이 사람들의 입에서 입으로 빠르고도 정확하게 퍼졌다.

투명인간의 은신처가 힌턴딘 잡목 숲이라는 가정이 맞는다면, 그가 이른 오후 무기 사용을 동반한 어떤 계획을 가지고 숲에서 빠져나왔을 것이라 가정해야 한다. 그것이 어떤 계획인지는 알 수 없다. 하지만 윅스티드를 만나기 전 이미 그가 쇠막대기를 가지고 있었다는 것만은 가히 압도적이다.

물론 두 사람이 마주친 일에 대해서 자세한 사항은 알 수 없다. 피살 사건이 일어난 곳은 버독 경 사택의 정문에서 200야드도 떨어져 있지 않은 자갈 채굴장 가장자리였다. 발자국이 가득한 땅바닥, 윅스티드가 입은 수많은 상처, 두 동강이 난 지팡이. 이 모든 흔적은 필사적인 저항을 보여준다. 하지만 왜 그를 살해했는지에 대해서는 살인적인 광란이라는 것 말고는 달리 어떤 상상도 할 수 없었다. 그가 미쳤다는 이론은 거의 기정사실이었다. 마흔대여섯 살쯤 되었던 윅스티드는 버독 경의 집사로, 선해 보이는 외모만큼이나 성품이 매우 온화한 사람이었다. 따라서 그는 살해될 정도로 무서운 적대감을 살 만한 사람은 결코 아니었다. 투명인간은 망가진 울타리에서 잡아 뺀 쇠막대기를 이용해 윅스티드를 해친 것으로 보인다. 투명인간은 점심을 먹으러 조용히 집으로 가던 점잖은 사람을 가로막고 공격했으며, 무기력한 저항을 제압하고서 팔을 부러뜨리고 때려눕힌 후에 묵사발이 될 정도로 머리를 내리쳤던 것이다.

물론 투명인간이 희생자를 만나기 전에 울타리에서 이 쇠막대기를 잡아 빼서 손에 든 채 준비를 했다는 것은 틀림없는 사실이다. 다만 이미 밝혀진 사실 말고도 두 가지 세부적인 사실을 고려할 수 있을 것이다. 하나는 자갈 채굴장이 윅스티드가 향하던 집의 길목에 있지 않고 그곳에서 거의 100야드 정도 떨어진 곳에 있었다는 것이다. 또 다른 사실은 어린 소녀의 진술이다. 소녀는 오후에 학교를 가다가 이 피살자가 들판을 가로질러 자갈 채굴장 쪽으로 이상하게 '총총' 걸어가는 모습을 봤다고 했다. 소녀는 그가 자기 앞의 무언가를 쫓으며 손에 든 지팡이로 내리치는 모습을 몸짓으로 흉내 냈다. 소녀는 그가 살아 있는 모습을 마지막으로 본 사람이었다. 그는 소녀의 시야에서 벗어나 죽음을 맞이했다. 너도밤나무 숲이 우거지고 땅이 약간 내려앉아 있어 그의 발악이 보이지 않았던 것이다.

이 사실은, 적어도 이 글을 쓰는 작가의 관점에서 보면, 동기 없는 살인이라는 영역의 차원에서 끌어올린다. 그리핀이 흉기로 쓴 막대기를 잡아 뺀 것은 사실이지만 그것으로 살해하겠다는 계획적인 의도가 없었다고 볼 수 있다. 아마 윅스티드는 지나가다가 공중을 날아가는 이 불가사의한 막대기를 목격했는지도 모른다. 그는 투명인간이라는 생각은 하지 못하고 – 포트 버독은 10마일 떨어져 있었기에 – 막대기를 뒤쫓아 갔을 것이다. 투명인간에 대해서 들어보지 못했을지도 모른다고 생각할 수 있다. 당시 상황을 상상해 보자면, 투명인간은 그 일대 사람들에게 목격되어 자신의 정체가 알려지는 것을 피하기 위해 조용히 달아나고 있었는데, 흥분과 호기심에 가득 찬 윅스티드가 설명이 불가능한 날아가는 물체를 뒤쫓으며 지팡이로 내리쳤을 것이다.

보통 상황이었다면 투명인간은 중년의 추격자를 쉽게 따돌릴 수 있었을 것이다. 하지만 윅스티드의 사체가 발견된 현장으로 보아 불행히도 윅스티드는 투명인간을 가시 돋친 쐐기풀과 자갈 채굴장 구석으로 몰아넣었다는 것을 알 수 있다. 투명인간은 유별날 정도로 화를 잘 내는 사람이다. 이 사실을 아는 사람이라면 두 사람이 만난 후 무슨 일이 일어났을지는 어렵지 않게 상상할 수 있을 것이다.

그러나 이것은 순전히 가설이다. 부정할 수 없는 사실은 아이들의 말은 종종 믿을 수 없기 때문에 윅스티드가 죽어서 사체로 발견되었다는 것과 피로 얼룩진 쇠막대기가 쐐기풀 덤불에 내팽개쳐져 있었다는 것뿐이다. 그리핀이 쇠막대기를 버렸다는 사실은 그가 살해 사건으로 몹시 흥분한 나머지 그것을 손에 쥔 목적 - 그 목적이 있었더라면 - 을 단념했을 거라는 사실을 보여준다. 그가 지독한 이기주의자이며 냉혹한 인물인 것은 사실이지만, 자신의 희생자, 곧 발길 아래 피투성이가 된 채 쓰러진 가련한 첫 희생자를 본 뒤 한동안 후회의 샘물이 범람하며 그의 계획을 잠식시켜 버렸는지도 모른다. 윅스티드를 살해한 후에 투명인간은 곧장 그 마을을 가로질러 낮은 지대로 내려간 것처럼 보인다. 해가 질 무렵에 펀 바텀 인근 들판에서 목소리를 들었다고 두 사람이 증언했다. 울부짖고 웃다가, 흐느끼고 신음하더니, 반복해서 소리를 질렀다고 한다. 기묘하게 들렸을 게 분명하다. 목소리는 토끼풀이 덮인 들판 중앙을 가로지르다가 언덕 저편으로 사라져 버렸다.

그날 오후, 투명인간은 자신이 털어놓았던 비밀을 켐프가 재빨리 이용했다는 사실을 알게 되었을 것이다. 그는 모든 집 문이 단단히 잠기고 단속이 되고 있는 것을 봤을 것이다. 그는 철도역 근처를 방황하고 여관을 찾아 헤맸을 것이다. 그러다 분명 게시문을 읽고, 자신에 대항해 일종의 전투를 벌인다는 것을 깨닫게 되었을 것이다. 밤이 되자 들판 여기저기에서 서너 명씩 짝을 이룬 사람들의 어두운 형체가 점점이 나타났다. 개가 짖는 소리도 들렸다. 이 인간 사냥꾼들은 범인을 발견했을 경우에 서로 지원하는 방법에 관해 특별 지시를 받았다. 투명인간은 그들을 모두 피했다. 그가 분노하는 이유를 조금은 이해할 수 있을 것 같다.

그가 이런 처지가 된 것은 바로 자신이 제공한 정보 때문이었다. 그 정보가 그와 대결하는데 무자비하게 이용되었다. 그는 적어도 그날 하루만큼은 낙담하고 있었다. 윅스티드에게 덤벼들었던 때를 제외하고는 24시간 동안 쫓기는 사냥감 신세였다. 밤에는 음식을 먹고 잠을 청했음이 분명했다. 다음날 아침, 그는 세상을 상대로 최후의 위대한 투쟁을 각오했는지 다시 원기와 활력이 넘치고 분노와 악의로 찬 모습으로 되돌아와 있었기 때문이다.

/

켐프는 기름때 묻은 종이 한 장에 연필로 적은 이상한 편지를 읽었다.

"자네는 놀라우리만치 활력 있고 교활하군."

편지에는 이렇게 시작되었다.

"그로 인해 뭘 얻으려는지 상상도 할 수 없다. 자넨 날 배신했어. 온종일 내 뒤를 쫓았지. 내가 밤에 휴식을 취하는 것조차 빼앗으려 했어. 하지만 자네의 훼방에도 난 음식을 먹었고 잠도 잘 수 있었어. 게임은 이제 시작일 뿐이야. 게임은 이제부터라고. 이제 '공포정치'를 시작할 수밖에 없겠어. 이 편지를 '공포정치' 첫 날에 대한 예고로 알고 있으라고. 포트 버독은 이제 더 이상 여왕의 통치 아래에 있지 않아. 경찰서장과 나머지 사람들에게 전해. 이제 포트 버독은 내 지배하에 있다고 말이야. 공포정치!

오늘은 신기원. 투명인간의 시대 첫 해 첫 날이야. 나는 투명인간 1세야. 통치로 시작하는 것 꽤 쉬울 거야. 첫날은 본보기로 한 놈만 처형하겠어. 바로 켐프라는 작자가 될 거야. 오늘부터 죽음이 시작될 거야. 그자는 문을 잠그고, 몸을 숨기고, 보초를 세우고, 원한다면 갑옷을 입겠지. 보이지 않는 죽음이 오고 있어. 단단히 준비해야 할 거야. 그것이 내 사람들에게 강렬한 인상을 심어 주겠지. 죽음은 정오에 우체통에서 출발할 거야. 편지는 집배원의 손을 거쳐 그놈에게 전해질 거야. 그리고 끝이야! 게임은 시작되었어. 죽음이 출발한다. 내 백성들이여, 너희 또한 죽음을 맞이하고 싶지 않다면 그놈을 돕지 마라. 오늘 켐프는 죽게 될 것이다."

켐프는 이 편지를 두 번 읽었다.

"장난 편지가 아니야." 그가 말했다.

"바로 놈의 목소리야! 놈은 말한 대로 할 거야."

켐프는 접힌 종이를 뒤집어 주소가 적힌 면을 보았다. 그 면에는 힌턴딘 소인이 찍혔고 '우편 요금, 2페니'라는 산문적인 글자가 적혀 있었다.

그는 점심을 다 먹지도 않고 – 편지는 한 시에 왔다 – 천천히 일어나서 서재로 갔다. 그는 종을 울려 가정부를 부른 후, 즉시 집 안을 살펴보고 모든 창문이 잘 닫혔는지 점검한 다음 모든 덧문을 닫으라고 일렀다. 서재의 덧문은 직접 닫았다. 그는 침실에 있는, 자물쇠를 채운 서랍에서 소형 권총 한 자루를 꺼내 면밀히 점검하고 라운지재킷 주머니에 넣었다. 그는 애다이 서장에게 보내는 편지를 포함해 짧은 편지를 여러 장 쓴 다음 하녀에게 집을 나설 때 어떻게 해야 하는지 단단히 일러주고 편지들을 건네주었다. '위험한 건 없어.' 그는 그렇게 말한 후 마음속에 담아 두었던 말을 덧붙였다. '너에겐 말이지.' 그는 잠시 생각에 잠겼다가 식어버린 점심을 먹기 시작했다.

그는 식사를 하면서 생각에 잠겼다. 그는 마침내 식탁을 세게 내리치며 말했다. '잡을 수 있을 거야!' 그가 말했다. '내가 미끼니까 머지않아 찾아올 거야.' 그는 전망대로 올라가서 모든 문을 조심스럽게 잠갔다. '이건 게임이야.' 그가 말했다. '이상한 게임이지. 하지만 그리핀 씨, 아무리 네 녀석이 보이지 않는다 하더라도 승산은 나한테 있어. 자넨 그야말로 세상을 상대로 격렬하게 싸우고 있으니까.'

그는 창가에 서서 뜨겁게 달구어진 언덕을 응시했다. '그 녀석은 매일 먹을 것을 구해야 해. 하나도 부럽지 않아. 녀석이 정말 지난 밤에 잠을 잤을까? 사람들과 부딪히지 않는 바깥에서 잠을 청했단 말인가. 무더운 날씨 대신 춥고 비가 오면 좋으련만.'

'녀석은 지금 나를 지켜보고 있는지도 몰라.' 그는 창가로 가까이 다가갔다. 뭔가가 창틀 바로 위 벽돌을 세게 두드리는 소리가 났다. 그는 깜짝 놀라 움찔하며 뒤로 물러섰다. '내가 너무 예민해졌군.' 켐프가 말했다. 하지만 그는 오 분도 되지 않아 다시 창가로 다가갔다. '참새들이겠지.' 그가 말했다. 곧이어 그는 현관문의 초인종 소리를 듣고 급히 아래층으로 내려갔다. 그는 빗장을 벗기고 자물쇠를 열어 쇠사슬을 점검한 후 그대로 자물쇠를 걸어놓은 채 얼굴은 내밀지 않고 조심스럽게 문을 열어보았다. 익숙한 목소리가 그에게 인사했다. 목소리의 주인공은 애다이였다.

"켐프 박사님, 박사님의 하녀가 습격을 당했습니다."

문 너머에서 그가 말했다.

"뭐라고요!" 켐프가 외쳤다.

"박사님의 편지를 빼앗아갔어요. 녀석은 바로 이 근처에 있을 겁니다. 안으로 들여보내주시죠."

켐프가 쇠사슬을 풀자 애다이는 겨우 몸 하나 통과할 만한 사이로 들어왔다. 그는 켐프가 문을 단속하는 것에 안도하며 홀에 들어왔다.

"하녀의 손에서 편지를 빼앗아갔어요. 그녀는 완전 겁에 질려 있었어요. 결국 경찰서에서 쓰러져 히스테리성 발작을 일으켰어요. 놈은 이 근처에 있을 겁니다. 그 편지는 대체 무슨 내용이었습니까?"

켐프가 욕설을 내뱉었다.

"내가 정말 멍청했어요." 켐프가 말했다.

"미리 알았어야 했는데. 힌턴딘에서 걸어서 한 시간도 걸리지 않는다는 걸 말입니다. 벌써 온 모양이군요!"

"대체 무슨 일입니까?" 애다이가 말했다.

"이쪽으로!"

켐프는 애다이를 자기 서재로 안내하면서 말했다. 그는 투명인간의 편지를 애다이에게 보여주며 말했다. 애다이가 그것을 읽고 나지막한 목소리로 속삭였다.

"그래서 박사님이?" 애다이가 말했다.

"바보같이 함정을 팠습니다." 켐프가 말했다.

"결국은 하녀를 시켜 제 계략을 전한 꼴이 됐어요. 놈에게 말입니다."

애다이도 켐프처럼 거친 말을 내뱉었다.

"놈은 달아날 겁니다." 애다이가 말했다.

"그렇지 않아요." 켐프가 말했다.

유리 깨지는 소리가 위층에 울려퍼졌다. 애다이는 켐프의 주머니에서 반쯤 나온 소형 권총의 은빛 섬광을 보았다.

"창문, 위층이에요!"

켐프가 말했다. 그런 다음 앞장서 올라갔다. 그들이 아직 계단을 올라가는 도중에 또다시 유리가 깨지는 소리가 들렸다. 서재에 들어가 보니, 창문 세 개 중 두 개가 깨져 있었고, 방의 절반은 흩어진 깨진 유리 조각으로 어지럽혀져 있었다. 집필용 책상에는 큼

직한 돌멩이 한 개가 떨어져 있었다. 두 사람은 문간에 선 채 이 파편 잔해들을 찬찬히 바라보았다. 켐프는 또 다시 욕설을 내뱉었다. 그러는 사이, 권총 소리와도 같은 날카로운 소리가 들리며 세 번째 창문이 일순간 별들처럼 허공에서 번쩍이다가, 들쭉날쭉하게 부서진 삼각형 유리 조각들이 방 안으로 쏟아져 내렸다.

"도대체 이게 무슨 짓이지?" 애다이가 말했다.

"이제 시작한 겁니다." 켐프가 말했다.

"여기까지 올라올 방법은 없습니까?"

"고양이라도 못 올라와요." 켐프가 말했다.

"덧문은요?"

"여긴 그럴 수 없어요. 아래층 방이란 방은 모두…… 이런!"

와장창, 유리가 깨지는 소리와 함께 나무판이 세게 부딪치는 소리가 아래층에서 들려왔다.

"빌어먹을 자식!" 켐프가 말했다.

"그래! 바로 침실 창문이었군. 온 집을 돌며 저 짓을 할 모양입니다. 바보 같은 놈. 덧문을 닫았으니. 유리만 밖으로 떨어지겠지. 놈은 유리에 발을 베이고 말겁니다."

또 다른 창문이 박살나는 소리가 들려왔다. 두 사람은 얼이 나간 채 계단참에 서 있었다.

"바로 그거야!" 애다이가 말했다.

"몽둥이 같은 걸로 무장합시다. 그리고 본사로 달려가서 블러드하운드를 데려와 풀어놓읍시다. 그런 방법으로 놈을 해치울 수 있을 겁니다! 그 개들은 십 분도 안 되는 가까운 곳에 있어요."

또 다른 창문이 계속해서 부서졌다.

"권총 있으시죠?" 애다이가 말했다.

켐프의 손이 주머니로 가다가 주춤했다.

"없어요. 하나밖에는."

"내가 가지고 돌아오죠." 애다이가 말했다.

"여기 계시면 박사님은 안전할 겁니다."

켐프는 잠깐이나마 솔직하지 못했던 점을 부끄러워하며 무기를 건넸다.

"자, 문으로." 애다이가 말했다.

그들이 홀에 서서 주저하는 사이에 1층 침실 창문 하나가 와장창 깨지는 소리가 들렸다. 켐프가 문 앞으로 가서 가능한 조용히 빗장을 벗기기 시작했다. 그의 얼굴이 여느 때보다 훨씬 더 창백했다.

"곧장 걸어 나가야 해요." 켐프가 말했다.

다음 순간 애다이는 현관 계단 위에 서 있었고 빗장은 다시 질러졌다. 그는 잠시 머뭇거렸지만 문이 등 뒤에 있다는 것에 다소 마음이 놓이는 듯 했다. 그런 다음 몸을 똑바로 세우고 당당하게 계단을 내려갔다. 그는 잔디밭을 가로질러 정문으로 다가갔다. 가벼운 산들바람에 잔디가 잔물결을 이루었다. 순간 뭔가가 가까이에서 움직였다.

"잠깐 기다려." 목소리가 말했다.

애다이가 송장 같은 표정으로 발걸음을 멈췄다. 그리고 손에 든 권총을 꼭 쥐었다.

"뭐야?"

매우 긴장한 듯 창백하고 험상궂은 표정으로 애다이가 말했다.

"좋은 말로 할 때 집으로 들어가."

애다이처럼 긴장한, 그러나 험악한 어조로 목소리가 말했다.

"미안하지만." 다소 쉰 목소리로 애다이가 말했다.

그러곤 혀끝으로 입술에 침을 발랐다. 그는 목소리가 왼쪽 앞에서 나는 것이라 생각했다. 우연히 놈에게 한 방 먹일 수 있다면?

"어딜 가는 거요?"

목소리가 말했다. 목소리의 주인공이 재빨리 두 번 움직이는 순간, 애다이의 벌어진 주머니에서 섬광이 햇빛에 번쩍였다. 애다이는 총을 뽑으려다 포기하고 생각했다.

"내가 어딜 가든.." 그가 천천히 말했다.

"그건 내 일이오."

말이 입에서 다 나오기도 전에 투명인간의 팔이 그의 목을 조였고, 등 뒤에 그의 무릎이 느껴지더니 뒤로 넘어지고 말았다. 그는 어설프게나마 총을 빼 들어 마구잡이로 쏘아댔다. 그리고 다음 순간, 입을 맞고 손에 있던 권총마저 빼앗겼다. 그는 반들반들한 나뭇가지를 잡고 일어나려 안간힘을 쓰다가 도로 넘어지고 말았다.

"빌어먹을!" 애다이가 말했다. 목소리가 웃어댔다.

"총알이 아깝지만 않다면 당장에라도 널 쏴 죽였을 거야."

목소리가 말했다. 애다이는 6피트 위에서 자신을 겨누는 권총을 쳐다봤다.

"그래?" 애다이가 몸을 일으켜 앉으며 말했다.

"일어서." 목소리가 말했다. 애다이가 일어섰다.

"잘 들어." 목소리가 격렬한 어조로 말했다.

"허튼 수작 부리지 마. 넌 날 볼 수 없지만 난 널 볼 수 있다는 걸 명심해. 집으로 돌아가."

"켐프 박사가 들여보내지 않을 걸." 애다이가 말했다.

"그거 참 유감이군." 투명인간이 말했다.

"너랑 말다툼 하고 싶지 않아."

애다이는 다시 입술을 축였다. 그는 권총의 총신에서 시선을 옮겨 한낮의 햇빛 아래 펼쳐진 한없이 검푸른 바다와 매끈한 초록색 언덕, 산마루의 하얀 절벽과 광대한 도시를 바라보다가 문득 삶이 얼마나 달콤한 것인지를 깨달았다. 그의 두 눈은 다시 6야드 정도 떨어진, 하늘과 땅 사이에 걸린 작은 금속 물체로 향했다.

"내가 뭘 하면 되나?" 그가 뚱한 목소리로 말했다.

"뭘 하면 되냐고?" 투명인간이 물었다.

"도움을 구하면 돼. 그냥 되돌아가면 되는 거야."

"해 보지. 켐프 박사가 날 들여보내주면 문으로 뛰어들지 않겠다고 약속하겠나?"

"말싸움 하고 싶지 않다고 했잖아." 목소리가 말했다.

켐프는 애다이를 내보내고 나서 서둘러 위층으로 올라갔고, 깨진 유리 조각이 널브러진 곳에 웅크리고 앉아 서재 창턱 가장 자리 너머로 조심스럽게 밖을 내다보았다. 그는 애다이가 보이지 않는 존재와 말싸움 하는 것을 보았다.

"서장은 왜 쏘지 않는 거지?" 켐프는 혼잣말로 속삭였다.

그 순간 권총이 조금 움직이는가 싶더니, 햇빛이 켐프의 두 눈에서 섬광처럼 번쩍였다. 그는 손으로 눈 위에 그늘을 만들어 강렬한 빛의 근원을 보려고 했다.

"저런!" 그가 말했다.

"애다이 서장이 권총을 빼앗겼잖아."

"문으로 뛰어들지 않겠다고 약속해." 애다이가 말하고 있었다.

"이미 이긴 게임을 너무 밀어붙이지 말라고. 기회를 줘야지."

"넌 집으로 들어가. 딱 잘라 말하겠는데 난 아무 것도 약속하지 않아."

애다이는 갑자기 결정을 내린 듯 보였다. 그는 양손을 뒤로 하고 천천히 집으로 발걸음을 옮겼다. 켐프는 당황한 표정으로 애다이를 지켜보았다. 권총이 사라지는가 싶더니, 번쩍 하며 시야에 다시 나타났다가 또 사라졌다. 좀 더 가까이서 자세히 보니 작고 검은 물체가 애다이의 뒤를 따라오는 것이 분명했다. 순간 눈 깜짝할 사이에 일이 벌어졌다. 애다이가 뒤로 공중제비를 하듯 뛰어올라 한 바퀴 휙 돌더니, 이 조그만 물체를 낚아챘지만 놓치고 말았고, 두 손을 들어 올리는가 싶더니 공중에 작고 푸른 연기를 남기면서 앞으로 고꾸라졌다. 켐프는 총소리를 듣지 못했다. 애다이는 고통에 몸부림치면서 한쪽 팔에 의지해 일어서다 다시 앞으로 고꾸라졌고, 그대로 쓰러져 움직이지 않았다. 잠시 동안 켐프는 애다이의 모습을 상당히 무심하게 바라보고 있었다.

그날 오후는 아주 덥고 고요했으며, 세상에서 휘적휘적 움직이는 것이라고는 집과 대문 사이에 있는 관목 숲에서 서로 쫓고 쫓기며 날아다니는 노란 나비 한 쌍 뿐이었다. 애다이는 정문 가까이 잔디밭에 쓰러져 있었다. 언덕길 아래 모든 집에는 블라인드가 드리워져 있었다. 다만 어느 작은 초록색 여름 별장에서는 분명 노인처럼 보이는 하얀 형체가 졸고 있었다. 켐프는 권총이 어디 있는지 보려고 집 주변을 살펴보았지만, 총은 사라지고 없었다. 그의 시선은 다시 애다이에게 향했다. 게임의 막이 오르고 있었다. 이때 종이 울리면서 현관을 두드리는 소리가 들렸는데, 갈수록 점점 격해졌다. 하지만 켐프의 지시에 따라 하인들은 모두 방에 들어가 문을 잠그고 있었다. 잠시 정적이 흘렀다. 켐프는 앉아서 귀를 기울이며 세 개의 창문 밖을 하나하나 조심스럽게 내다보았다. 그러고 나서는 계단 위에서 불안하게 귀를 기울이며 서 있었다. 그는 침실용 부지깽이로 무장한 채 1층 창문의 빗장을 다시 한 번 점검하러 내려갔다. 모든 것이 안전하고 조용했다. 그는 전망대로 되돌아갔다. 애다이는 쓰러졌던 자갈밭 가장자리에 미동도 없이 쓰러져 있었다. 집들 옆으로 난 길을 따라 가정부와 경찰관 두 사람이 걸어왔다.

사방이 쥐 죽은 듯이 조용했다. 세 사람은 아주 천천히 다가오는 것처럼 보였다. 켐프는 자신의 적이 뭘 하고 있는 건지 궁금해졌다. 그는 깜짝 놀랐다. 아래층에서 깨지는 소리가 났던 것이다. 그는 주저하다가 다시 아래층으로 내려갔다. 갑자기 집에 강한 충격을 가하는 요란한 소리와 함께 나무 쪼개지는 소리가 들렸다. 와장창 깨지는 소리가 들렸고 덧문의 쇠 빗장이 쨍그랑 떨어져나가는 소리가 들렸다. 그는 열쇠를 돌려 주방문을 열었다. 그때 덧문이 쪼개져 박살나면서 파편이 방 안으로 날아 들어왔다. 그는 너무 놀라 그 자리에 굳어 버렸다.

가로대 하나를 제외하면 창틀은 아직 괜찮았지만, 이 창틀에는 이빨처럼 들쭉날쭉한 유리조각만이 붙어 있었다. 덧문은 이미 도끼에 맞아 안으로 밀려들어와 있었고, 이제 도끼는 창틀과 창틀을 지탱하는 쇠창살을 마구 내리치고 있었다. 그러다 갑자기 도끼가 옆으로 홱 날아가더니 사라져버렸다. 그는 바깥에 있는 길에 놓여 있는 권총을 발견했다. 순간 그 작은 무기가 허공으로 뛰어 올랐다. 그는 뒤로 몸을 피했다. 권총이 뒤늦게 발사되었고, 닫힌 문 모서리에서 날아온 나뭇조각이 머리를 스쳤다. 그는 거세게 문을 닫아 잠갔다. 문 뒤에 서 있는데 바깥에서 그리핀이 소리를 지르며 웃어대는 소리가 들렸다. 그런 다음 도끼가 쪼개고 부수는 소리가 다시 몰아쳤다.

켐프는 복도에 서서 생각하려고 애썼다. 투명인간이 금방이라도 주방에 쳐들어올 것만 같았다. 이 문은 그자를 버텨낼 수 없어. 그렇담…… 현관에서 또 다시 종소리가 들렸다. 경찰관들이 온 것이다. 그는 현관으로 달려가 쇠사슬을 벗기고 빗장을 풀었다. 그는 쇠사슬을 벗기기 전에 하녀의 목소리를 확인했다. 문이 열리자 세 사람이 일제히 집 안으로 뛰어들었다. 켐프는 다시 쾅 하고 문을 닫았다.

"투명인간입니다!" 켐프가 말했다.

"놈은 권총을 가졌는데, 탄환이 두 발 남았어요. 저놈이 애다이 서장을 죽였어요. 어떻게든 놈에게 총을 쏴요. 잔디밭에서 서장을 보지 못했나요? 거기 쓰러져 있는데."

"누구 말입니까?" 경찰관 중 한 명이 말했다.

"애다이 서장이요." 켐프가 말했다.

"저흰 뒤쪽으로 돌아 왔어요." 하녀가 말했다.

"뭘 부수는 것 같은 저 소리는 뭡니까?"

경찰관 중 한 명이 말했다.

"놈이 주방에 들어왔거나, 곧 들어오고 말 겁니다. 놈이 도끼를 찾아내서……"

갑자기 주방문을 내리치는 투명인간의 도끼질 소리가 온 집을 울렸다. 하녀는 주방 쪽을 쳐다보고는 바들바들 떨며 식당으로 도망갔다. 켐프는 더듬거리며 사태를 설명하려고 했다. 순간 그들의 귓가에 주방문이 열리는 소리가 들렸다.

"이쪽입니다."

켐프가 말했다. 그는 식당 문 쪽으로 경찰관들을 밀어 넣었다.

"부지깽이."

켐프는 이렇게 말하고 난로로 달려갔다. 난롯가에서 가져온 부지깽이를 한 경찰관에게 건네고 식당에서 가져온 부지깽이를 또 다른 경찰관에게 건넸다. 그가 갑자기 뒤로 펄쩍 뛰었다.

"왁!"

첫 번째 경찰관이 소리치며 머리를 숙이고 부지깽이로 도끼를 막았다. 권총이 마지막 한 발을 남기고 발포되었고, 총알은 값비싼 시드니 쿠퍼의 그림을 찢었다. 두 번째 경찰관이 말벌 때려잡듯 부지깽이로 작은 무기를 내리쳤고, 권총이 소리를 내며 바닥에 떨어졌다. 첫 총성을 듣는 순간 하녀가 비명을 질렀다. 그녀는 한동안 난롯가에 서서 비명을 질러댔다. 그러다가 창가로 달려가 덧문을 열어젖혔다. 부서진 창문으로 탈출할 생각이었을 것이다. 도끼가 복도로 물러나더니, 2피트 정도 높이에서 떨어졌다. 모두 투명인간의 숨소리를 들을 수 있었다.

"너네 비켜." 그가 말했다.

"내가 원하는 건 켐프야."

"우린 네 놈을 원해."

첫 번째 경찰관이 날렵하게 한 걸음 다가서면서 부지깽이로 목소리를 향해 휘두르며 말했다. 투명인간이 홱 뒤로 물러서다가 우산꽂이에 부딪히고 말았다. 이때 경찰관이 허공을 헛되이 휘두르다가 중심을 잃고 비틀거리자, 투명인간이 도끼로 반격을 가했다. 경찰관의 헬멧이 종이처럼 구겨졌고, 일격을 당한 경찰관은 부엌 계단 머리맡에서 바닥으로 굴러 떨어졌다. 하지만 두 번째 경찰관이 부지깽이로 도끼 뒤쪽을 겨누며 내리쳤다 부드러운 뭔가가 딱 소리를 내는 동시에 고통에 찬 날카로운 비명 소리와 함께 도끼가 바닥에 떨어졌다. 경찰관이 다시 한 번 허공을 휘둘렀지만 빗나갔다. 경찰관은 발로 도끼를 밟고 다시 한 번 부지깽이를 휘둘렀지만, 이번에도 허사였다. 그는 부지깽이를 든 채 그 자리에 서서 조그만 움직임이 내는 소리라도 들리지 않을까 신경을 곤두세우고 귀를 기울였다.

식당 창문이 열리는 소리와 함께 재빨리 들어서는 발소리가 들렸다. 동료 경찰관이 몸을 굴려 일어나 앉았다. 눈과 귀 사이로 피가 흘렀다.

"놈은 어디 있어?" 바닥에 주저앉은 경찰관이 물었다.

"모르겠어. 내가 놈을 후려쳤거든. 홀 어딘가에 서 있을 거야. 자네 곁을 지나 달아나지 않았다면 말이야. 켐프 박사님."

조용했다. "켐프 박사님." 경찰관이 다시 외쳤다.

두 번째 경찰관이 안간힘을 쓰며 일어났다. 갑자기 맨발로 부엌 계단을 올라가는 소리가 희미하게 들렸다.

"얍!"

첫 번째 경찰관이 부지깽이를 아무렇게나 내던지며 외쳤다. 부지깽이가 작은 가스등 받침을 깨뜨렸다. 그는 투명인간을 쫓아 아래층으로 내려가려고 했다. 그러다 더 좋은 생각이 떠올랐는지 식당으로 들어갔다.

"켐프 박사님!" 그가 말을 하려다 갑자기 입을 닫았다.

"켐프 박사님은 영웅이야."

동료 경찰관이 어깨너머로 돌아보자 그가 말했다. 식당 창문은 활짝 열려 있었고 가정부와 켐프는 보이지 않았다. 켐프에 대한 두 번째 경찰관의 의견은 간결하면서도 생생했다.

/

캠프의 집이 포위 공격을 당하기 시작했을 때, 별장 소유자들 중에 캠프 박사의 집에서 가장 가까운 이웃 힐러스는 자신의 여름 별장에서 잠에 빠져 있었다. 힐러스는 투명인간에 관한 '이 모든 허무맹랑한 소리들'을 믿지 않는 완고한 소수 사람들 가운데 하나였다. 그러나 나중에 그가 떠올렸듯이, 그의 부인은 투명인간에 대한 얘기를 믿었다. 힐러스는 아무 문제될 게 없다는 듯 고고하게 정원을 산책했고, 매년 그랬듯이 오후에는 낮잠을 잤다. 그는 창문이 부서지는 소리에도 계속 잠을 자고 있었다. 그러다 어느 순간 갑자기 뭔가 잘못 됐다는 기이한 신념에 사로잡혀 잠에서 깨어났다. 그는 캠프의 집을 쳐다보다가 눈을 비비고 다시 한 번 쳐다보았다. 그런 다음 발을 땅에 디디고 자리에 앉아 귀를 기울였다. 그는 자기가 저주에 걸렸다고 말했지만, 그래도 여전히 이상한 게 눈에 보였다. 그 집은 마치 격렬한 폭동이 일어난 후 수 주일 동안 방치된 것처럼 보였다. 창문은 모두 부서졌고, 전망대 서재의 덧문을 제외하고는 창문 안쪽의 덧문이 모두 닫혀 있었다.

"이십 분 전까지만 해도 말이야. 아무 일이 없었는데."

그는 회중시계를 쳐다보았다. 저 멀리서 규칙적으로 충격과 유리가 박살나는 소리가 들려왔다. 그리고 입을 딱 벌리고 앉아 있으니, 더 놀라운 일이 일어났다. 식당 창의 덧문이 거칠게 열리면서, 야외용 모자에 외출복 차림을 한 가정부가 미친 듯이 여닫이창을 밀어서 열려고 고군분투하는 모습이 보였다. 갑자기 한 남자가 그녀 옆에 나타나더니 그녀를 도왔는데, 다름 아닌 캠프 박사였다!

잠시 뒤에 창문이 열리고, 가정부가 겨우 빠져나왔다. 그녀는 앞으로 고꾸라지더니 관목 숲으로 모습을 감추었다. 이 놀라운 광경을 본 힐러스는 알아들을 수 없는 말을 미친 듯이 지껄이며 일어섰다. 그는 켐프가 창턱에 올라선 후 거기서 뛰어내려 관목 숲 사이 길을 따라 달려가는 모습을 지켜보았다. 그는 사람의 눈길을 피하려는 듯 뛰어가면서도 몸을 웅크리다가 노란 꽃송이가 늘어지게 피는 작은 나무 뒤로 사라졌다. 그러다 다시 모습을 드러내 활짝 트인 언덕에 인접한 울타리를 기어올랐다. 곧 그는 울타리를 넘어서 힐러스의 별장을 향해 비탈길을 재빨리 내달렸다.

"맙소사!"

어떤 생각이 뇌리를 스쳤는지 힐러스가 외쳤다.

"짐승 같은 투명인간인 가봐! 결국 그 이야기는 사실이었어!"

힐러스는 이렇게 생각하고 즉시 행동을 개시했다. 위층 창문 너머로 힐러스를 지켜보던 힐러스의 요리사는 자신의 주인이 시속 9마일의 속도로 집을 향해 달려오는 모습을 보고는 깜짝 놀랐다. 문을 쾅쾅 두드리는 소리, 종이 울리는 소리, 황소처럼 고함치는 힐러스의 목소리가 들렸다.

"문을 닫고 창문을 닫아. 죄다 닫아! 투명인간이 오고 있어!"

순식간에 온 집안이 비명소리와 명령하는 소리, 황급히 종종대는 발소리로 가득 찼다. 힐러스 자신도 달려가서 베란다로 통하는 프랑스식 창문을 닫았다. 그렇게 서두르는 사이 켐프의 머리와 어깨와 무릎이 정원 울타리 꼭대기 위로 나타났다. 다음 순간 켐프는 아스파라거스를 헤치고 테니스 잔디밭을 가로질러 이 집으로 달렸다.

"들어올 수 없어요." 힐러스가 빗장을 지르며 말했다.

"놈이 당신을 쫓아오는 건 정말 안됐소만, 당신을 들여보내 줄 수는 없습니다!"

켐프는 공포에 질린 얼굴을 유리창에 바짝 붙이고는 미친 듯이 프랑스식 창문을 두드리고 흔들었다. 그러다가 어떻게 해도 소용없다는 것을 깨닫고는 둥근 아치형 지붕의 베란다를 따라 돌아가서 옆문을 거세게 두드렸다. 그러다 샛문을 돌아 현관으로 가서는 그곳에서 언덕길 쪽으로 달려갔다. 바로 그때 창밖을 바라보던 힐러스는 보이지 않는 발에 마구 짓밟히는 아스파라거스를 보고 공포에 질려 얼굴이 새파래졌다. 그 때문에 켐프가 사라지는 모습이 눈에 들어오지 않았다. 결국 힐러스는 황급히 2층으로 달아났다. 이제 추격전은 그의 시야에서 사라지고 말았다. 그러나 그가 계단의 창 옆을 지나치는 순간 샛문이 쾅 하고 닫히는 소리가 들렸다.

켐프는 언덕길로 접어들자 자연스럽게 내리막길을 택했다. 나흘 전만 해도 자신의 전망대 서재에서 비판적인 시선으로 바라보았던 바로 그 사람처럼 내달렸다. 그는 훈련받지 않은 사람치고는 제법 잘 달렸다. 하얗게 질린 얼굴은 온통 땀투성이였지만 정신만큼은 끝까지 냉정함을 잃지 않았다. 그는 성큼성큼 걸으며 군데군데 길바닥이 험하거나 거친 돌멩이가 있거나 깨어진 유리 조각이 눈부시게 빛나거나 할 때마다 어디에 있든 그것들을 건너뛰어 자신을 뒤따라오는 보이지 않는 맨발이 그 길을 지나치도록 만들었다.

켐프는 난생처음 언덕길이 엄청나게 거대하고 황량하다는 것을 알게 되었다. 또한 언덕 기슭에서 내려다보는 아랫마을이 이상하리만치 멀게만 느껴졌다. 앞으로 달려가는 것만큼 느리거나 고통스러운 것은 없었다. 오후의 태양 아래 잠든 적막한 집들은 하나같이 문을 닫고 빗장을 채워놓았다. 문을 걸어 잠근 것은 두말할 것도 없이 자신의 지시 때문이었다. 여하튼 집집마다 사람들이 이처럼 예측 못 한 사건을 내다보았을 것이다! 이제, 마을이 솟아올랐고 배경이 되었던 바다는 더는 보이지 않았다. 저 아래 사람들이 분주하게 움직였다. 철도마차 한 대가 언덕 기슭에 막 도착했고, 바로 그 역 뒤에는 경찰서가 있었다. 뒤에서 들려오는 소리가 발소리일까? 조금만 더 달려 보자고.

사람들이 아래에서 켐프를 쳐다보았고 한두 명은 같이 달렸다. 켐프의 숨이 거의 목구멍까지 차올랐다. 이제 막 정차한 철도마차가 아주 가까워졌다. 그 순간 '졸리 크리케터스'에서 문을 닫는 소리가 시끄럽게 들려왔다. 철도마차 너머로는 우체통이 있었고 하수도 공사를 하는 중인지 자갈이 산더미같이 쌓여 있었다. 그는 경찰서로 가기로 결심했다. 다음 순간 그는 '졸리 크리케터스'의 문 앞을 지나쳤다. 물집이 잡힐 정도로 뛰는 바람에 녹초가 된 켐프는 어느새 사람들 틈에 끼여 거리의 막다른 곳에 들어서 있었다. 철도마차의 마부와 조수는 미친 듯 달리는 켐프의 모습을 보며 눈을 떼지 못한 채 풀어놓은 철도마차의 말들 곁에 서서 빤히 쳐다보았다. 멀리서 깜짝 놀란 인부들의 그림자가 산더미같이 쌓아 올린 자갈 위로 보였다.

켐프는 잠시 발걸음을 멈추었다가 추격자의 날쌘 발소리 듣고서 다시 힘껏 달렸다.

"투명인간이다!"

그는 막연하게 암시하는 몸짓과 함께 인부들에게 소리쳤다. 그러다 순간적으로 묘안이 떠올라 파헤친 구덩이를 뛰어넘고서 추격자가 건장한 인부들에게 가로막히게 했다. 그는 경찰서로 가려던 생각을 포기하고 청과물 수레 옆을 지나쳐 조그만 옆길로 들어갔다. 그리고 다과점 문 앞에서 아주 잠깐 동안 주저하다가 다시 중심 거리인 힐 스트리트로 되돌아가는 샛길의 입구로 달려갔다. 그곳에서 놀던 어린아이 두세 명이 유령이라도 본 듯 비명을 지르면서 뿔뿔이 흩어져 달아났다. 곧바로 집집마다 대문과 창문이 열리더니, 흥분한 어머니들이 모성애를 과시하며 황급히 뛰쳐나왔다. 켐프는 다시 철도마차 종점에서 삼백 야드 떨어진 힐 스트리트로 뛰어 들었다. 그는 곧 사나운 고함소리를 내며 사람들이 달리고 있다는 것을 깨달았다.

켐프는 언덕을 향해 뻗은 거리를 흘끗 올려다보았다. 12야드도 떨어지지 않은 곳에서 건장한 인부가 욕을 내뱉고 삽을 마구 휘두르며 달리고 있었다. 그 뒤에서는 철도마차 차장이 주먹을 불끈 쥐며 오고 있었다. 거리 위쪽에서는 다른 이들이 주먹을 휘두르고 고함치며 이 두 사람의 뒤를 쫓아오고 있었다. 아랫마을에서는 남녀 무리가 달려오고 있었다. 그리고 켐프는 손에 막대기를 든 한 남자가 상점 문 밖으로 뛰쳐나오는 모습을 보았다.

"넓게 퍼져! 넓게 퍼져요!" 누가 소리쳤다.

켐프는 갑자기 이 추격전의 상황이 변한 것을 직감했다. 그는 멈춰 서서 주위를 둘러보며 숨을 헐떡였다.

"놈이 가까이 있어요!" 그가 소리쳤다.

"일렬횡대로!"

켐프는 귀 밑을 세게 얻어맞고 비틀거리면서, 보이지 않는 적이 있는 곳을 향해 고개를 돌렸다. 그는 간신히 두 발을 버티고 서서 허공에 주먹을 휘둘렀으나 빗나가고 말았다. 그는 또 다시 턱밑을 얻어맞고는 땅바닥에 거꾸로 곤두박질쳤다. 다음으로 보이지 않는 무릎이 횡격막을 짓눌렀다. 보이지 않는 두 손이 강하게 목을 졸라왔다. 하지만 그는 적의 한쪽 손의 힘이 약하다는 것을 느끼고는 약한 쪽 팔목을 비틀었고, 상대방의 고통스런 비명소리가 들렸다. 곧 인부의 삽이 켐프의 몸 위의 허공으로 소용돌이치듯 날아들었고, 둔탁하게 맞는 소리와 함께 삽이 뭔가를 두들겨 팼다. 켐프는 자신의 얼굴로 뭔가 축축한 것이 방울방울 떨어지는 것을 느꼈다. 목을 조르던 두 손의 힘이 갑자기 풀렸고, 켐프는 죽을힘을 다해서 힘 빠진 적의 어깨를 잡고 굴렀다. 그러고 나서 땅바닥 가까이에 있는 보이지 않는 팔꿈치를 꽉 잡았다.

"놈을 잡았어!" 켐프가 소리쳤다.

"도와주세요! 도와주세요! 여기 잡아 주세요! 놈이 쓰러져 있어요! 발을 잡아요!"

다음 순간 사람들이 동시에 이 격투 현장으로 달려왔다. 갑자기 그 도로에 들어선 낯선 이가 본다면 굉장히 난폭한 럭비 경기라도 벌인다고 생각했을는지도 모른다. 켐프의 외침이 있은 뒤로 더는 외치는 소리가 들리지 않았다. 단지 주먹질과 발길질이 오가는 소리, 무거운 숨소리만이 들렸다.

바로 그때 투명인간은 온 힘을 다해 두 명의 적을 떨치고 몸을 일으켰다. 켐프는 사슴을 쫓는 사냥개처럼 앞에서 투명인간을 붙들고 늘어졌다. 그러자 열두 개의 손이 덤벼들어 투명인간을 꽉 움켜잡고 쥐어뜯고 난리를 피웠다. 철도마차 차장이 갑자기 투명인간의 목과 어깨를 잡고는 뒤로 잡아당겼다. 여러 사람이 뒤엉킨 채 엎치락뒤치락 몸싸움을 벌이고 나뒹굴었다. 가혹한 발길질도 이어졌다. 그런데 갑자기 금방이라도 숨이 넘어갈 것처럼 거친 호흡으로 '살려주세요! 살려줘요!'하는 비명 소리가 들렸다.

"물러서, 이 바보들아!"

켐프가 감정을 억누른 목소리로 외쳤다. 그는 건장한 체구의 남자들을 뒤로 밀쳤다.

"놈이 다쳤어요. 물러나라고 했습니다!"

공간을 만들기 위해 물러서다 보니 잠시 가벼운 몸싸움이 벌어졌다. 이윽고 얼굴이 잔뜩 상기된 사람들은 원형으로 빙 둘러서서, 켐프 박사가 무릎을 꿇은 채 15인치 정도 떨어진 허공에서 보이지 않는 두 팔을 잡아 바닥에 누르는 모습을 보게 되었다. 켐프 뒤에서 한 경찰관이 보이지 않는 발목을 꽉 잡아 눌렀다.

"놈에게서 손을 떼지 마쇼."

거구의 인부가 피로 얼룩진 삽을 잡은 채 큰 소리로 말했다.

"다친 척 하고 있구먼."

"다친 척 하는 게 아닙니다."

박사가 조심스럽게 무릎을 세우면서 말했다.

"잘 잡고 있습니다."

그의 얼굴은 피멍이 들어 불그스름했고, 입술에 피가 흐르고 있어서 목소리가 이상하게 들렸다. 그는 한 손을 떼더니, 보이지 않는 얼굴을 더듬는 듯했다.

"입 언저리가 축축하게 젖었어요."

그가 말했다. 그러더니 이렇게 외쳤다.

"이럴 수가!"

켐프는 갑작스레 일어났다가 투명인간의 바로 옆 땅바닥에 무릎을 꿇었다. 새로운 사람들이 점점 밀려들면서 무거운 발소리와 함께 서로 밀고 당기고 하는 모습이 보였다. 집 안에 있던 사람들도 밖으로 뛰쳐나왔다. '졸리 크리케터스'의 문이 갑자기 활짝 열렸다. 아무도 말이 없었다. 켐프가 손으로 허공을 더듬으며 뭔가를 감지해보는 듯했다.

"숨을 안 쉬어요." 그가 말했다.

"심장이 안 뛰어요. 옆구리가.. 악!"

덩치 큰 인부의 팔 밑으로 들여다보던 한 노파가 갑자기 날카로운 비명을 질렀다.

"저것 봐!"

노파가 주름살투성이의 손가락으로 가리키면서 말했다. 그러자 모든 사람이 그녀의 손가락이 가리키는 곳으로 눈을 돌렸다. 그곳에 마치 유리로 만들어진 듯 희미하고 투명한 손의 윤곽이 보였다. 너무 투명한 나머지 정맥과 동맥, 뼈와 신경마저 보일 정도였다. 손은 핏기 없이 축 늘어져 있었다. 사람들이 지켜보는 가운데 그 빛깔이 점점 뿌옇게 변하다가 어느새 불투명해졌다.

"저것 봐요!" 경찰관이 소리쳤다.

"다리가 생기고 있어요!"

그렇게 아주 천천히, 이상하고도 신기한 변화가 손과 발에서 시작해 몸의 중심부로 계속해서 일어났다. 마치 독소가 천천히 온몸에 퍼져가는 것처럼 보였다. 가장 먼저 작고 하얀 신경, 연한 잿빛을 띤 사지의 윤곽, 다음으로 흐릿한 뼈와 복잡한 동맥, 이번엔 살과 피부가 처음에는 희미한 안개처럼 나타났다가 빠르게 그 밀도가 높아지면서 불투명해졌다. 곧 사람들은 뭉개진 가슴과 어깨, 그리고 상처투성이에 반죽처럼 일그러진 얼굴을 어렴풋이 볼 수 있었다.

켐프가 몸을 일으킬 수 있도록 사람들이 물러섰을 때 마침내 바닥에 널브러진 벌거숭이의 처참한 몸뚱이가 드러났다. 온몸이 시퍼렇게 멍들고 골절상을 입은 몸뚱이는 서른 살 정도 되어 보이는 젊은이였다. 그의 머리카락과 수염은 하얀색이었다. 나이 때문이 아니라 알비노 증후군 때문인 듯했다. 그의 눈동자는 마치 석류석 같았다. 양손을 꽉 쥔 채, 두 눈을 동그랗게 뜬 그의 표정에는 분노와 절망이 깃들어 있었다.

"그 자의 얼굴을 가리시오!" 한 남자가 말했다.

"제발 그 얼굴을 가려요!"

그러자 어린아이 셋이 군중을 뚫고 들어왔지만, 사람들이 아이들을 제자리로 보냈다. 누군가 '졸리 크리케터스'에서 시트 한 장을 가지고 와서 그의 몸을 덮었다. 그런 후에 사람들은 그 몸뚱이를 술집 안으로 옮겼다.

상처 입고 배신당했지만 동정은 받을 수 없었던 그리핀. 스스로를 투명인간으로 만든 첫 인간인 그리핀. 세상에서 가장 촉망받는 물리학자였던 그리핀의 삶은 저속하고 어두컴컴한 침실의 초라한 낡은 침대 위에서 기묘하고 끔찍한 경력이 만들어낸 끝없는 재앙으로 끝을 맺었다.

에필로그

이렇게 해서 투명인간의 기이하고 사악한 실험에 관한 얘기는 끝이 났다. 투명인간에 대해서 더 많은 얘기를 알고 싶다면 포트스토 근처의 작은 선술집 주인에게 그 이야기를 들을 수 있다. 그 선술집의 간판에는 널빤지에 모자와 장화만 그려져 있으며, 이 이야기의 제목과 이름이 같다. 선술집 주인은 원통처럼 돌출된 코와 철사 같이 빳빳한 머리카락을 가진 땅딸막한 체구의 사람으로 이따금씩 붉게 취한 얼굴을 하고 있다. 술만 많이 마셔준다면, 주인은 그 후에 자신에게 일어난 모든 일과, 변호사들이 어떻게 해서 자신의 보물을 빼앗으려 했는지에 관해서 신나게 이야기해 줄 것이다.

"그 돈이 누구의 것인지 입증할 수 없다는 사실을 발견했을 때 난 정말 기뻤소." 그가 말한다.

"그 자들이 나를 주인 없는 매장물 따위로 취급하지만 않았다면 말이오! 내가 매장물로 보이오? 그러다 한 신사가 엠파이어 뮤직홀에서 내가 겪은 일들을 들려주는 조건으로 하룻밤에 1기니를 주었소. 그저 내 입으로 내 식대로 들려주는 것만으로 말이오. 단 한 가지 만 빼고."

혹시 그가 쉴 새 없이 내뱉는 엄청난 회고를 갑자기 중간에 끊고 싶다면, 그 이야기 속에 세 권의 원고에 관한 사실은 없는지 물어보면 된다. 그는 원고에 관한 사실도 있다는 것을 인정하고, 다들 자신이 그 원고를 가진 줄 안다고 단언하면서 계속 설명하려 할 것이다. 하지만 그는 그것을 가지고 있지 않다.

"내가 도망쳐 포트 스토로 갔을 때, 투명인간이 그것을 가지고 가서 숨겨버렸소. 내가 그 원고를 갖고 있다고 사람들이 생각하는 것은 다 켐프씨 때문이지."

그러고 나서 그는 시름에 잠긴 듯한 얼굴로 당신의 얼굴을 쳐다보다가, 불안한 눈빛으로 안경을 만지작거리다가 술청을 떠난다.

그는 노총각이다. 노총각이 가질 법한 취향을 가졌다. 집에는 여자가 한 사람도 없다. 겉옷에는 단추를 채우지만 멜빵을 멜 때, 그것을 끈으로 대체한다. 집안 일을 할 땐 계획 없이 하면서도 유난히 예법을 따진다. 동작은 느릿느릿하고 엄청난 사색가이다. 하지만 그는 마을에서 지혜롭고, 지나칠 만큼 검소한 사람으로 평판이 나 있다. 그리고 잉글랜드 남부의 도로에 관한 지식은 코벳을 능가할 것이다.

일요일에는 외부 세계와 담을 쌓고 있지만, 일 년 내내 일요일 아침만 되면, 그리고 밤 열 시가 넘기라도 하면 물을 섞은 빛깔이 연한 진 한 잔을 들고 술청의 특별실로 들어가곤 한다. 그리고 그 술잔을 내려놓고, 문을 잠근 다음 블라인드를 점검해보고 심지어 탁자 밑까지 확인한다. 그런 다음에는 완전 혼자라는 사실에 만족하며 벽장문에 달린 자물쇠를 풀고 문을 열어 그 안에서 상자 하나를 꺼낸다. 그는 상자에 달린 서랍을 열고 갈색 가죽으로 제본한 책 세 권을 꺼내어 진지하게 탁자 한가운데 내려놓는다. 책 표지는 거센 풍파에 시달렸는지 해조처럼 푸르스름하게 변해 있다. 한번 개천에 빠져 일부 페이지가 더러운 오물에 흠뻑 젖은 적이 있기 때문이다. 그 선술집 주인은 안락의자에 앉은 채 길쭉한 사기 파이프에 천천히 담배를 채우며 흡족한 듯이 책을 들여다본다. 그러다 자기 앞으로 한 권 끌어당겨 그 책을 펼치고는 책장을 이리저리 앞뒤로 넘기면서 연구하기 시작한다. 그는 이맛살을 찌푸리고 입술을 일그러뜨린다.

"6각형. 허공에 붕 뜬 작은 책 두 권. 엉터리야. 야! 그자는 정말 머리가 좋았지!"

그는 곧 긴장을 풀고 의자에 등을 기댄다. 그러곤 담배 연기 속에서 그 방 맞은편 쪽으로 다른 사람들 눈에는 보이지 않는 사물들을 깜빡거리며 바라본다. '비밀로 가득해.' 그는 말한다.

"엄청난 비밀이야!

"내가 그 모든 비밀을 알아내기만 하면…… 이런!"

"그자가 했던 실수를 하지 않을 거야. 난 잘할 거야!"

그는 파이프를 빨아댄다. 그는 꿈으로 빠져든다. 삶에 대한 영원하면서도 불가사의한 꿈속으로……

켐프가 열렬히 찾아다니고, 애다이가 꼼꼼히 수사해왔지만, 이 선술집 주인 말고는 그 누구도 투명성에 대한 기묘한 비밀과 십여 가지의 이상한 비밀을 담은 그 책들이 여기 있다는 것을 알지 못한다. 아마 그가 죽을 때까지 그 누구도 그 비밀을 알지 못할 것이다.

허버트 조지 웰스

가난한 집안 형편 때문에 정규교육을 제대로 받지 못한 허버트 조지 웰스는 잠시 상업학교에 다녔지만 14살에 학교 공부를 접었다. 여러 가지 직업을 전전하다 17살에 미드허스트에서 교육실습행 자리를 얻게 되었으며, 런던 대학교에서 동물학 학사학위를 취득했다. 학교 졸업한 후 얼마간 과학교사 생활을 하기도 했지만 곧 문필에 뜻을 두고 단편소설을 쓰기 시작하면서 본격적으로 작가의 길에 접어든다. 그리고 1895년 타임머신을 발표해 큰 명성을 얻었으며, 이후 모로 박사의 섬, 투명인간, 우주전쟁 등의 작품을 발표하며 그 당시 시대상에 대한 암울한 비전을 생생하게 그려냈다.

투명인간

발행일 . 2017년 8월 25일 2쇄 발행일 . 2022년 4월 22일
지은이 . 허버트 조지 웰스 옮긴이 . 이용현
펴낸이 . 정석환 펴낸곳 . 정씨책방
임프린트 . 리플레이
주소 . 경기도 파주시 경의로 1114, 406호
전화 . 070-8616-9767 팩스 . 0303-3442-3579
이메일 . jungcbooks@naver.com
ISBN . 979-11-87426-20-2 (03840) 정가 . 13,000 원

'리플레이'는 정씨책방의 단행본 출판 브랜드 입니다.